PAS
UN
SOUFFLE

OUVRAGES ÉCRITS PAR D.K. HOOD

En français

Les enquêtes de Jenna Alton & David Kane

Pas un mot

Pas une larme

Pas un cri

Pas un bruit

Pas un doute

Pas une ombre

Pas un souffle

Pas une preuve

Les enquêtes de l'agent spécial Beth Katz

Filles fleurs

Anges d'ombres

Sombres Cœurs

En anglais

Detective Beth Katz

Wildflower Girls

Shadow Angels

Dark Hearts

Detectives Kane and Alton

Don't Tell A Soul

Bring Me Flowers

Follow Me Home

The Crying Season

Where Angels Fear

Whisper in the Night

Break the Silence

Her Broken Wings

Her Shallow Grave

Promises in the Dark

Be Mine Forever

Cross My Heart

Fallen Angel

Lose Your Breath

Pray for Mercy

Kiss Her Goodnight

Her Bleeding Heart

Chase Her Shadow

Now You See Me

Their Wicked Games

Where Hidden Souls Lie

A Song for the Dead

Eyes Tight Shut

Their Frozen Bones

Tears on Her Grave

Fear for Her Life

Good Girls Don't Cry

D.K. HOOD

PAS UN SOUFFLE

Traduit par Laurent Bury

Bookouture

L'édition originale de cet ouvrage a été publié en 2019 sous le titre *Break the Silence*
par Storyfire Ltd. (Bookouture).

Publié par Storyfire Ltd.
Carmelite House
50 Victoria Embankment
London EC4Y 0DZ

www.bookouture.com

Le représentant légal dans l'EEE est Hachette Ireland
8 Castlecourt Centre
Dublin 15 D15 XTP3
Ireland
(email: info@hbgi.ie)

ISBN : 978-1-80550-200-5
eBook ISBN : 978-1-80550-199-2

Pour Zack Smith – Suis tes rêves.
On ne sait jamais où ils te mèneront.

PROLOGUE
SAMEDI

La musique était si bruyante que Chrissie Lowe la sentait vibrer dans ses dents. Les étudiants s'entassaient dans tous les recoins disponibles, et ils parlaient si fort qu'on aurait cru un troupeau d'oies en colère. Ce rendez-vous de rêve avec Seth Lyons – la star de l'équipe de foot de la fac – s'était flétri comme une rose en hiver. Le punch aux fruits, dont il avait tenu à ce qu'elle prenne un verre pour « décompresser », avait eu pour effet de rendre brumeux les contours de son champ de vision. Être entourée de gens qu'elle ne connaissait pas ne réduisait en rien le sentiment d'incertitude, de panique croissante qu'elle éprouvait à l'idée d'être la seule fille à cette soirée. L'impression troublante que quelque chose n'était pas normal l'avait frappée à l'instant où Seth avait refusé de la raccompagner à l'internat. Il avait insisté pour qu'elle reste et cela l'inquiétait, tout comme les regards étranges et appuyés de ses amis. Les jambes en compote, elle s'était affaissée contre le mur.

— Je ne me sens pas bien. J'ai envie de rentrer.

— Moi qui te prenais pour une grande fille. Monte. Tu pourras te reposer dans ma chambre.

Seth la saisit par les épaules et la fit pivoter sur elle-même.

Heureuse de pouvoir échapper à la musique dont le rythme martelé correspondait à la palpitation de ses tempes, elle jeta un coup d'œil vers l'escalier vacillant.

— Là-haut ?

— Ouais, va jusqu'au bout du couloir.

La main de Seth se posa au creux de ses reins et il la poussa vers les marches pour l'encourager.

Plusieurs élèves de troisième année, en qui elle reconnut des membres de l'équipe de foot, buvaient de la bière, adossés aux murs, et l'observèrent avec intérêt lorsqu'elle monta en titubant. Comme ils lui souriaient et hululaient à la manière d'une bande de hiboux devenus dingues, elle sentit ses joues rougir de honte. Chrissie repoussa les mains qui tentaient de la peloter et se tourna vers Seth.

— C'est tes potes, ceux-là ?

— Mouais. T'en fais pas pour ces cochons-là. On sera que tous les deux.

Il renifla et échangea un *high-five* avec ses amis.

Une vague de nausée atteignit Chrissie lorsque l'après-rasage agressif de Seth vint se mélanger aux odeurs de bière et de barbecue. Elle voulait simplement s'allonger, dans l'espoir que la pièce cesserait de tournoyer. S'appuyant au mur, elle se faufila à travers le couloir encombré et ouvrit la porte. C'était une chambre de dimensions ordinaires, mais avec deux lits doubles, par opposition aux lits simples de son internat.

— Vous avez des lits doubles ?

— Ouais. Nous les mecs, on a besoin de plus de place que vous, répondit Seth en souriant. Assieds-toi. Je t'apporte des pilules.

Il partit vers la salle de bains. Des flashs s'allumèrent dans le cerveau de Chrissie, et le discours que ses parents lui avaient fait pour la dissuader de boire ou de prendre de la drogue occupa ses pensées confuses. Lorsqu'elle secoua la tête, elle eut un haut-le-cœur.

— Je n'ai pas besoin de pilules. Je veux juste m'allonger un moment.

Seth sortit de la salle de bains et lui tendit deux comprimés avec un verre d'eau.

— T'as la tête lourde ? T'as l'impression que tu vas gerber ? Bois ça et ça ira mieux. Fais-moi confiance, Chrissie.

Elle examina les pilules.

— C'est pour la digestion ?

— Sûrement.

Seth s'assit et le lit se creusa.

— Allez, Chrissie, on peut pas s'amuser si t'es patraque.

— Je ne veux pas de drogue.

— Tu crois que je t'aurais invitée si t'étais une junkie ? Tu me plais parce que tu es gentille et innocente, déclara-t-il en lui touchant la joue.

Comme il la regardait fixement, elle sentit son estomac se tordre. Elle avait bien envie de lui plaire, mais être ivre et seule avec lui dans sa chambre, c'était une grave erreur. Après avoir dégluti, elle humecta ses lèvres.

— Je crois que je devrais partir.

Seth se passa la main dans les cheveux, en un geste impatient.

— Alors comme ça, tu me fais pas confiance ? Tu sais, je connais une dizaine de filles qui sauteraient sur l'occasion si je leur proposais de monter dans ma chambre, mais c'est toi que j'ai choisie. J'en reviens pas que tu sois aussi quelconque.

Il se leva et la foudroya du regard.

— Si t'as pas confiance, on oublie. Je te ramènerai à ton internat, mais n'espère pas avoir de mes nouvelles avant longtemps.

Incapable de supporter cette condamnation, Chrissie s'autorisa à admirer un instant son beau visage, puis avala les comprimés.

Seth lui adressa un sourire éclatant et se rassit.

— Tu vois, c'était pas grand-chose, hein ? Laisse-moi te débarrasser.

Il lui retira son blouson, qu'il jeta sur une chaise, puis il redonna du volume aux oreillers et l'aida à s'étendre sur le lit.

— Couche-toi, détends-toi. Avec les pilules, tu auras l'impression de flotter sur un nuage. Ferme les yeux. Je vais éteindre la lumière, ajouta-t-il en se relevant et en la regardant.

Une migraine lui martelait le crâne, mais elle obéit. La porte s'ouvrit et le bruit de la fête emplit la chambre un long moment avant que la porte ne se referme, réduisant la musique à un bourdonnement supportable. *M'a-t-il laissée seule ?* Elle avait les membres pesants et elle tenta en vain de soulever les bras. Un étrange engourdissement s'était emparé d'elle, elle ne pouvait plus bouger. C'était comme si le lit s'était changé en sables mouvants. Effrayée, elle tenta d'appeler au secours, mais seul un gémissement s'échappa de ses lèvres.

Elle était entourée de murmures graves et masculins, mais elle ne pouvait distinguer ce qui se disait. Une sensation de vertige l'engloutit, comme si elle était sortie de son corps, et garder les yeux ouverts lui demandait un effort. Elle essaya de se focaliser sur les visages qui lui souriaient, puis l'obscurité s'abattit sur elle.

Chrissie ouvrit les yeux, désorientée, perdue, et aperçut la pelouse humide devant son internat. L'herbe fraîchement tondue lui grattait la joue et le monde semblait sens dessus dessous. Réprimant un gémissement, elle roula sur le dos pour contempler les étoiles, et tâcha de comprendre ce qui lui était arrivé. Non sans difficulté, elle se redressa, prit son téléphone et observa l'écran, hésitante. Après avoir envoyé un texto, elle se leva sur ses jambes tremblantes. Elle trébucha sur le bord du trottoir et son téléphone lui glissa de la main. Lorsqu'il tomba dans un caniveau, elle resta un long moment immobile, affligée, avant de se diriger lentement vers l'entrée.

Par chance, la porte vitrée du vestibule était toujours ouverte le samedi soir, et sa chambre se situait au rez-de-chaussée. Elle trouva sa clé, à l'abri dans la poche zippée de son blouson, et pénétra dans l'immeuble, la démarche incertaine. Des couloirs vides et bien éclairés l'accueillirent lorsqu'elle regagna sa chambre. Elle passa devant le panneau d'affichage et, parmi les bons pour des pizzas gratuites, elle repéra un article de journal sur l'équipe de foot de l'université de Black Rock Falls. Sur la photo, elle reconnut des visages familiers. Adossée au mur, elle prit le stylo suspendu à un fil, entoura quatre des visages, puis griffonna un émoji triste et ses initiales.

À l'extérieur, le rugissement d'un moteur puissant attira son attention et, alors qu'elle regardait par la fenêtre, une voiture enveloppée dans la nuit longea le bâtiment, puis s'arrêta. Chrissie fut pétrifiée par la panique. Elle ne pouvait plus respirer. Dans le silence, le claquement de la portière parut assourdissant et, quelques instants après, une ombre traversa la pelouse à pas pressés. Chrissie chercha sa clé. Une fois, deux fois, ses doigts tremblants tentèrent de l'insérer dans la serrure. Son cœur battait à tout rompre quand elle entendit le couinement de la porte principale. Elle n'osa pas crier. *Personne ne doit jamais savoir.* Alors que la clé entrait dans la serrure, les pas résonnèrent dans le couloir. Elle eut un hoquet de terreur. *Il faut que je disparaisse.*

1

LUNDI

En août, Black Rock Falls était spectaculaire. Le paysage se teignait de toutes les couleurs d'une palette d'artiste, et du porche de sa maison, le shérif Jenna Alton admirait les chaînes de montagnes, par-delà les étendues herbeuses. Sous un ciel bleu, brillant et clair, les sommets noirs se dressaient comme un rempart de protection autour de la ville, les pins du bois de Stanton montant jusqu'à eux dans un mélange de verts luxuriants. Des fleurs sauvages parsemaient l'herbe opulente qui entourait son ranch et, de là où elle était assise, elle voyait les chevaux gambader dans le corral. Renfoncée dans son fauteuil, une tasse de café à la main, Jenna hissa ses bottes sur la barrière et soupira. Elle sourit à Dave Kane, son adjoint et ami intime.

— Ça fait du bien d'être chez soi. Cette maison m'a manqué, mais j'avais grand besoin de vacances.

Tout en bâillant, Kane frotta la tête de son lévrier, Duke.

— Moi aussi. Et je n'aurais pas été contre quelques semaines de repos en plus. Mais Rowley avait peur que Duke commence à stresser, donc la prochaine fois, on l'emmènera avec nous.

— Ça m'a l'air d'être une très bonne idée. Imagine : deux ou trois semaines à se dorer au soleil sur une plage superbe, ciel bleu, sable blanc... ah, le bonheur. C'était bon de se détendre, pour une fois, sans la pression constante du boulot.

— On pourra peut-être se prendre une autre semaine un peu plus tard, mais je suppose qu'avec la foire du comté et le rodéo en ville cette semaine, ça va être la folie. On devrait profiter au maximum du calme avant la tempête.

Kane se renversa dans son siège et ses paupières sombres se baissèrent sur ses yeux. Jenna espérait que l'adjoint Jake Rowley partirait au travail de bonne heure, selon son habitude, et ouvrirait les bureaux du shérif de Black Rock Falls. Autant qu'elle sache, tout était calme en ville, et elle n'avait vraiment pas envie de se presser.

Elle était arrivée à Black Rock Falls quelques années auparavant, après avoir déposé contre un gros bonnet du crime organisé, ce qui lui avait valu de bénéficier du dispositif de protection des témoins. Après une année à se remettre du syndrome lié au stress post-traumatique qu'elle avait subi, elle avait postulé et obtenu le poste de shérif. Elle avait enfin cessé d'être l'agent clandestin de la DEA[1] Avril Parker et avait adopté avec enthousiasme sa nouvelle identité. Dave Kane, intimidant tireur d'élite mesurant un mètre quatre-vingt-quinze, était arrivé deux ans environ après Jenna, et elle avait découvert qu'il s'agissait d'un ex-agent des Forces spéciales d'investigation à Washington, doté de compétences extraordinaires en tant que profileur. Il venait de perdre sa femme dans un attentat à la voiture piégée qui lui avait valu une plaque métallique dans la tête. Ils avaient les mêmes secrets : un nouveau visage et un nouveau nom, sans parler d'une habilitation de sécurité allant jusqu'au bureau du président des États-Unis. Un lien s'était tissé entre eux dans le cadre professionnel et ils étaient devenus plus que des amis. Quand ils avaient la possibilité de prendre

---

1. *Drug Enforcement Administration*, équivalent américain de la brigade des stupéfiants.

quelques semaines de vacances, il leur semblait naturel de les passer ensemble.

L'alarme périmétrique retentit, puis s'arrêta, et Jenna se leva d'un bond. Une main sur son arme, elle se cacha dans la maison.

— Une camionnette blanche.

— C'est Wolfe, dit Kane en fronçant les sourcils. Pourquoi n'a-t-il pas appelé d'abord ?

Après une semaine de vacances de luxe à Santa Cruz avec Kane, la dernière personne que Jenna s'attendait à trouver sur le pas de sa porte était le médecin légiste, Shane Wolfe. Ce Texan blond, ancien marine aux allures de Viking, avait été l'agent de liaison de Kane lorsqu'il travaillait au commandement des Forces spéciales d'investigation. Quand Wolfe, devenu expert en science médico-légale, était arrivé en ville avec ses trois filles, Jenna l'avait embauché comme adjoint, et il exerçait maintenant les fonctions de légiste à Black Rock Falls et dans les comtés voisins.

Wolfe avait dans son véhicule un appareil connecté lui donnant accès à la sécurité du ranch de Jenna, mais il était exceptionnel qu'il arrive sans prévenir. Quand la camionnette se gara, Jenna reparut sous le porche pour l'accueillir et lança un regard à Kane.

— Il a l'air soucieux.

— Je suis content de vous trouver chez vous, dit Wolfe en sortant de la camionnette et en montant en hâte les marches du perron. Il faut qu'on parle.

Jenna lui fit signe d'entrer et le conduisit à la cuisine. Elle lui versa une tasse de café et ils s'assirent tous à table.

— Qu'est-ce qui vous amène de si bon matin ?

— Je vous ai appelés tous les deux, mais je suis tombé sur le même message : « Je ne suis pas libre, appelez le 911 », expliqua Wolfe avec une mine exaspérée. Je savais que vous rentriez hier soir, et Rowley m'a appris que vous étiez passés récupérer Duke. Vous avez oublié de rallumer vos téléphones ?

Jenna rougit. Oui, elle avait mis son portable en mode vibreur et il était posé sur le banc avec ses clés.

— Apparemment, oui. Je suis désolée de vous avoir causé du souci. Vous avez un problème avec vos filles ?

Bien que très nerveux, Wolfe inspira profondément et sourit à Jenna.

— Non, elles vont très bien. Emily est revenue à Black Rock Falls terminer son diplôme, donc elle va retravailler avec nous.

Emily était la fille aînée de Wolfe, très vive d'esprit.

— Formidable. Alors qu'est-ce qui se passe ?

— On a reçu un appel pour le 911 hier matin, à propos d'un suicide à la fac. Vers 7 heures, Livi Johnson a trouvé sa colocataire Chrissie Lowe, 18 ans, morte dans la douche. Rowley a pris l'appel et m'a fait venir, raconta Wolfe en sirotant son café. Je ne suis pas du tout sûr que ce soit un suicide. J'ai des raisons de croire que Chrissie Lowe a été violée avant sa mort, mais je le confirmerai après l'autopsie, précisa-t-il en levant le menton.

Horrifiée, Jenna avala la bile qui lui remontait au fond de la gorge.

— Rowley n'a pas mentionné qu'il avait ouvert un dossier.

— Il ne connaît pas encore les faits, répondit Wolfe en se carrant sur sa chaise. J'ai seulement procédé à un rapide examen visuel, nous avons étudié la scène et j'ai enlevé le corps. J'ai apposé les scellés sur la porte donnant accès à la chambre de la victime car je ne peux pas exclure l'homicide. J'ai prévenu les parents et leur ai demandé la permission de réaliser une autopsie.

Kane s'agita, et sa chaise émit un grincement inquiétant.

— Qu'avez-vous trouvé ? C'était un homicide ?

— Il est encore trop tôt pour me prononcer. Comme je savais que vous repreniez aujourd'hui, j'ai attendu. Webber est en cours ce matin, seriez-vous disponibles pour assister à l'autopsie ?

L'adjoint Webber était l'assistant de Wolfe et étudiait la

science médico-légale à l'université. Il représentait parfois Jenna lors des autopsies et servait de renfort si nécessaire.

— Bien sûr. Il y a anguille sous roche, non ? demanda-t-elle, en fronçant les sourcils.

— Absolument. D'après mon rapide examen initial, les veines ont été tranchées selon une méthode inhabituelle. Dans la plupart des tentatives de suicide, les incisions sont faites en travers du poignet, mais ici, elles vont du poignet vers l'avant-bras. Nous avons néanmoins pu établir que le canif appartenait à la victime.

— Donc si quelqu'un l'avait trouvée, elle se serait sans doute vidée de son sang avant qu'on ait pu l'aider. C'est un geste qui ne pardonne pas, résuma Kane, le front plissé. Comment savait-elle qu'il fallait faire ça ? Ce n'est pas connu de tout le monde.

— Avec toutes les informations que l'on trouve sur Internet, c'est envisageable, rétorqua Wolfe en sirotant son café. De plus, elle a un frère dans l'armée, dans les Navy SEALs. Il a pu lui parler de cette technique.

— Je doute qu'on discute techniques de suicide entre frère et sœur, dit Jenna en ramassant les tasses pour les mettre dans le lave-vaisselle. Y avait-il autre chose ?

Wolfe se leva.

— Des bleus. Ce matin, ils sont plus visibles, et je ne peux pas jurer qu'elle n'a pas été retenue sous la douche et tailladée pour donner l'impression d'un suicide. J'en saurai plus après l'autopsie. Pouvez-vous être à la morgue à 11 heures ?

Jenna hocha lentement la tête. Son cerveau était en ébullition. Elle raccompagna Wolfe jusqu'à la porte.

— Oui, bien sûr, nous y serons. Nous irons d'abord aux bureaux, pour voir si Rowley a réussi à en savoir plus.

— Je suis persuadé qu'il aura des choses à vous apprendre, répliqua Wolfe en se dirigeant vers son véhicule. Vous l'avez bien formé.

Jenna se frotta les tempes et scruta le visage anxieux de Kane. Elle frissonna.

— Tu vois, on est rentrés depuis hier soir et il se passe déjà des choses mystérieuses en ville. Je commence à croire que nous attirons les crimes.

2

La grand-rue était décorée de drapeaux aux couleurs vives, pour la foire du comté et le rodéo. C'était le coup de feu dans cette ville d'ordinaire somnolente, les membres des différents comités fonçant sur les trottoirs afin d'obtenir un bon emplacement pour leur stand. Des hommes sortaient de la mairie, munis de tables pliantes qu'ils installaient. Quelques instants après, un groupe de femmes s'empressa d'accrocher un panneau revendiquant l'endroit. D'autres recouvraient les bancs de nappes et d'écriteaux. Comme la foire allait durer de mardi à dimanche inclus, l'afflux de touristes allait les tenir tous occupés, mais Kane avait l'estomac qui gargouillait déjà à la pensée de tous les gâteaux et cookies maison qu'il pourrait acheter. Au volant de son véhicule banalisé noir, affectueusement surnommé « la bête », il ralentit pour suivre un van.

— J'entends d'ici ton ventre grommeler, dit Jenna en se tournant vers lui. Tu viens de prendre ton petit déjeuner. Tu as déjà faim ?

Désemparé, Kane lui sourit.

— J'ai toujours faim. Je brûle beaucoup de calories rien qu'en prenant le volant pour aller travailler.

— Ah, ça doit être pénible, gloussa-t-elle. Tu sais, je n'ai jamais entendu personne se plaindre de brûler trop de calories.

Kane lui lança un coup d'œil intrigué, se retenant de sourire.

— La prochaine fois que je vois quelqu'un qui pèse plus de 115 kilos pour un mètre quatre-vingt-quinze, je lui poserai la question, mais j'imagine que s'ils faisaient de la gym tous les matins comme nous deux, ils auraient peut-être le même problème que moi. Tu es jalouse ?

Il se gara sur un des emplacements réservés au département du shérif.

Jenna soupira, rassembla ses affaires et fronça les sourcils.

— Plus jalouse que tu ne penses. Je ne suis pas emballée par la perspective d'une autopsie dès ma reprise.

Kane remarqua son regard soucieux.

— Espérons que ce n'est pas un homicide, mais s'il y a eu viol, nous traquerons le salaud qui a fait le coup.

— Absolument, renchérit Jenna en sortant du véhicule. Encore une semaine idéale qui commence.

Elle secoua la tête et se dirigea vers la porte du bâtiment.

Kane s'arrêta à l'accueil pour offrir à la réceptionniste, Magnolia Brewster – Maggie – un cadeau rapporté de Santa Cruz.

— Merci d'avoir fait tourner la baraque et d'avoir gardé un œil sur Duke dans la journée.

Il laissa se glisser sous le comptoir le lévrier dont la queue frétillait.

— C'est moi qui vous remercie. Cet animal est toujours de bonne compagnie et il est très sage, mais je crois que vous lui manquiez. Rowley a été ravi de me le laisser, il prétend que Duke est très méchant avec son chien. Moi, je n'ai rien vu de tel ici. Il restait dans son panier et il ronflait la plupart du temps.

Kane se demanda pourquoi Rowley n'avait pas signalé ce problème.

— Duke est très possessif ; l'hiver dernier, il a refusé que le chien de Rowley entre chez moi.

— Oh, je sais. Je me suis occupée de Spike quand Rowley s'était installé au ranch du shérif.

Maggie examina le paquet comme si elle le savourait d'avance, puis le retourna et lança à Kane un sourire radieux.

— Je vais devoir m'assurer que vous prenez des vacances tous les ans, si vous revenez à chaque fois avec des cadeaux. Vous en avez bien profité ?

Kane gloussa.

— Oh... oui.

— Hum, vous n'avez pas prévu de nous révéler les détails, c'est ça ?

Rowley apparut à côté d'elle, hilare.

— Non, répondit Kane. Il faut qu'on vous laisse, le shérif nous attend.

Sans s'attarder, il fit signe à Rowley de se rendre dans le bureau de Jenna et le suivit.

— Eh bien, quelles sont les nouvelles, Jake ? Wolfe est venu ce matin me parler d'un suicide. Avez-vous rédigé un rapport pour moi ? demanda Jenna, en ouvrant son registre de main courante.

— Oui, madame, c'est dans votre dossier, dit Rowley en consultant son iPad. À part le suicide, c'était la routine : infractions routières, encore une bagarre au Triple Z. Apparemment, les étudiants ont décidé d'aller boire là-bas, et ils se sont battus avec les cow-boys venus en ville pour le rodéo.

— S'ils ont plus de 21 ans, on ne peut pas y faire grand-chose, soupira Jenna. J'imagine que le gérant pourrait leur interdire l'accès mais ça lui fait de la clientèle en plus. Voyons plutôt cette affaire de suicide, dit-elle en ouvrant son ordinateur.

Kane pivota sur sa chaise pour regarder Rowley.

— Qu'est-ce que vous avez pensé de la scène ?

— Chrissie Lowe était habillée et il n'y avait pas beaucoup

de sang. La douche n'avait pas été coupée. Elle était toute blanche, et à cause de l'eau chaude qui lui coulait dessus, Wolfe pense qu'il sera difficile de déterminer l'heure du décès. Elle avait des entailles profondes sur les deux bras, ajouta Rowley après s'être éclairci la gorge, et j'ai trouvé un canif à côté d'elle.

— Avez-vous parlé à la personne qui a découvert le corps ? demanda Jenna, penchée par-dessus son bureau. C'était sa colocataire, non ?

— Oui, Livi Johnson, confirma Rowley en se frottant le visage. Elle était hystérique, elle pleurait, elle tremblait de tout son corps. J'ai eu du mal à tirer quoi que ce soit d'elle. Je pense y retourner aujourd'hui pour lui parler à nouveau. Une autre fille m'a signalé que Livi a commencé à hurler vers 7 heures, dimanche matin. Elle était entrée dans la salle de bains après avoir attendu un moment sans que Chrissie lui réponde.

Kane fronça les sourcils.

— La scène de crime a été contaminée ?

— Non, lui répondit Rowley. J'ai mis des gants pour tourner le robinet de la douche et vérifier si la victime vivait encore. Puis j'ai appelé Wolfe. Nous avons étudié la scène, pris des photos, recueilli des empreintes. J'ai fermé la porte de la chambre et j'ai emporté la clé. J'ai obtenu des détails sur les proches grâce à Rose Bishop, la directrice de l'internat, et Wolfe s'est chargé du reste. Webber et lui ont emmené le corps à la morgue. Il a contacté les parents et a obtenu leur permission pour l'autopsie. C'est vraiment terrible pour cette famille : ils venaient d'apprendre en début de semaine que leur fils est porté disparu au combat. Selon Wolfe, le père est en phase terminale et la mère n'a pas non plus l'air bien vaillante.

La tristesse s'abattit sur Kane lorsqu'il échangea un regard avec Jenna. Tous deux connaissaient ce qu'on ressent lorsque l'on perd un proche.

— OK. Vous avez emporté tous les appareils que possédait la victime ?

Rowley eut l'air contrarié.

— Wolfe a pris son ordinateur portable mais nous n'avons pas pu mettre la main sur son téléphone. Vu comme vous en parlez, je suppose que ce n'est pas simplement un suicide.

— D'après l'examen initial, Wolfe pense que Chrissie a été violée, expliqua Jenna en écartant ses cheveux de ses yeux. Nous devons assister à l'autopsie ce matin. Il nous faudra son emploi du temps pour les heures ayant précédé sa mort. Où est-elle allée ? À qui a-t-elle parlé, et qui est la dernière personne à l'avoir vue en vie ? Kane, je veux que tu te tapes tout le travail fastidieux avec Rowley. Rencontrer ses amies d'internat et voir ce qu'elles ont à dire. Moi, j'appelle la fac pour obtenir la liste de ses cours de vendredi. Je vais tâcher d'obtenir des renforts de Blackwater pour que nous soyons libres d'enquêter. Avec ce rodéo en ville, il faut que les bureaux restent ouverts. Après l'autopsie, on pourra reconstituer les événements.

Kane se leva et lui sourit.

— Compris. Je serai de retour avant 11 heures pour aller à la morgue.

***

Alors qu'ils partaient pour l'université, Rowley se tourna vers Kane.

— Alors, ces vacances, c'était comment ? Maintenant que Maggie ne nous écoute plus, vous pouvez me raconter.

Kane éclata de rire.

— Vous voulez dire « c'était comment, ces vacances avec Jenna » ? C'était génial.

— Mouais, fit Rowley d'un air suggestif. Génial, je vois.

— On est juste amis, elle et moi. N'interprétez pas mes propos, Jake. Chacun apprécie la compagnie de l'autre, c'est tout.

Rowley mit les mains en l'air comme s'il capitulait.

— Entendu. Vous êtes juste bons amis, d'accord.

Lorsqu'ils arrivèrent devant l'internat des étudiants de première année, ils trouvèrent des fleurs et un écriteau portant les mots « RIP Chrissie ». Sur la pelouse, un groupe de filles se recueillait. Une fois à l'intérieur, ils se heurtèrent à une femme d'une trentaine d'années qui leva la main, telle une sentinelle.

— Que voulez-vous, messieurs ? Le moment n'est-il pas assez pénible pour ces jeunes filles sans que vous les questionniez ?

Kane la dévisagea, incrédule.

— Nous devons leur parler tant que les événements sont encore clairs dans leur esprit. Maintenant, si vous voulez bien nous laisser passer, nous avons besoin de voir Livi Johnson.

La femme lui adressa un regard plein de mépris.

— Je vous emmène. La pauvre, elle ne fait que trembler depuis ce matin. Le médecin légiste a condamné les lieux et elle n'a même pas pu récupérer ses affaires. Elle ne peut pas aller en cours en pyjama. Quand aurons-nous à nouveau accès à la chambre ?

— Je vais me renseigner, madame, mais ce ne sera pas tout de suite.

Kane la suivit dans une grande pièce aux larges fenêtres donnant sur un jardin bien entretenu. Des canapés à fleurs entouraient une cheminée assez immense pour qu'on y fasse rôtir un porc entier.

— Je devrais pouvoir aller chercher quelques vêtements pour elle, reprit-il, mais comme il s'agit potentiellement d'une scène de crime, nous ne pouvons pas prendre le risque qu'il y ait contamination des preuves.

— Contamination des preuves ?

La femme avait le nez crochu et des cheveux roux hérissés dans tous les sens. Elle ressemblait à un coq, dans sa façon de se dresser sur ses ergots et de le toiser avec ses petits yeux noirs.

— Chrissie était dans la douche, les poignets tranchés. Ce

qui s'est passé me paraît clair : elle s'est suicidée. Ce n'est pas le premier cas, mais ça devient une épidémie. Dès qu'il y a quelque chose qui cloche dans leur vie, elles y mettent fin.

Surpris par ce manque de compassion, Kane baissa la voix.

— Je sais que le taux de suicide augmente parmi les jeunes, mais ça ne signifie pas qu'il faille s'y résigner. Pour toute mort violente, le légiste prend sa décision selon les éléments qu'il découvre. Pour le moment, il a des raisons de penser qu'il s'agit d'une mort non naturelle.

— Ah oui ? Pourquoi ?

— Je n'ai pas le droit de vous répondre, dit Kane en prenant son carnet. Puis-je connaître votre nom et les fonctions que vous exercez ici ?

— Rose Bishop. Je suis directrice de l'internat des étudiantes.

Pendant qu'elle lui lançait un regard assassin, Kane nota ces informations.

— Le couvre-feu est à quelle heure ?

— Le couvre-feu ? Vous me demandez à quelle heure je verrouille la porte d'entrée ? À 23 h 30 tous les soirs, sauf le samedi. Ce jour-là, je ne la ferme pas, sinon je dois me lever toute la nuit pour aller ouvrir. Bien, je vais chercher Livi.

Elle tourna les talons et s'engagea dans le couloir.

— Elle était ici hier matin, précisa Rowley. Elle a passé son temps à lever les bras au ciel. J'ai essayé de l'interroger mais elle a refusé de me parler, prétendant que le bien-être de ses filles était plus important que tout ce que je pouvais avoir à lui dire.

Kane se frotta le menton, se demandant si Rose Bishop avait quelque chose à cacher.

— Hmm... Je suis sûr qu'aujourd'hui, elle trouvera le temps de nous parler.

Quand Livi apparut, vêtue d'un pantalon de jogging trop grand, blême et les yeux rougis à force de pleurer, Kane lui désigna un siège. Il s'adressa ensuite à Bishop.

— Merci, vous pouvez nous laisser.

— Je pense que je devrais rester avec Livi, répliqua Bishop en pointant le menton vers lui.

Kane s'assit sur le canapé à côté de la jeune fille et Rowley s'adossa au mur, les bras croisés sur la poitrine.

— Nous préférerions être seuls pour l'interroger. Si vous êtes d'accord, ajouta Kane à l'intention de Livi. Faites-moi confiance, je sais ce qu'on ressent quand on découvre un corps, et si vous n'êtes pas en état de me parler aujourd'hui, ce n'est pas un problème.

— Ça ira, madame Bishop, je me sens mieux.

Livi attendit que Bishop ait quitté la pièce, puis leva vers Kane ses grands yeux marron pleins de tristesse.

— J'ai dit tout ce que je savais au médecin légiste. Je me suis réveillée, j'ai entendu la douche qui coulait dans la salle de bains. J'ai attendu une demi-heure et j'ai appelé Chrissie. Comme elle ne répondait pas, j'ai ouvert la porte. Je suis désolée, je ne sais pas ce qui lui est arrivé. Je dormais.

Kane ouvrit son carnet et prit un stylo.

— C'est parfait, mais je dois vous poser quelques questions sur la veille de son décès.

— Bien sûr, dit Livi en serrant ses genoux entre ses bras. Allez-y.

— Quand avez-vous vu Chrissie pour la dernière fois ?

— Vers 21 heures, samedi soir ; elle était invitée à une soirée. Elle avait rencontré un type de l'équipe de foot.

Kane prit des notes puis la regarda à nouveau.

— A-t-elle mentionné son nom, ou indiqué où avait lieu cette soirée ?

— Oui, c'était Seth Lyons, le quarterback, répondit Livi avec un petit sanglot de détresse. Je lui avais dit de ne pas fréquenter les footballeurs. Ils ont une maison en dehors du campus, et il vaut mieux éviter leurs fêtes. Ils sont à fond dans le bizutage, et c'est dangereux d'y aller seule, pour une fille de première année.

Dans le cerveau de Kane, les idées se bousculaient à toute allure.

— Et pourtant elle y est allée seule ?

— Oui. Quelques jours avant de rencontrer Seth, elle a reçu une mauvaise nouvelle, son frère avait disparu. Il est dans les Navy SEALs. Elle m'a dit que ça la rendait folle d'attendre et qu'elle avait besoin de se changer les idées.

Kane acquiesça.

— Possède-t-elle un véhicule ?

— Non. On est venu la chercher ici, mais ce n'était pas Seth qui était au volant. Il a une Mustang rouge et je l'ai vue monter dans une voiture un peu plus loin, comme si c'était un secret.

— Avez-vous remarqué la marque ou la couleur ?

— Je pense qu'elle était gris métallisé, ou peut-être bleu clair. Je n'ai pas reconnu la marque. Pour moi, toutes les voitures se ressemblent. On est amies avec un tas de garçons, qui auraient tous pu la conduire là-bas.

— Était-elle sortie avec l'un d'eux avant de rencontrer Seth ?

— Oui, quelques garçons du lycée, pas beaucoup, et le seul autre, c'est Phil Stein, qui était en terminale quand nous étions en première, expliqua Livi en s'essuyant le nez avec un mouchoir en papier. Certains types de première année sont infects, alors on préfère les troisième année. Ça m'a surprise qu'un quatrième année l'invite.

Kane parut perplexe. Il devenait évident que plusieurs personnes étaient impliquées dans cette affaire.

— Fréquentait-elle Seth depuis longtemps ?

Nerveuse, Livi se triturait les ongles.

— Non, elle ne le fréquentait pas du tout. Il est venu la trouver vendredi à la cafétéria, il a attendu qu'elle soit seule pour lui parler. Il lui a barré la route et lui a fait tout un boniment, comme s'il s'intéressait spécialement à elle. « Tu me plais trop, viens avec moi à une soirée samedi soir. Mets un truc court pour qu'on voie bien tes belles jambes. Ne dis rien à personne, pour qu'on ne nous gâche pas notre plaisir. » Évidemment, Chrissie a failli s'évanouir et, quand elle est revenue à table, elle avait des étoiles dans les yeux, elle était folle amoureuse. Elle m'a tout confié, immédiatement. Elle ne pouvait plus s'arrêter de parler de lui. Elle a même bavé sur sa photo sur Facebook, et voilà comment ça a fini, conclut Livi, en refoulant un sanglot.

Relevant la tête de ses notes, Kane l'observa. Elle semblait bouleversée et furieuse, ce qui était une réaction normale. Après le choc qu'elle avait éprouvé en découvrant le corps de son amie, il répugnait à insister, mais il lui fallait d'autres renseignements et elle semblait se ressaisir.

— A-t-elle parlé à quelqu'un d'autre avant d'aller à cette soirée ?

— Oui, on a discuté avec les autres filles pendant le dîner, comme d'habitude, et elle a envoyé un texto pour décommander un rendez-vous avec Phil – Phillip Stein, un deuxième année. Il a dû être déçu ; il était dingue d'elle avant que Seth entre dans l'histoire. Après le dîner, on est revenues dans notre chambre et on a papoté pendant qu'elle se douchait et s'habillait pour sortir. J'ai fait quelques pas dehors avec elle et elle n'a parlé à personne d'autre. J'aurais dû l'accompagner, s'exclama Livi, le visage chiffonné. Je lui ai proposé, mais elle n'a pas voulu.

La jeune fille succombait à nouveau au désarroi, et Kane souhaitait terminer leur entretien au plus vite.

— Pas d'autres coups de fil ? Des textos, des messages sur les réseaux sociaux ?

— Non, je ne crois pas, dit Livi en s'essuyant les yeux avec les doigts. Il y a autre chose ?

— Oui, si vous permettez. Vous rappelez-vous quels vêtements elle portait quand elle a quitté l'internat ?

— Un crop top blanc et une chemise rose, des sandales argentées.

Tout à coup, Livi eut l'air de réfléchir. Elle battit des paupières plusieurs fois et parla presque comme un automate.

— Ses chaussures avaient disparu. Dans la douche, elle était tout habillée, mais elle n'avait pas ses nouvelles chaussures, et sa jupe était déchirée sur le côté. Elle avait aussi une lèvre fendue et un bleu sur une joue. C'est Seth qui l'avait frappée ?

Elle frissonnait comme si toutes les pièces du puzzle se mettaient en place. Kane s'éclaircit la gorge.

— Je ne sais pas. Pourriez-vous identifier ses chaussures ?

— Oui, je crois.

Les larmes coulèrent sur le visage de Livi alors qu'elle décrivait en détail les sandales à paillettes.

— Je lui avais dit de ne pas y aller.

Kane attendit un instant pour qu'elle se calme.

— Merci. Pourriez-vous aussi me décrire son téléphone. La marque, la coque, ce dont vous vous souvenez ?

— Il avait une coque argentée. Elle avait collé un smiley jaune dessus. Elle le mettait partout, cet émoji ; c'était comme son logo.

La jeune fille poussa un gémissement. Kane se leva ; il n'avait jamais su comment se comporter face aux larmes.

— Écoutez... euh... C'est tout ce qu'il me faut pour le moment. Si vous m'indiquez votre chambre, j'y entrerai pour y chercher vos affaires.

— Moi, je ne veux pas y remettre les pieds. Toutes mes affaires sont à droite, près de la fenêtre. Chrissie avait le placard de gauche, précisa-t-elle avec un long regard triste. Vous savez, je suis venue ici parce que Black Rock Falls est un des rares campus où il y a une salle de bains dans chaque chambre d'internat. En général, il y a des douches communes. Si j'avais choisi n'importe quelle autre fac, je n'aurais pas trouvé Chrissie comme ça.

Kane acquiesça.

— Je vous rapporte vos affaires.

Il fit signe à Rowley de le suivre et sortit de la pièce. Dans le couloir, il se dirigea aussitôt vers Rose Bishop.

— Où pouvons-nous trouver Seth Lyons ?

Bishop écarquilla les yeux.

— Le footballeur ? Une seconde, dit-elle en s'approchant d'un panneau d'affichage pour examiner une liste. C'est bien ce que je pensais, Lyons et d'autres membres de l'équipe de foot sont partis dimanche matin pour une session d'entraînement ; ils seront de retour ce soir vers 21 heures.

— OK, merci. Montrez-moi la scène de crime, demanda Kane à Rowley.

Tout en marchant, il enfila des gants en latex et des surchaussures.

— Vous avez été bizuté quand vous étiez ici ?

— Non, répondit Rowley, en haussant les épaules. Je n'habitais pas dans le campus, donc ils m'ont foutu la paix. Et vous ?

— À 16 ans, j'avais déjà ma taille adulte. Une chance, je suppose. Je n'ai encore rencontré personne qui puisse m'intimider.

— C'est bizarre, je me doutais que vous alliez dire ça.

Rowley s'arrêta devant une porte couverte de ruban jaune et sortit son téléphone.

— J'ai pris des photos à l'intérieur. Je n'ai pas le souvenir d'avoir vu des chaussures dans la salle de bains ou à proximité.

Kane fit défiler les photos, zoomant sur la position du corps, sur le canif et sur une trousse de maquillage ouverte. Ils n'avaient trouvé aucun message, aucune empreinte sur le canif. Les incisions sur les bras ne reflétaient aucune hésitation. Kane regarda autour de lui et secoua la tête. *Mais qu'est-ce qui t'est arrivé, Chrissie ?*

3

L'angoisse pesait comme un fardeau sur les épaules de Jenna lorsqu'elle entra dans la morgue après Kane et Wolfe. Lorsqu'elle avait consulté les photos de la scène de crime dans le dossier, elle avait été accablée par le chagrin. Elle avait vu les images atroces de Chrissie Lowe, cette jeune femme qui avait toute sa vie devant elle. Un monstre l'avait-il violée, peut-être assassinée, ou tellement blessée qu'elle avait préféré mettre fin à ses jours ?

Jenna rassembla son courage, résolue à apprendre ce qui était arrivé à Chrissie et à traîner le criminel devant la justice. À l'intérieur de la morgue, la puanteur familière parut ramper vers elle en un nuage glacé. Elle prit un masque dans la boîte posée sur le comptoir, l'enfila, puis ramassa une paire de gants. Rien ne pouvait atténuer l'odeur de mort, malgré le froid ou la quantité d'antiseptique utilisée par Wolfe. Elle semblait s'accrocher à ses vêtements et à ses cheveux, comme un être à part entière. Jenna vit le flacon de baume mentholé que Kane s'était mis sous le nez et elle le lui déroba.

— Merci, dit-elle.

— Je t'en prie.

Ajustant son masque chirurgical, Kane prit place à droite de Wolfe. Jenna le rejoignit et contempla le corps recouvert d'un drap blanc. Vêtu d'une blouse verte, portant masque et gants, Wolfe ne ressemblait guère au Texan dur à cuire qu'elle avait rencontré des années auparavant.

— Avez-vous l'heure de la mort ? lui demanda-t-elle.

Wolfe rabattit le drap, le replia et le rangea sous la civière.

— Quand a-t-elle été vue en vie pour la dernière fois ? s'enquit le légiste.

— Selon sa colocataire, dit Kane, elle est partie à 21 heures et on l'a vue monter peu après dans une voiture gris métallisé ou bleu clair. Le corps a été découvert à 7 heures dimanche matin.

Wolfe tira le micro vers lui et se mit à dicter ses observations, en indiquant la date et les participants, ainsi que le nom et les coordonnées de la défunte.

— OK. L'heure du décès reste à préciser et se situe entre 21 heures samedi et 7 heures dimanche. Les conclusions seront modifiées en fonction des informations récoltées. Une enquête plus poussée sur la dernière personne à l'avoir vue en vie lors de la soirée permettra de réduire la fourchette temporelle. La température de l'eau de la douche a renforcé la rigidité cadavérique, mais à en juger d'après l'état de l'épiderme, j'estime que l'immersion a duré approximativement entre quatre et cinq heures après la mort.

Jenna se rapprocha et tressaillit devant toutes les meurtrissures visibles sur le corps.

— Avez-vous fait des prélèvements ?

— Oui, je n'ai trouvé aucune trace d'ADN autre que le sien, répondit Wolfe en relevant la tête. Les vêtements étaient mouillés et n'ont fourni absolument aucun ADN utilisable. Les ecchymoses sur les deux bras sont compatibles avec la pression exercée par de grandes mains. Vu l'ampleur des dégâts, je pense qu'elle a été maintenue pendant une durée prolongée. Il n'y a pas de blessures défensives, et les ongles ne sont pas cassés.

C'est très rare, que les victimes ne se débattent pas. Les bleus sur les cuisses sont compatibles avec un viol. On voit clairement les marques laissées dans la chair par des ongles. L'empreinte de main sur le visage correspond à une gifle. D'après la zone d'impact, je dirais que c'est ce qui a causé la lèvre fendue. Elle n'a pas d'os cassés ni de trauma à la tête, ajouta le légiste en désignant la radiographie. J'ai pris des échantillons sanguins pour une analyse toxicologique. Je vérifie le contenu de l'estomac à la fin, mais le taux d'alcool dans le sang est élevé. Assez pour nuire à ses facultés cognitives et de raisonnement.

Jenna avait envie de détourner les yeux, de fuir cette pièce, d'aller directement à l'université, d'aligner devant un mur tous les hommes présents sur le campus pour les injurier jusqu'à ce qu'elle découvre le coupable. Au lieu de quoi elle inspira profondément et eut recours à la partie logique de son cerveau. Elle avait besoin de réponses, et même si Chrissie était morte, la jeune femme détenait les réponses à toutes leurs questions. Elle attendit patiemment que Wolfe termine.

— Quelles conclusions avez-vous pour moi ?

— Je peux confirmer qu'elle a été violée sur une période de quelques heures. Pas seulement par un homme, mais par plusieurs.

Le regard de Wolfe croisa celui de Jenna. Une rage immense s'accumulait en elle. Elle contempla les traits angéliques de Chrissie et comprit combien la jeune femme avait été terrifiée durant cette épreuve. Ivre, impuissante, elle n'avait pu se défendre.

— Si elle en a reconnu certains, ou si elle a menacé de porter plainte à la police, ils ont pu mettre en scène son suicide.

— Exactement, c'est pourquoi je laisse la cause du décès en suspens tant que je n'aurai pas examiné les blessures au microscope pour obtenir plus d'informations. Cela prendra quelques jours, je le crains. Je vais la faire rouler, annonça Wolfe, en regardant Jenna par-dessus son masque.

Avec l'aide de Kane, Wolfe retourna le corps et examina chaque centimètre carré de la peau blanche de Chrissie, inventoriant toutes les égratignures et tous les bleus, puis la remit sur le dos. Jenna détestait assister aux autopsies, mais cela faisait partie du métier, et quand il s'agissait d'une jeune femme, cela lui brisait le cœur. Malgré le soin et le respect dont Wolfe faisait preuve, l'affreuse vérité n'en était pas moins que Chrissie était partie à la rencontre du garçon de ses rêves et qu'un groupe d'hommes l'avait violée. Avait-elle été assassinée, ou avait-elle décidé de se tuer plutôt que de vivre avec ce souvenir ?

Jenna se concentra sur les preuves et laissa les différents scénarios s'installer dans son esprit. Même si elle était émue, elle devait rester objective et découvrir toute la vérité sur cette affaire. Elle irait parler à la colocataire afin de lui poser quelques questions personnelles sur son amie. Kane n'avait pas demandé à Livi depuis combien de temps Chrissie et elle se connaissaient.

— Jenna, ça va ?

Wolfe recousait le corps. Jenna fronça les sourcils.

— Tout va bien.

— Je vous enverrai un rapport complet quand j'aurai analysé le contenu de l'estomac, mais d'après l'odeur, je dirai qu'il s'agit de jus de fruits mélangé à de la vodka, avec sans doute du whisky, cocktail efficace. Vu la quantité, je pense qu'elle a dû vomir avant de mourir.

— La pauvre, dit Jenna en écartant une mèche de cheveux du visage de Chrissie. Nous trouverons qui t'a fait ça, je te le promets.

— Oui, nous les trouverons.

Wolfe termina, recouvrit le corps, puis le rangea dans l'armoire frigorifique. Quand la porte métallique se referma, il se retourna vers le shérif.

— J'ai réalisé une analyse toxicologique de son sang, mais j'ai aussi procédé à des tests spécifiques pour le Rohypnol et le

GHB, les drogues du viol. Je vais aller voir s'ils sont prêts, puisque l'analyse complète mettra jusqu'à trois semaines pour revenir du labo.

Il ôta ses gants et sortit de la pièce à grands pas.

Jenna reparti s'adressa à Kane.

— Il faut que je parle à Livi pour obtenir quelques détails personnels. Je veux aussi en savoir plus sur Phillip Stein et voir si on peut obtenir la liste des garçons que Chrissie connaissait, même si, pour le viol, mes soupçons penchent plutôt vers l'équipe de foot.

— Elle est assez perturbée ; il vaudrait peut-être mieux attendre demain. Mais c'est toi le chef, conclut Kane, en haussant les épaules.

— D'accord, on la laisse respirer un peu. Il y a peu de risque qu'elle oublie de sitôt ce qui s'est passé, dit Jenna, en retirant ses gants et son masque qu'elle jeta à la poubelle. C'est beaucoup plus dur d'assister à une autopsie quand c'est le corps d'une jeune femme. Les brutalités qu'elle a subies me mettent tellement en colère.

— J'ai vu les flics les plus aguerris s'évanouir pendant une autopsie, ou pire, vomir... comme si ça ne sentait pas déjà assez mauvais.

Ils franchirent les portes et, dans le couloir, Jenna soupira.

— C'est une bonne chose que Wolfe s'en tienne au domaine technique. Son examen m'a appris deux ou trois choses intéressantes : avant le viol, elle n'était pas sexuellement active, et ses assaillants ont utilisé une protection, ce qui signifie que ce n'était pas une agression improvisée. Les quelques brins d'herbe fraîchement coupée qui collaient au tissu de son haut viennent apparemment de la pelouse devant sa chambre, de sorte qu'elle a dû être ramenée à l'internat et déposée par terre.

— Comme personne n'a assisté à son retour, nous n'avons pas d'heure approximative.

Kane enfonça ses mains dans les poches avant de son jean. Jenna s'appuya au mur blanc et froid, croisant les bras.

— Si, en fait.

— Comment ça ?

Kane imita sa posture.

— Nous savons que quelqu'un est venu la chercher juste après 21 heures, et Livi l'a trouvée à 7 heures. Si elle a passé quatre à cinq heures sous l'eau, elle a dû entrer dans la douche entre 2 et 3 heures du matin. Si nous mesurons la distance entre l'internat et le domicile de Lyons, nous saurons à quelle heure elle est arrivée à cette soirée.

— Si elle y est arrivée, observa Kane, haussant le sourcil. La voiture appartenait évidemment à quelqu'un qu'elle connaissait, sinon elle n'y serait pas montée.

Jenna se redressa.

— Nous savons que Seth Lyons a une Mustang rouge. Alors pourquoi n'est-il pas allé la chercher avec son véhicule ?

— Peut-être parce qu'il se voit comme le nez au milieu de la figure, et que s'il prévoyait de la violer, pourquoi se faire repérer ? Livi dit l'avoir entendu conseiller à Chrissie de tenir leur rendez-vous secret.

Jenna dressa l'oreille.

— Alors pourquoi ne l'as-tu pas convoqué pour l'interroger ?

Kane se décolla du mur, les mains le long du corps.

— Oh, je m'en serais donné à cœur joie, mais il est en vadrouille avec le reste de l'équipe. Il est parti dimanche matin et le bus reviendra ce soir vers 21 heures. Il paraît qu'ils boivent sur la route du retour, donc pour qu'il ne puisse pas prétexter avoir parlé sous l'emprise de l'alcool, nous devrions plutôt le questionner demain matin à la première heure.

Avant que Jenna puisse répondre, les portes s'ouvrirent, signalant l'arrivée de Wolfe. Elle le regarda, dans l'expectative.

— Avez-vous trouvé quelque chose ?

— Tout à fait. Le test est positif pour l'acide gamma-hydroxybutyrique ou GHB, déclara Wolfe en brandissant une feuille de papier. D'après la concentration dans le sang, je dirais qu'elle en a pris vers 23 heures. La dose était forte. Une pilule l'aurait assommée, vu la quantité d'alcool qu'elle avait consommé, mais ce devait être au moins le double.

Jenna plissa le front.

— Je n'ai aucun rapport concernant un fournisseur de GHB dans ma ville. Dans le dernier cas connu, une drogue du viol a été administrée par injection, et elle ne peut venir du même dealer.

— Non, il s'agissait de kétamine, un anesthétique qu'on utilise par piqûre. Le GHB est une drogue urbaine, donc s'il n'y a pas de fournisseur à Black Rock Falls, c'est que quelqu'un en apporte d'ailleurs. Que ça vous plaise ou non, cette drogue est accessible partout. Ce qui répond à une foule de questions. Le GHB agit rapidement et ses effets durent plusieurs heures. Chrissie devait avoir du mal à parler et aurait certainement été incapable de se débattre.

Jenna se mordilla la lèvre inférieure, repensant à d'autres cas ayant impliqué des drogues semblables.

— Je pensais que la drogue du viol faisait oublier à la personne ce qu'on lui avait infligé, donc ça exclut le suicide, non ?

Les yeux gris de Wolfe se firent compatissants.

— Réfléchissez. Cette pauvre fille ne se serait pas rappelé les détails tant qu'elle était à demi consciente. Quelqu'un a dû la frapper au visage, lui fendre la lèvre, puis la menacer. Elle a dû savoir ce qui lui arrivait. Elle a dû souffrir énormément.

Jenna dévisagea Kane. La présence d'un profileur dans son équipe lui permettait de mieux comprendre le comportement criminel.

— À toi de jouer, Kane. Quel genre d'homme se conduit ainsi avec une jeune femme sans défense ?

— Je ne crois pas qu'il ait attaqué au hasard. Nous pourrions nous intéresser aux violeurs en série. Nous n'avons encore jamais eu de cas de faux suicide, donc je ne sais pas s'il prévoyait de la tuer. Je suis d'accord avec Wolfe, la menacer était le seul moyen de la faire taire, dit-il, en se frottant le menton. Ces types-là ont un système. Ils choisissent une victime potentielle, identifient ses points faibles, puis s'en servent pour s'assurer de son silence.

Horrifiée, Jenna avala sa salive avec peine.

— Tu es sûr que les criminels n'en étaient pas à leur première tentative ?

— C'est vraisemblable. Ils sont bien organisés. Ils ont tous utilisé une protection, ils ont pris soin de la véhiculer dans une voiture ordinaire. Si c'est un groupe, comme un gang ou une équipe de foot, ils se couvriront les uns les autres. Tu peux être sûre que les coupables auront un alibi en béton.

— Ce ne sera peut-être pas suffisant, intervint Wolfe, jambes écartées et mains sur les hanches. Les bleus qu'elle a sur le corps sont caractéristiques et certains forment des traces de main très nettes. Je suis sûr qu'on distingue une bague sur l'une d'elles. Je vais étudier les images de près pour voir si elles permettent d'identifier quelqu'un. Nous avons la technologie nécessaire pour relever les empreintes latentes sur la peau, mais comme la victime est restée un moment sous l'eau, ce sera impossible à réaliser.

Jenna sentait la colère bouillonner en elle, et cela la motivait encore plus pour mettre la main sur ceux qui avaient abusé de Chrissie.

— Merci, c'est très intéressant. J'aurai besoin de votre rapport au plus vite. Je suppose que je devrai annoncer la triste nouvelle aux parents, pour le viol, avant que les médias ne s'emparent de l'affaire.

— Ils viennent cet après-midi. Ils auront envie d'organiser les obsèques et ils ne seront pas ravis si je dois retarder la procédure, fit remarquer Wolfe en la regardant longuement. Ils auront des questions et je pense que je suis le mieux placé pour y répondre. Je vous appellerai quand ils seront partis, comme ça vous pourrez rédiger un communiqué de presse si ça vous paraît nécessaire.

— C'est gentil, merci. Je ne vous envie pas ; il n'y a rien de pire que d'aggraver l'affliction de parents endeuillés. Kane, nous repartons au bureau. Si on ne peut pas interroger Seth Lyons et ses amis, je veux qu'on vérifie ses antécédents et ceux de tous les membres de l'équipe de foot. Nous nous renseignerons aussi sur Phillip Stein. Je veux tout savoir sur eux. Quand j'en aurai fini avec eux, ils sauront combien de fois par jour ils vont aux toilettes.

4

LUNDI SOIR

Il avait toujours été rationnel, soucieux d'envisager chaque situation sous tous les angles. Observer les causes et les effets du comportement des gens était devenu un mode de vie. Caché derrière les buissons, il espionnait la rue obscure, avec tous les bâtiments du campus universitaire. Des réverbères bordaient les allées de taches de lumière jaune, pour que les étudiants puissent se déplacer sans danger d'un lieu à l'autre – mais était-ce sans danger ? Il était tapi dans l'ombre, *lui*, il pouvait s'attaquer au hasard à un promeneur sans malice et l'exécuter en quelques secondes. En vérité, s'il décidait de les tuer tous, personne ne serait à l'abri.

Il était fasciné par les feuilles d'érable. Chacune était la réplique de milliers d'autres, mais différait par la taille ou la couleur. Même chose pour le pin auquel il s'adossait : l'écorce et les aiguilles avaient le même aspect que tous les autres. Il en allait de même pour les insectes, les fourmis, les papillons. Dans la nature, les membres de chaque espèce se ressemblaient comme s'ils avaient été clonés. L'homme mis à part, la plupart des espèces partageaient un code génétique similaire, sinon identique. C'est seulement quand l'homme était impliqué et sélectionnait les spécimens selon ses préférences qu'un change-ment spectaculaire se produisait au sein d'une espèce. Pourtant, sur terre, rien n'agissait comme l'homme, et le fait de posséder une intelligence supérieure avait un prix. Il se demandait souvent si Dieu créait chaque être humain avec un code ADN unique, pour empêcher les criminels de tuer impunément.

Il se détendit, habitué à attendre. Il n'avait jamais compris l'impatience. Les choses se produisaient en temps et en heure, et il appréciait l'occasion de méditer sur le sens de la vie – ou de la mort. Tandis que l'air frais du soir agitait les feuilles, il se focalisa sur deux filles en short, le ventre à nu, qui couraient en gloussant sur l'un des sentiers, secouant leur queue-de-cheval. La nuit, il se passait beaucoup de choses sur le campus. La piscine, la salle de gym et la bibliothèque restaient ouvertes très tard. Les étudiants se servaient des salles pour les débats et les réunions des clubs. L'endroit semblait rarement dormir.

Au loin, il entendit un changement de vitesse et des freins couiner lorsqu'un bus tourna au bout de la rue, dégageant un nuage de fumée toxique éclairé par les réverbères. Le groupe de footballeurs que transportait le véhicule avait eu droit à un trai-tement de faveur de la part de l'entraîneur, car ils étaient de ceux qu'il aimait exhiber devant les recruteurs.

Alors que les sportifs sortaient du bus, il s'avança vers l'uni-versité dans le chemin obscur, se mêlant aux étudiants qui rega-gnaient leur internat. D'après les conversations, certains membres de l'équipe comptaient utiliser la salle de gym et la piscine. Il sourit dans la pénombre et baissa sa casquette de base-ball pour dissimuler ses yeux. La patience était une vertu dont il était amplement pourvu, et il allait en goûter tous les fruits. Ce soir, il frapperait.

5

Alex Jacobs admirait son reflet dans le miroir au-dessus du lavabo. Il leva les deux bras pour mettre en valeur ses biceps rebondis, et il sourit. Un homme mesurant un mètre quatre-vingt-sept et aux dents éclatantes le regardait, bronzé, les cheveux blonds bien coupés. Il avait créé son corps au prix de quelques années de dur labeur en salle de gym. Ses efforts s'étaient avérés payants et il était fier de son physique. Il pouvait compter sur son poste d'avant-gauche au sein de l'équipe de foot, tout comme sur son amitié avec le quarterback Seth Lyons.

Il entra dans la salle de gym, ravi de trouver l'endroit désert et silencieux. À cette heure de la nuit, il avait en général la salle pour lui seul, si bien qu'il fut surpris par un mouvement furtif, dans l'ombre. La silhouette appuyée au mur l'épiait et n'avait pas bougé. Alex lui fit signe, mais n'avait obtenu aucune réponse lorsqu'il atteignit le banc de musculation. Il avait prévu de s'entraîner un peu avec les poids et il n'avait pas besoin d'être observé. C'était juste les exercices habituels. Il était déconcerté par l'impolitesse de ce type. Il n'aimait pas qu'on le regarde comme s'il se donnait en spectacle, mais l'homme était peut-être trop timide pour l'aborder. Comme Alex était costaud et connu sur le campus, c'était parfois le cas.

Après avoir chargé les poids sur la barre, il laissa son attention dériver vers l'espion tapi dans l'ombre, mais il avait disparu. Alex avait-il rêvé ? Un frisson de malaise parcourut sa colonne vertébrale. En tant que quatrième année à Black Rock Falls, ville qui avait la réputation d'attirer les tueurs en série, il aurait été stupide de continuer sans vérifier si ce type ne rôdait pas quelque part.

Il prit comme arme l'haltère qu'il utilisait pour les flexions de bras et se dirigea d'un pas assuré vers les portes vitrées donnant dans le couloir. Il jeta un coup d'œil hors de la salle, des deux côtés. Le silence n'était troublé que par le hululement lointain d'une chouette qui volait dans le ciel. La plupart des étudiants devaient être dans leurs chambres, quelques-uns en bibliothèque pour préparer leurs cours du lendemain. Un de ses coéquipiers, Pete Devon, devait faire des longueurs dans la piscine, il ne pouvait pas être dissimulé dans l'ombre.

Lorsque Alex revint au banc de musculation, il ne put se départir de l'impression de ne pas être seul.

— Tu perds la boule, mec.

Sa voix résonna dans la salle vide, mais il haussa les épaules et prit place sur le banc. Après une inspiration profonde, il referma les deux mains sur la barre. Absorbé par l'effort, il souleva les poids sans peine, répéta l'exercice cinq fois, puis reposa la barre sur ses supports. Quand un homme coiffé d'une casquette de base-ball baissée sur les yeux se glissa dans son champ de vision, son cœur s'arrêta. D'où surgissait cet individu et comment avait-il bien pu s'approcher sans le moindre bruit ? Alex se dressa si vite que la tête lui tourna. Il attrapa sa serviette et s'essuya le visage. Il émit un hoquet de soulagement.

— Ah, c'est toi. Tu as besoin du banc de muscu ?

Son ami s'adossa au mur.

— Non. Je voulais te parler en privé de la soirée de samedi.

Alex afficha un sourire.

— La fille était bien foutue, hein ?

— Et pas bavarde. J'aime bien quand elles la bouclent.

— Moi aussi.

Refusant de développer, Alex se laissa retomber sur le banc. Il préférait être seul en salle de gym.

— Je perds mon élan. Il faut que je finisse mon entraînement.

— Tu vas te brûler les muscles, si tu fais des exercices rapides avec des poids légers. En travaillant plus lentement avec des poids plus lourds, tu te construirais des muscles plus durs, dit son ami en souriant. Je t'aiderai, si tu veux en ajouter un peu.

Ne voulant pas paraître faible, Alex hocha la tête.

— OK, merci.

Il patienta pendant que son ami alourdissait considérablement la barre, et il remarqua ses minces gants de cuir.

— Je suppose que tu dois en prendre soin, de tes mains, mec.

— Oui. Sans elles, je ne serais pas bon à grand-chose, hein ?

— Non. Tu es là pourquoi, en fait ?

L'homme posa les deux mains sur la barre qu'Alex soulevait.

— Tu crois qu'on devrait la réinviter, cette fille ? Elle était très coopérative.

Alex avait souffert et fut heureux quand son ami remit la barre en place. L'effort était une torture et le poids était bien supérieur à ce qu'il avait l'habitude de hisser.

— Elle était complètement bourrée ! J'ai trop envie de voir les photos qu'on a prises, et la vidéo va devenir virale.

Il reprit la barre, la baissa jusqu'à sa poitrine, puis la souleva à nouveau, avec un grognement douloureux.

Après avoir répété le mouvement trois fois de plus, il avait les muscles qui piquaient.

— C'est mon dernier. Je suis cuit.

La bouche de son ami fut tiraillée par un sourire.

— Bien sûr. C'est ton dernier.

Alex grogna, poussant de toutes ses forces, mais ne reçut aucune aide. La panique était nichée au creux de son ventre et la sueur roulait sur son visage. Les muscles tendus par l'effort, il inspira profondément mais ne put soulever la lourde barre sur les derniers centimètres. Les coudes bloqués, les bras tremblants, il contempla son ami.

— Eh mec, aide-moi.

— Il va y avoir un petit problème pour revoir Chrissie. Elle a été trouvée morte hier matin.

La barre s'envola et, pantelant, Alex regarda les yeux froids de son interlocuteur. Son ami tenait la barre en suspens au-dessus de lui comme si elle ne pesait rien, comme s'il le narguait – mais pourquoi ?

— Quoi ? Merde, qu'est-ce qui lui est arrivé ? On s'est tous bien marrés et elle n'a pas protesté une seule fois.

— Toi non plus, tu ne vas pas protester.

Comme au ralenti, Alex vit avec horreur la barre s'échapper des doigts de l'homme. Il n'eut pas le temps de réagir. Un craquement sonore lui remplit le crâne, puis un tintement alors qu'une extrémité de la barre percutait le sol. Une douleur brûlante lui transperça le cou, remontant jusqu'au cerveau. Il ne pouvait plus respirer et ses bras refusaient de bouger. Le sang jaillit dans sa gorge, se répandant sur sa langue avec un goût métallique. Il entendit quelqu'un siffler, la porte donnant sur l'extérieur s'ouvrir et se refermer, puis sa vision fut brusquement rétrécie.

6

La sonnerie du 911 sur son téléphone tira Jenna de son rêve. Elle tâtonna la table de nuit, saisit son portable et décrocha.

— 911, quelle est votre urgence ?

— *Il y a eu un accident à la salle de gym de la fac. Il y a un corps. Je ne savais pas qui appeler.*

Jenna alluma sa lampe de chevet, prit son carnet et son stylo. Elle nota l'heure : il était peu après 1 heure du matin.

— Je suis le shérif Alton. Qui est à l'appareil, et pouvez-vous me donner quelques détails, s'il vous plaît ?

— *Je m'appelle John Beck. Je suis le gardien. Je fermais les portes de la salle quand je l'ai trouvé. Je pense qu'il est mort depuis un moment. Il s'est laissé tomber des haltères sur le cou,* ajouta Beck, avec un frisson dans la voix.

— Très bien, restez où vous êtes et ne touchez à rien. Nous serons bientôt là.

Une fois Kane au volant, Jenna se carra sur son siège, sirotant un café fraîchement moulu pour se réveiller complètement.

— Alors, as-tu découvert des petits secrets pas très nets ? Moi je n'ai trouvé que leurs dossiers de conduite ; rien en délinquance juvénile, et aucun crime depuis qu'ils ont 18 ans.

— J'ai eu accès à leurs dossiers universitaires, répondit Kane. Phillip Stein est un sportif de haut niveau, qui pratique surtout le snowboard et les sports de montagne. C'est le gendre idéal : il a un corps superbe, un Q.I. élevé, et il veut faire carrière dans l'informatique.

Jenna fronça les sourcils.

— Il est l'antithèse de l'intello habituel : il excelle aussi en sport ?

— Oui, mais j'imagine que sortir avec un quarterback, c'est beaucoup mieux que de sortir avec un snowboardeur. Je n'ai jamais pu comprendre ce genre de stratégie, quand j'étais à la fac.

— Et Seth Lyons ?

Kane tourna dans Stanton Road et accéléra en direction de l'université.

— C'est plus mitigé. Un trublion qui se moque des règles. Le semestre dernier, c'est allé trop loin, et le doyen a exclu de l'internat la plupart des membres de l'équipe de foot. Désormais, ils louent une grande et vieille maison dans Pine Road. Toutes les plaintes contre eux se ressemblent : ils boivent, écoutent de la musique trop fort, se battent... mais pas de violence envers des femmes.

Jenna contemplait la forêt obscure qui défilait derrière les vitres. L'endroit était dangereux, la nuit, quand seules les lueurs des réverbères pouvaient vous guider. Ils tournèrent dans la rue de l'université, franchirent les grilles en fer forgé et s'arrêtèrent à côté de la camionnette blanche de Wolfe. Jenna prit le thermos et les gobelets et se dirigea vers la salle de gym.

— J'espère que ce n'est qu'un accident.

— Ça nous rendrait la vie plus facile, c'est sûr, répondit Kane qui la suivait. J'imagine qu'il n'y a pas de caméras de surveillance dans cette salle ?

— Je n'en suis pas sûre, mais il y en a une là-haut, dit Jenna, en désignant la caméra fixée juste au-dessus de l'entrée. J'espère qu'elle fonctionne.

— Je demanderai au gardien. Mais si c'est lui que j'aperçois avec Wolfe, il n'a pas l'air très frais.

Jenna s'approcha d'un homme en salopette, âgé d'une quarantaine d'années et blanc comme un linge.

— Monsieur Beck ?

— C'est moi.

Beck était affalé contre le mur. Jenna sortit son carnet.

— Reconnaissez-vous la victime ?

— Pour sûr. Alex Jacobs, le meilleur avant-gauche que l'équipe de foot de Black Rock Falls ait eu depuis des années. Le voir comme ça, Seigneur, ça m'a rendu malade, ajouta Beck, en se frottant le visage d'une main tremblante, comme pour effacer ce souvenir.

— L'adjoint Kane a quelques questions à vous poser. Que pouvez-vous m'apprendre ? demanda-t-elle à Wolfe.

— Sans doute un accident, c'est difficile à dire. Il n'est pas mort depuis longtemps, peut-être une à deux heures.

Elle pénétra avec Wolfe dans la salle de gym et contempla le corps fracassé. Il lui faudrait du temps pour oublier les yeux exorbités du jeune homme et sa bouche sanglante, ouverte en un cri de terreur.

— Si on peut obtenir les images filmées par la caméra extérieure, on saura à quelle heure il est arrivé et s'il y avait quelqu'un d'autre avec lui.

— Les culturistes tentent rarement de soulever de tels poids sans un *spotter* qui les encourage et les assiste. Et la position de ses mains me tracasse. J'ai déjà vu ce genre d'accident, et les mains ne sont jamais sous la taille. Vous voyez, quand la victime essaie de se dégager, elle coince au moins une main sous la barre au moment de l'impact.

Wolfe leva les bras comme pour faire la démonstration de ce qu'il expliquait. Jenna acquiesça.

— Son *spotter* a peut-être laissé tomber les haltères, puis aura paniqué en voyant qu'il l'avait tué ?

— Peut-être. Je vais relever les empreintes. C'est du café que vous avez là ?

— Oui, j'ai pensé que j'en aurais besoin. Je vais voir ce que Kane a pu tirer du gardien, annonça-t-elle, en posant le thermos sur une table voisine.

Elle sortit de la salle de gym et faillit heurter le doyen de l'université. David Bent était un homme imposant, grand et mince, la soixantaine, dont les cheveux noirs grisonnaient aux tempes. Il portait une robe de chambre par-dessus son pyjama.

— Monsieur Bent, je suis désolée mais vous allez devoir rester ici. Le médecin légiste est sur les lieux.

Bent regarda par-dessus son épaule puis se remit face à elle.

— Que s'est-il passé ? Jacobs est mort ?

Jenna lui posa une main sur le bras.

— Je le crains. Apparemment, il a lâché ses haltères qu'il a reçus sur le cou. Avait-il un *spotter*, d'habitude ?

Bent lui lança un regard dédaigneux et s'éclaircit la gorge.

— Je n'ai pas connaissance des habitudes de tous les étudiants de ce campus, shérif. Je suis sûr que ses amis pourront répondre à toutes vos questions. Lyons et un groupe de quatrième année habitent dans Pine Road. Leur maison se situe au premier virage, un peu en retrait, vous ne pourrez pas la manquer. Leur entraîneur a emmené une partie de l'équipe en stage de formation. Ils sont partis dimanche matin de bonne heure et sont rentrés hier vers 21 heures.

— Merci, je suis au courant. L'équipe s'absente-t-elle souvent le dimanche ?

— Oui, et ils ont eu l'occasion de passer ces deux jours avec des joueurs professionnels. Ceux qui avaient besoin d'aller à l'église ou que sais-je l'ont fait avant de prendre le bus, précisa Bent avec un soupir exaspéré, tout en regardant le couloir menant à la salle de gym. Deux morts en deux jours, voilà qui va être fatal à notre réputation.

— Je suis sûre que les parents des étudiants ne s'inquiéteront pas trop pour la réputation de l'université. Ils voudront avant tout savoir ce qui s'est produit.

Jenna ne pouvait comprendre l'apathie du doyen. Elle étrécit les yeux et poursuivit.

— J'aurai besoin des coordonnées des proches de Jacobs, afin de pouvoir informer ses parents.

Bent plissa le front.

— Il faut que j'ouvre mon bureau. Venez avec moi et je vous donnerai les renseignements.

Secouant la tête, Jenna tira une carte de sa poche et la lui tendit.

— Je vois que vous avez votre téléphone. Ce sera plus simple que vous m'envoyiez les informations par texto. Je ne peux pas quitter les lieux tant que le légiste n'a pas enlevé le corps. Veuillez prévenir votre équipe de sécurité pour éloigner les étudiants de cette partie du campus, et je vous rejoindrai plus tard dans la matinée.

Les épaules de Bent se voûtèrent.

— Je les ai déjà alertés et ils sont en chemin. Êtes-vous sûre que ma présence ici ne soit pas nécessaire ?

— Je n'ai pas besoin de vous, mais je suis certaine que les étudiants qui s'attroupent sur la pelouse exigent des explications. Comme vous l'avez mentionné, deux morts en deux jours, c'est un peu troublant.

— Oui, oui, ils se disperseront dès que je leur dirai qu'il y a eu un malheureux accident. Je vais vous chercher ces renseignements.

Visiblement épuisé, Bent partit comme dans un brouillard.

Alors que Jenna se dirigeait vers la loge du gardien, elle vit Kane en sortir.

— Tu as du neuf ?

— Oui et non. D'abord, le gardien ne ferme à clé ni la salle de gym ni la piscine, en général. Comme un des agents de sécurité était malade, il a décidé d'aller fermer. Les écrans de surveillance sont dans le local des agents de sécurité. L'autre agent est en train de patrouiller ailleurs sur le campus.

— Il arrive, apparemment. Qu'est-ce que le gardien t'a raconté d'autre ?

— Tout le monde sait que Jacobs était un ami proche de Seth Lyons. Ils allaient partout ensemble. Lyons pourrait être le dernier à avoir vu Jacobs en vie... ainsi que Chrissie. Il y a autre chose, ajouta Kane en prenant son téléphone. Il m'a fait entrer dans le local des agents de sécurité et j'ai jeté un œil aux vidéos de surveillance. Je vous ai envoyé, à Wolfe et à toi, une copie des images. On voit Jacobs arriver à 21 h 15. Aussitôt après, il y a un dysfonctionnement et la caméra s'arrête jusqu'à 0 h 30. Le gardien apparaît à 0 h 55, et il ressort en courant pour aller vomir dans le jardin. Ça doit être à ce moment-là qu'il t'a appelée.

— Tu lui as demandé si la caméra de surveillance tombe souvent en panne ?

Kane haussa un sourcil.

— Oui. Il m'a répondu que je devrais voir ça avec les agents de sécurité mais, à ce qu'il sait, ça ne s'est jamais produit avant ce soir. Tu vois cet éclair lumineux ? dit-il, en rembobinant la vidéo. Je pense que quelqu'un a détraqué la caméra avec un pointeur laser.

Jenna se frotta les tempes.

— Ah, formidable. Pourquoi faut-il que tout soit toujours aussi compliqué dans ce patelin ?

7

Les parents d'Alex Jacobs habitaient Louan, à une heure de route au nord de Black Rock Falls. Jenna appela le département du shérif de Louan et demanda à un homme très réticent et grognon de prévenir les proches d'Alex. Elle raccrocha et attendit que Kane aide Wolfe à charger le corps à l'arrière de la camionnette. La porte de la salle de gym avait été couverte de ruban pour délimiter la scène de crime et Wolfe avait empoché la clé. Elle se tourna vers lui.

— Et maintenant ?

Le légiste ôta ses gants et son masque qu'il roula en boule.

— J'ai mes soupçons. Je vais le mettre au frais et revenir demain avec Webber. Je doute que nous trouvions quoi que ce soit d'incriminant ; les étudiants nettoient les bancs après chaque usage. Je n'ai trouvé qu'une série d'empreintes sur la barre. Tant de gens utilisent cette salle qu'il sera impossible d'accuser quiconque même si je formule un verdict d'homicide. Le mieux serait d'attendre que les parents viennent identifier le corps. Je vais d'abord obtenir une permission d'autopsie, puis je prendrai ma décision.

— Très bien, merci.

Jenna rejoignit Kane et ils regagnèrent son véhicule. Elle avait deux décès et deux raisons de parler aux membres de l'équipe de foot.

— Allons réveiller Seth Lyons. Je sais où il vit.

Kane lui lança un regard incrédule.

— Tu ne crois tout de même pas que Lyons va avouer avoir violé Chrissie ? Il va faire le gros dos en attendant que l'orage passe. Comment prévois-tu de jouer cette partie-là ?

Jenna ouvrit la portière et monta à l'intérieur. Elle attendit que Kane s'assoie au volant.

— Je serai directe. J'aimerais qu'il pense que nous avons d'autres suspects.

— Bien sûr, acquiesça Kane en prenant la direction de Stanton Road. Je te suivrai.

Ils roulèrent un moment en silence, puis elle agita la main quand les phares éclairèrent un panneau.

— Voilà Pine Road. La maison des étudiants est au premier virage. Là, ça doit être l'entrée.

Ils tournèrent dans une allée sinueuse et bordée d'arbres, passèrent devant un panneau d'interdiction barrant une autre petite route, puis débouchèrent sur un parking. Entre les arbres, un chemin menait à la maison. Jenna scruta l'obscurité.

— Pourquoi le parking n'est-il pas plus près de la maison ?

— La route interdite doit y conduire tout droit, mais ils n'aiment pas les visiteurs. Les lumières sont allumées. Ça leur arrive de dormir ? demanda Kane en pointant du doigt une fenêtre.

Jenna ricana, puis observa son visage plongé dans l'ombre de la voiture.

— Tu as fréquenté quelle fac, exactement ? Ah oui, je sais. Si tu me l'avoues, tu seras obligé de me tuer après. Je pensais que tu étais allé à l'école de police.

— Oui, entre autres. J'ai des diplômes dans plusieurs disciplines, qui ne valent plus grand-chose maintenant que j'ai changé de nom. J'ai suivi une formation exigeante, Jenna, à Quantico tout comme toi. C'est un établissement militaire, nous n'avions ni le temps ni l'énergie de veiller toute la nuit. Ici, les gamins s'imaginent que les études sont un jeu ; pour moi, c'était une question de vie ou de mort.

Confrontée à ses propres souvenirs austères, Jenna pouvait se représenter ce que Kane avait subi lors de son affectation.

— Ah oui, je vois ce que tu veux dire.

De ce qu'ils pouvaient distinguer entre les arbres, la porte d'entrée était grande ouverte et la lumière se répandait sous le porche.

— Soit ils ne s'inquiètent pas trop pour leur sécurité, soit il y a un problème. Je propose qu'on ne prenne aucun risque et qu'on oublie le chemin. Si on reste à l'abri des arbres, ils ne pourront pas nous repérer.

— Compris.

Kane éteignit les phares et se gara parmi les buissons, sur le bord de l'allée. Jenna quitta son siège sans bruit et referma la portière. Face aux toiles d'araignées qui pendaient des arbres, elle frissonna.

— Ah... Tu veux bien marcher en premier ?

Kane la regarda et sourit.

— Quoi, tu as peur des fantômes ?

— Pas des fantômes, mais des insectes.

Ils s'enfoncèrent dans la nuit, Jenna protégée par la solide carrure de Kane. Les brindilles craquaient sous leurs pieds, et elle trébucha sur les vestiges d'un parterre de fleurs.

— Zut !

Elle dégagea son pied d'un amas de plantes mortes et pressa le pas. Kane était déjà en bas des marches menant au porche long et large. Jenna traversa en hâte l'allée pour le rattraper. Ils tendirent l'oreille pendant quelques instants. De la musique douce leur parvenait par la porte ouverte, mais à part la voix du chanteur de country, le silence était total.

— J'espère qu'ils ne sont pas tous morts, là-dedans.

Le sourire de Kane brilla dans l'obscurité.

— Oh, un meurtrier de masse, ça nous changerait des psychopathes que la région attire ordinairement. Désolé, je n'ai pas pu résister, mais pour moi, ça ne sent pas la mort. L'alcool et la sueur, peut-être, mais pas la mort.

Frappée par l'art avec lequel il savait résumer une situation en quelques secondes, Jenna s'avança.

— Et si quelqu'un les a empoisonnés, ou les tient en respect avec une arme ? Je propose qu'on soit prudents.

— Je le suis toujours.

Kane monta les marches et se plaqua contre le mur, à côté de l'entrée principale. Jenna le suivit et, l'arme au poing, attendit qu'il jette un coup d'œil par la porte.

— Qu'est-ce que tu vois ?

Il se retourna vers elle.

— Des corps partout. Ça ouvre directement sur un salon. Je ne vois pas de sang, je n'en détecte pas l'odeur non plus, donc ils sont peut-être tous évanouis.

Un bruit à l'intérieur fit se hérisser les poils de la nuque de Jenna.

— C'était quoi ?

Kane fit un pas en avant et le plancher gémit sous ses pieds. Ils entendirent un cri étranglé.

— Il y a quelque chose qui bouge là-dedans. Reste derrière moi.

Un instant après, un gros chat tricolore, emportant une part de pizza, disparut dans la nuit, la queue gonflée comme un raton laveur. Jenna fit un bond puis interrogea Kane du regard.

— Mais qu'est-ce que... ?

— Si les animaux pillent la maison, c'est mauvais signe.

L'adjoint rangea son arme dans son étui, enfila des gants en latex et s'approcha de la porte.

— J'y vais, déclara Jenna en haussant la voix. Département du shérif.

Comme personne ne bougeait, elle baissa son arme et se ganta elle aussi. Elle s'approcha du premier jeune homme étendu sur un canapé, à côté d'un autre dont la tête lui tombait sur le bras. Elle toucha son visage. La peau chaude sous ses doigts et les mouvements rapides de ses paupières lui indiquèrent qu'il était en plein sommeil paradoxal. Elle vérifia l'autre, qui était lui aussi en vie.

— Ils dorment.

— Ceux-ci également. On en a six. Tu sais à combien ils habitent ici ?

Jenna secoua la tête.

— Non, mais ce sont tous des étudiants de dernière année.

— Jacobs était l'un d'eux, et il y en a peut-être d'autres qui dorment à l'étage. À raison de deux par chambre, ils pourraient tenir à une douzaine. Il doit bien y avoir six chambres dans une baraque de cette taille.

Kane fronça le nez et se baissa.

— Et regarde-moi ça. Tu sais ce que c'est, je parie ?

Il tenait une pipe à eau et un gros sac de cannabis. Jenna le lui prit et jeta un œil à l'intérieur.

— Ça a l'aspect et l'odeur de la Ghost Train Haze, ou peut-être de la Trainwreck. Ça fait un moment que je n'ai plus vu d'herbe, et de nouvelles variétés apparaissent tous les jours. De toute façon, en introduire dans le Montana constitue une infraction fédérale. On confisque la pièce à conviction. Réveille-les un par un, prends leur nom et leurs empreintes. Je doute qu'un seul d'entre eux ait une autorisation de posséder du cannabis à des fins médicales, mais tu peux leur demander. Je pense malgré tout que ce sac dépasse largement la quantité tolérée.

Tandis que Kane réveillait les étudiants, Jenna observa le désordre qui régnait dans le salon. Les tables basses et le sol autour des canapés étaient couverts de bouteilles de bière et d'alcool. Des emballages de fast-food et de hamburgers à moitié mangés et des cartons de plats chinois à emporter jonchaient tous les espaces libres. Elle parcourut lentement le rez-de-chaussée, où des salles étaient réservées au travail, avec des bureaux et des ordinateurs portables. Un escalier montait dans le noir, mais elle trouva la cuisine au bout du couloir. Quatre machines à café occupaient le plan de travail, au milieu des piles d'assiettes sales, avec de la moisissure sur les reliefs de repas. Elle se retourna lorsqu'elle entendit des pas, et un jeune homme athlétique entra dans la pièce. Portant un T-shirt et un short de sport, il avait les cheveux blonds et des yeux d'un vert émeraude perçant. Il adressa à Jenna un sourire tordu.

— La femme de ménage ne vient jamais le lundi. Qu'est-ce qui vous amène en pleine nuit, shérif ? Quelqu'un est mort ?

Il s'appuyait au plan de travail, d'une main un peu trop proche d'un couteau de cuisine. Jenna fit le tour de la table, prête à dégainer son arme.

— Et vous êtes ?

Le jeune homme parut déconcerté, presque offensé, et elle surprit un éclair de cruauté dans ses yeux.

— Seth Lyons. Mon père paie le loyer pour qu'on soit tranquilles ici, mes gars et moi, et vous vous introduisez dans la maison comme si elle était à vous.

Jenna leva le menton. Pour un joueur de football, il était plus petit qu'elle ne s'y attendait, un peu moins d'un mètre quatre-vingts, mais musclé.

— La porte principale était ouverte et nous nous sommes annoncés. Comme aucun de vos amis ne bougeait, nous sommes venus proposer notre aide.

Lyons croisa les bras devant sa poitrine.

— Je vois. Ça ne répond pas à ma question, shérif. Pourquoi êtes-vous ici ?

— Alex Jacobs a été trouvé mort dans la salle de gym de

l'université, il y a environ une heure. Je pense qu'il habitait ici. C'était un ami à vous ?

Jenna guetta la réaction de Lyons. Ce fut comme si elle lui avait donné un coup de poing. Le jeune homme se frotta le visage avec les deux mains.

— Mort ? Comment ? Une crise cardiaque ?

— Il avait des soucis de santé ?

— Pas que je sache, mais il fait beaucoup de muscu et son père est décédé récemment d'une crise cardiaque.

Lyons poussa les assiettes pour faire un peu de place sur la table et s'effondra sur une chaise. Jenna prit un verre propre sur une étagère, le remplit d'eau du robinet et le lui tendit. Lyons but à petites gorgées.

— Quand l'avez-vous vu pour la dernière fois ?

— En revenant du stage d'entraînement. On est tous rentrés ici, mais il a décidé d'aller soulever des poids sur le campus.

Jenna fit rapidement le calcul : six hommes endormis dans le salon, plus Alex et Seth.

— Combien êtes-vous, dans cette maison ?

— Huit. Parfois plus, le week-end, quand d'autres membres de l'équipe passent nous voir.

Ne voulant révéler aucune information sur la cause du décès, Jenna s'éclaircit la gorge et poursuivit.

— Quand avez-vous vu Chrissie Lowe pour la dernière fois ?

En une fraction de seconde, l'attitude de Lyons se transforma. Soudain méfiant, il s'accorda quelques instants, comme pour réfléchir, mais Jenna vit qu'il cherchait une histoire plausible à lui offrir.

— Chrissie ? À la cafétéria, vendredi. Je l'ai invitée à une soirée samedi soir, mais elle n'est pas venue. Pourquoi elle vous intéresse ?

Bravo, bien joué. Jenna se pencha par-dessus la table et le regarda dans les yeux.

— Ah vraiment, elle n'est pas venue ? Lequel d'entre vous a une voiture gris métallisé ou bleu clair ?

— La plupart d'entre nous ont un pick-up, et moi j'ai une Mustang. Je ne connais personne qui ait encore une bagnole ordinaire, à part mon père.

Il haussa les épaules, la tête vers le couloir, puis se tourna à nouveau vers Jenna.

— Vous n'avez pas répondu à ma question et vous voudriez que je réponde aux vôtres. Pourquoi Chrissie vous intéresse ?

Jenna ne tint aucun compte de son intervention.

— Donc, si j'interroge tous les garçons qui vivent ici, ils me diront que Chrissie Lowe n'est jamais venue, c'est bien ça ?

— Je pense qu'ils n'étaient pas nombreux à la connaître. Alex l'avait rencontrée, et Pete. Vous voulez que je vous mette ça noir sur blanc, shérif ?

— Oui, tout à fait, riposta Jenna en lui confiant un formulaire. Écrivez et signez. Je demanderai à Pete d'en faire autant, et après je m'en irai.

— Vous ne m'avez toujours pas dit pourquoi, insista Lyons. Elle a porté plainte contre moi ?

Jenna se redressa, mais sans quitter des yeux son visage arrogant.

— Non, elle n'a rien dit. Parce qu'on l'a retrouvée morte dimanche matin, juste après votre soirée. J'imagine qu'on ne vous a pas transmis la nouvelle ?

— Non, on était dans le bus. Dommage, elle était sympa.

Il la regarda froidement, puis se mit à rédiger sa déposition. Le trouvant aussi indifférent à la mort d'une jeune femme qu'il avait cru bon de convier à une fête, Jenna se sentit obligée de continuer l'interrogatoire. Ses compagnons et lui venaient de remonter en tête de la liste des suspects pour le viol de Chrissie.

— Combien de personnes ont participé à cette soirée ?

— Pas beaucoup, entre dix et quinze. Il y a eu des allées et venues toute la nuit. C'était sur invitation uniquement.

Il signa le document et le lui rendit. Jenna remarqua qu'il avait les épaules voûtées et qu'il se cachait en partie la bouche avec une main.

— Combien de femmes ?

— Je ne me rappelle pas, répondit-il avec agacement. J'ai remarqué les copines de certains de mes potes, mais ils les ont emmenées dans leurs chambres, donc on était entre mecs. C'est pas comme si on n'invitait pas de filles, mais on a une sale réputation et elles refusent de venir, en général.

— Ah oui ?

Lyons aboya un rire.

— Allons, shérif, ne soyez pas naïve. Toute la semaine on bosse pour nos études, on fait du sport, mais le week-end on se détend. C'est pour ça qu'on est hors du campus. On nous a laissé le choix entre habiter ici et quitter la fac, donc on s'est installés ici.

Jenna acquiesça et joua son dernier atout.

— Je vois. Seriez-vous prêt à nous laisser prélever un échantillon de votre ADN ?

— Hors de question. C'est comme mettre une micropuce sur un chien. Je ne veux pas être fiché dans la base de données du FBI.

— OK. Mon collègue termine avec vos amis. Nous pourrions les rejoindre ? Vous permettez que je prenne un verre d'eau ?

— Faites-vous plaisir.

Lyons posa son verre vide sur la table, se leva et se dirigea vers la porte. Jenna attendit un instant puis, sans hésiter, tira de sa poche un sachet pour pièces à conviction et y inséra le verre. Après avoir complété l'étiquette, elle le fourra dans sa poche, ôta ses gants et partit vers le salon. *Pas si malin que ça, finalement, M. Lyons ?*

8

Kane avait imposé aux garçons de se répartir à travers la pièce. Il avait établi que le sac d'herbe et la pipe à eau appartenaient à un des habitants de la maison. Le jeune homme en question souffrait d'épilepsie et avait sur lui une autorisation médicale de consommer du cannabis. Les autres nièrent avoir fumé cette substance illégale et, pour prouver leur innocence, avaient accepté de se soumettre à un test auquel il procéda sur-le-champ. À son grand étonnement, le résultat fut négatif pour tous. Ils lui apprirent que tous les membres de l'équipe de foot avaient accepté des tests aléatoires depuis que l'un d'eux avait été suspendu après avoir été surpris en possession de drogue, le semestre dernier.

Il ne leur avait pas parlé de la mort d'Alex Jacobs et il venait de finir de classer leurs déclarations quand un autre jeune homme entra dans le salon. Kane remarqua son visage blême et son air tendu, puis vit que Jenna le suivait dans le couloir. Scrutant la pièce, le garçon regarda tous les autres un par un.

— Il vous a dit ? Alex est mort ? Et la fille de première année à qui j'avais proposé de venir à la fête de samedi soir, celle qui m'a posé un lapin, elle est morte aussi. Le shérif voulait mon

ADN mais j'ai refusé. Je suis suspect parce que je l'ai invitée, et vous savez bien que j'ai passé toute la soirée ici avec vous. Je ne suis pas sorti avant qu'on prenne le bus dimanche matin.

Il s'ensuivit une avalanche de questions, et Jenna se fraya un passage jusqu'au centre du salon.

— Nous n'accusons personne, mais nous aimerions savoir si l'un de vous a vu Chrissie Lowe samedi soir. C'est elle que Seth avait conviée à votre fête.

Jenna prit son téléphone et montra à chacun des garçons la photo de la jeune femme.

— Avez-vous vu Chrissie samedi soir ou dimanche matin très tôt ?

— J'étais à la cafétéria avec Seth quand il l'a invitée. Je m'appelle Pete Devon. Elle lui a posé un lapin, comme il vous a dit.

— Donc elle n'est jamais venue ici ?

— Pas que je sache.

— Pouvez-vous me le mettre par écrit ? Seth m'a déjà remis sa déposition, dit Jenna en lui tendant le carnet et le stylo qu'elle avait à la main.

— Bien sûr.

Devon prit le formulaire et, le posant sur l'accoudoir d'un fauteuil, commença à griffonner.

Kane observa le langage corporel de chacun alors qu'ils découvraient la photo de Chrissie. Tous sans exception y jetèrent un coup d'œil, nièrent la connaître, puis se tournèrent aussitôt vers Seth Lyons. Tous affichaient la même perplexité, et l'un d'eux secoua lentement la tête. À leurs réactions, Kane comprit qu'ils la reconnaissaient tous et il supposa qu'au moins deux d'entre eux avaient participé au viol. Le discours de Lyons, à son entrée dans la pièce, leur en avait appris juste assez pour qu'ils gardent le silence.

Après avoir attendu que Jenna ait terminé, il s'éclaircit la gorge.

— Vous permettez que nous fassions un tour à l'étage ?

— Pourquoi ? demanda Lyons. Nous n'avons commis aucun délit.

Kane avança d'un pas dans sa direction et émit un long soupir, apparemment épuisé.

— J'aimerais conclure cette affaire ce soir. Il est tard. Nous voulons simplement nous assurer que vous êtes les seuls occupants de cette maison. Il ne s'agit pas de fouiller, juste de regarder.

— D'accord, mais je vous accompagne.

Lyons se dirigea vers l'escalier. Kane marchait derrière lui ; il avait remarqué l'air confus de Jenna et lui avait adressé un petit signe de tête. À mesure que Lyons ouvrait les différentes portes, l'adjoint constata un point commun à toutes les chambres : chacune était en désordre et encombrée de linge sale. Pourtant, quand ils atteignirent la dernière, au bout du couloir, une odeur d'eau de Javel lui chatouilla les narines. Le lit avait été refait avec des draps impeccables, avec une précision presque militaire ; il n'y avait pas un grain de poussière à terre.

— Qui dort ici ?

Lyons plissa le front.

— Moi, et Alex. J'aime la propreté.

Ou bien il dissimule les traces après avoir violé Chrissie. Kane jeta un rapide coup d'œil à travers la pièce et acquiesça.

— Je vois ça.

— C'est pas toujours le bordel, ici. La femme de ménage vient demain. Elle vient une fois par semaine, mais les gars sont de vrais porcs. Qu'est-il arrivé à Alex ? Le shérif a refusé de me l'apprendre, et sa mère va me poser des questions.

Kane s'arrêta et se retourna vers lui.

— Nous n'en sommes pas sûrs ; c'est sans doute un accident. Nous en saurons plus après l'autopsie. Quand l'avez-vous vu pour la dernière fois ?

— Je l'ai déjà dit au shérif. On est sortis du bus et il est parti à la salle de gym. Il aime bien y aller la nuit, quand c'est calme.

Lyons haussa les épaules, et Kane nota cette attitude hors du commun. Son meilleur ami était mort, mais il semblait indifférent.

— Vous ne vous êtes pas demandé pourquoi il ne rentrait pas ?

Lyons prit une mine incrédule, puis sourit lentement.

— Alex ? Non, j'ai pensé qu'il était allé au Triple Z, qu'il avait bu une bière de trop et qu'il avait décidé de dormir dans son pick-up. Ou bien qu'il s'était trouvé une meuf avec qui passer la nuit ; Alex, c'est une star sur le campus.

Alors pourquoi consommer de la drogue et violer des filles ? Kane ravala cette repartie et acquiesça.

— OK, merci.

En redescendant, il entendit Jenna déclarer aux autres qu'elle était triste pour eux. Ils sortirent par la porte principale et s'empressèrent de remonter dans son véhicule, en s'aidant de sa lampe torche pour trouver leur chemin. La maison qu'occupaient Lyons et ses amis était en retrait par rapport à la route, assez loin pour couvrir le volume de leur musique – ou les cris des femmes qu'ils violaient. Une fois dans le SUV, il s'engagea dans l'allée, tourna dans Pine Road et prit le chemin du retour.

— Je pense que Lyons et ses copains ont violé Chrissie.

Jenna pivota sur son siège pour le regarder.

— Pourquoi ? Nous n'avons aucune preuve, et ils affirment tous qu'elle n'est pas venue à leur soirée.

Kane serra les dents, se demandant combien de fois ils avaient attiré des filles dans cette maison.

— C'est le foutoir dans toutes les pièces, sauf dans la chambre de Lyons, qu'il partageait avec Alex Jacobs : elle est impeccable et ils ont utilisé de l'eau de Javel pour tout laver. Les draps propres, la totale. Ça fait longtemps que je n'ai pas vu un nettoyage aussi approfondi. Ils sont au courant, pour les empreintes et les traces d'ADN. Tu as apprécié son petit discours lorsqu'il est entré dans le salon pour avertir ses amis ?

Jenna se frotta les tempes et soupira.

— Oui, on pouvait difficilement le rater. Maintenant, il sait que Chrissie est morte, donc ils vont tous se couvrir les uns les autres, et il doit être en train de leur faire la leçon pour qu'ils ne disent rien.

Kane réfléchit un moment.

— Il nous faut davantage de précisions sur ce qui est arrivé à Chrissie.

— Je vais tâcher de diffuser l'information aux médias. Nous aurons besoin de la bénédiction des parents, mais si ça incite d'autres victimes de viol à se faire connaître, nous pourrons monter un dossier. Nous leur garantirons l'anonymat. Je pense que le procureur du district sera d'accord, et je pourrai obtenir que le procès ait lieu à huis clos. Je lui en parlerai plus tard. Pour le moment, j'ai besoin de dormir, avoua Jenna, avec un bâillement. J'ai du mal à garder les yeux ouverts.

— Moi aussi, je suis fatigué.

Kane accéléra dans Stanton Road, ses phares révélant un hibou qui s'envolait vers la forêt et le reflet de bien des yeux entre les arbres sombres.

— Lyons m'a fait une impression bizarre. Il y a quelque chose en lui qui m'envoie tous les mauvais signaux.

Jenna se renversa sur son siège et se tourna vers lui.

— Dans la cuisine, j'ai cru voir le mal en lui. Il était bouleversé que son meilleur ami soit mort, mais quand je l'ai interrogé au sujet de Chrissie, c'est comme si j'avais appuyé sur un interrupteur. Sa personnalité a changé et son regard m'a troublée ; il était en colère, ou à deux doigts de péter les plombs. Comme un chat avant qu'il saute sur sa proie.

Kane se frotta le menton.

— Hmm... Et c'est toi que sa colère prenait pour cible ?

— Oui, il n'aimait pas que je sois là, point final.

Kane maintenait les yeux fixés sur la route sinueuse.

— Intéressant. Il défoule sa colère sur les femmes. Le viol

n'est jamais sexuel, c'est d'abord une forme de violence. Si Lyons prévoyait dès le départ de violer Chrissie, il a pu encourager ses amis à participer.

— Il me paraît difficile d'admettre qu'ils soient tous des violeurs. C'est toi l'expert en comportement, alors comment a-t-il pu les inciter à violer une fille inconsciente ?

— Ça a dû se faire progressivement. Il y a la pression du groupe : il exige qu'ils se saoulent tous une fois avant de les accepter comme colocataires. Si un ou deux d'entre eux avaient des scrupules, le fait qu'elle était inconsciente et ne les voyait pas aura changé la donne. Ça leur paraissait moins violent. Une fois que Lyons a obtenu leur consentement et les a associés à cette affaire, il s'assurait à la fois de leur silence et d'un alibi.

Jenna ne semblait pas convaincue.

— Comment sait-il que les filles ne vont pas aller trouver les flics, ou en parler à quelqu'un ? C'est ce que je ferais, à leur place.

Kane s'engagea dans leur allée et se gara devant le ranch.

— J'imagine que ce n'est pas la première fois. Les hommes comme lui prennent le contrôle en menaçant de nuire à une personne connue de la victime, ou bien ils s'en prennent à sa réputation en veillant à ce que tout le monde la considère comme une fille facile. Ou bien ils ont pris des photos.

— S'ils ont fait ça à Chrissie, ils vont tous le payer.

Kane lui sourit dans l'obscurité.

— Je te reconnais bien là.

9

MARDI

Comme il n'avait pas grand-chose de prévu ce jour-là, il décida qu'il était temps de se livrer à de nouvelles observations. Il rangea son véhicule au bout du parking des étudiants et coupa le moteur. Il pourrait y passer toute la journée s'il le décidait. Personne ne surveillait cette zone, le campus fonctionnait ainsi. C'était le rêve pour un terroriste. Les points faibles du système de sécurité de la fac l'amusaient. Les caméras de surveillance ne couvraient pas toutes les entrées. Il était facile de les désactiver pendant quelques heures en coupant l'alimentation électrique ou simplement en braquant un pointeur laser vers l'objectif. Le pointeur laser était la meilleure option puisque le rayon traversait de longues distances et que l'utilisateur pouvait rester caché.

Grâce à son drone, il suivit six gardes de sécurité déployés sur le campus. Trois autres travaillaient dans un petit local plein d'écrans, à visionner les vidéos ou à délivrer les cartes étudiants. Il ne lui avait pas fallu longtemps pour découvrir qu'ils se relayaient toutes les huit heures, de sorte qu'ils ne patrouillaient jamais que deux par deux et qu'ils ne se souciaient pas trop de sécurité. En fait, la plupart du temps, il les voyait fumer, manger, ou discuter de sport entre eux. S'il arrivait muni d'un AK-47 pour tuer au hasard dans les couloirs, lui opposeraient-ils la moindre résistance, ou fuiraient-ils la queue entre les jambes ? La seconde hypothèse était sûrement la bonne.

Il alluma son iPad et se mit à l'aise, puis manœuvra son minuscule drone pour examiner les alentours. La petite caméra panoramique et le micro offraient une excellente qualité d'image et de son ; pas plus grande qu'un colibri, elle n'attirait pas l'attention. L'appareil se posa à la perfection sur le rebord de fenêtre extérieur du vestiaire de l'équipe de football. Il écouta leurs conversations avec intérêt : aucun ne mentionna le suicide. Ils semblaient entièrement accaparés par la mort de Jacobs – et par le joueur que leur entraîneur choisirait pour le remplacer. Quand ils allèrent se doucher avant de repartir en cours, il zooma pour écouter un échange chuchoté entre Dylan Court et Pete Devon.

— *Seth a trouvé une autre fille. Il a rendez-vous avec elle ce soir à la piscine. Elle arrivera vers 20 h 30.*

Court ne regardait pas Devon ; il avait les yeux fixés sur le vestiaire.

— *Toi tu seras en train de faire des longueurs, comme d'habitude, et il sera venu t'encourager. Tu nous as dit qu'il n'y avait pas un chat à ces heures-là, donc personne ne la verra lui parler. Quand elle aura fini, il pourra la suivre et l'embobiner pour qu'elle vienne à la maison samedi soir.*

D'un revers de la main, Devon essuya la sueur au bout de son nez, puis secoua la tête.

— *Faudrait peut-être qu'on se calme pendant quelques semaines. C'est de Brook que tu parles ? Putain, mec, je la connais.*

Court renifla d'un air amusé et donna à Devon une tape sur la poitrine.

— *Ouais, elle parle à personne, c'est le choix idéal. Sa mère vit seule. Allez, me dis pas qu'elle l'a pas mérité. T'as vu comment elle allume les mecs ?*

Devon le dévisagea et secoua la tête.

— *Mais si tu la touches, elle gueulera comme une truie. Son père travaille pour le procureur du district. Ce sera sans moi, mec.*

Court ouvrit son casier.

— *Putain, Seth sera pas content. On en trouvera une autre. Et la nouvelle, Emily Wolfe ? Elle est sur la liste de Seth.*

— *Elle est bonne. J'aime bien les blondes, mais il faudra du temps, elle reste dans son coin.*

Court regarda dans le vide.

— *Hmm... On pourrait faire un tour chez Tante Betty après le dîner, pour voir qui est en ville ?*

Devon se déshabilla et se drapa une serviette autour de la taille.

— *Ça va pas être possible. Le coach m'a dit que si je fais pas des longueurs tous les soirs pour me remuscler après ma blessure de la saison dernière, je serai sur la touche. J'aurai fini à 21 h 30, je vous rejoindrai après.*

Et il se dirigea vers les douches.

Toujours efficace, le drone revint aussitôt. Il le rangea, puis se renfonça sur son siège, méditant sur ces informations. Il se rappelait la colère de l'entraîneur, très nettement. La moindre infraction à ses règles, et un joueur pouvait être mis à l'écart. Ce gros homme ordurier, au crâne dégarni, n'était pas un modèle pour ses joueurs. Il serait le premier en ligne de mire si jamais il décidait de se pointer avec un AK-47. Il sourit au soleil en imaginant le coach criblé de balles, puis il repensa à la conversation dans le vestiaire. Des amis bien loyaux, mais s'ils voulaient survivre, ils devraient la boucler.

10

Les oreilles tintant à cause d'une surdose de café, les yeux alourdis par le manque de sommeil, Jenna lisait les dossiers, pour vérifier que tous les détails avaient été mis à jour. Après avoir obtenu l'accord des parents de Chrissie et avoir soumis son idée au procureur, un appel aux autres victimes de viol avait été diffusé par les médias. Le numéro vert réservé aux Victimes de Crime allait gérer cette situation délicate, mais personne ne l'avait appelé jusqu'ici. Jenna pointa aussi les filles qui avaient abandonné leurs études en cours d'année. Elle en avait déjà identifié quatre, qui avaient refusé de lui parler. Toutes affirmaient avoir fait un choix rationnel et avaient précisé ne pas vouloir être associées à son enquête. Jenna n'avait donc rien pour relier Lyons à des viols ou à des tentatives de chantage. La colocataire de Chrissie serait sa seule chance d'obtenir des informations ou même des rumeurs sur ce qui se passait réellement sur le campus.

Elle avait téléphoné à l'université, et plutôt que de convoquer Livi, elle avait décidé de l'attendre pour lui parler à 11 heures, à l'intercours. Si Kane l'accompagnait, il pourrait chercher à rencontrer Phillip Stein et l'interroger de son côté.

Quand une silhouette entra dans son bureau, elle releva la tête.

— Ah, Rowley, qu'avez-vous trouvé pour moi ? demanda-t-elle en l'invitant à s'asseoir.

— Pas grand-chose. Lyons est le fils de John Wakelin Lyons, une vieille fortune, actionnaire de toutes sortes d'entreprises, de l'immobilier aux mines d'or. Lyons est ce que j'appellerais le sale gosse ordinaire, il a été exclu pendant presque toute sa première année, mais tout a changé quand il est devenu quarterback. Il est partie intégrante de l'équipe et c'est le héros du campus. Tout ce qu'il fait est bien vu, et s'il contrevient aux règles, c'est en toute impunité. Il lui a quand même été demandé de s'installer hors du campus avec ses amis, parce qu'il y avait eu trop de bagarres à l'internat.

Jenna tapota la table avec son stylo.

— Hmm... Donc j'imagine que le père fait un chèque dès qu'il y a un problème ?

Rowley s'éclaircit la gorge.

— Apparemment. L'équipe est plus ou moins scindée en deux : Lyons a avec lui ceux qui sont issus de familles riches, et je suppose qu'ils sont sous sa protection.

— Comment ça ?

— Eh bien, même s'ils ont été impliqués dans divers incidents ces dernières années, il n'y a rien dans leur dossier universitaire, et absolument rien n'a été signalé à la police. Et je les ai tous vérifiés. Croyez-moi. Personne n'est jamais aussi irréprochable.

— Tous les colocataires de Lyons sont aussi des membres importants pour l'équipe ? La victoire passe avant tout, donc le doyen doit tolérer beaucoup de choses plutôt que de perdre un de leurs foutus matchs.

Rowley se renversa sur son siège.

— Oui, gagner compte beaucoup pour eux. Leur rêve est d'impressionner un recruteur et de devenir joueur professionnel. C'est bon aussi pour l'image de la fac. Par ailleurs, j'ai cherché tout ce que je pouvais trouver sur Chrissie. Une fille normale qui avait obtenu une bourse prenant en charge tous ses frais d'inscription, studieuse, calme, appréciée. Jamais de punitions à l'école. Sa famille habite en ville, dont son grand-père et un cousin, mais elle avait décidé de vivre sur le campus. C'est tout ce que j'ai, chef. Vous voulez que je parte en patrouille, maintenant ? On a un afflux de touristes. Dans la grand-rue, ils font la queue comme les vendredis à prix réduit chez Tante Betty.

Avec le rodéo en ville, il ne faudrait pas longtemps avant que la pagaille éclate. La dernière chose dont elle avait besoin cette semaine, c'était une pile d'affaires non résolues. Jenna consulta l'horloge.

— Oui, bien sûr, mais attendez l'adjoint Walters. Il devrait arriver bientôt, et il faut que quelqu'un reste ici. Vers 11 heures, je pars avec Kane interroger Livi Johnson, puis nous irons directement à l'autopsie d'Alex Jacobs.

— Bien, chef, dit Rowley en se levant. Wolfe m'a fait savoir que les parents de Jacobs arriveront cet après-midi pour voir le corps. Je vais ajouter ça au dossier avant de partir.

Lorsqu'il fut sorti, Jenna prit quelques notes dans son agenda, puis leva les yeux quand Kane passa la tête dans l'entrebâillement de la porte. Elle pouvait toujours compter sur lui pour la ravitailler et ne put s'empêcher de sourire en le voyant muni de café fraîchement moulu et de sacs de Chez Tante Betty. Elle lui prit le café des mains.

— Ne me dis pas que tu as décidé que ce serait une bonne idée de faire un repas à 10 heures, puisqu'on va devoir travailler à l'heure du déjeuner ?

Kane se laissa tomber sur une chaise et ouvrit un des sacs en papier.

— Si, c'est à peu près ça. Tartelettes aux cerises sortant du four. Je suis mort et je suis au paradis, affirma-t-il en humant les pâtisseries et en chantonnant de plaisir. Et j'ai trouvé une voiture gris métallisé.

Stupéfaite, Jenna le dévisagea.

— Tu es sûr que c'est celle dans laquelle Livi a vu Chrissie monter ?

Kane mordit dans la tartelette, gémit, mâcha et avala.

— Pas à cent pour cent, mais peut-être à quatre-vingt-dix-neuf pour cent. J'ai traqué toutes les voitures gris métallisé et bleu clair dans les environs et, par chance, il y en a moins d'une centaine en ville. J'ai rétréci les recherches à la zone de l'université, et devine quoi ?

Jenna s'impatientait.

— Eh bien ?

— Le gardien possède une voiture gris métallisé, et quand je lui ai téléphoné, il m'a dit qu'il avait voulu l'utiliser pour aller à l'église dimanche, mais qu'il avait trouvé du vomi sur la moquette à l'arrière.

Kane prit une autre bouchée de tartelette et parut mettre un temps infini à avaler.

— D'après Wolfe, Chrissie a vomi peu avant de mourir. Celui qui l'a emmenée à la soirée avait probablement emprunté la voiture du gardien et s'en est aussi servi pour la ramener à l'internat.

Ayant perdu toute envie de manger, Jenna prit son téléphone.

— Il faut tout de suite mettre Wolfe sur le coup. Je suppose que le gardien a nettoyé sa voiture ?

Kane sourit.

— Wolfe est déjà dessus. Il a arraché toute la moquette et il est en train de faire des analyses. Ils ont aussi relevé les empreintes sur tout le véhicule et Webber a trouvé des cheveux sur le siège arrière, de la même couleur que ceux de Chrissie. Il a aussi trouvé d'autres cheveux, et quelques taches. Quand je suis parti, ils étaient en train de démonter la voiture.

Jenna inspira profondément.

— Formidable. Si Chrissie était assise à l'arrière, ça nous indique qu'ils étaient plusieurs avec elle à l'intérieur.

— Peut-être deux, pour la porter jusqu'au véhicule si elle était encore *groggy*, dit Kane en sirotant son café. Ils l'ont déposée sur la banquette. Une minute... Elle avait la lèvre fendue, qui saignait encore après des heures dans la douche : si elle était couchée, elle a dû saigner sur le siège arrière, et vu l'endroit où elle a vomi, elle devait être allongée sur le côté gauche.

Motivée par cette révélation, Jenna se pencha vers lui, ne ressentant plus la moindre fatigue.

— Ils avaient dû éteindre la lumière pour que personne ne les reconnaisse, et ils n'auront pas remarqué la tache de sang sur la banquette. Une chose est sûre, s'ils ont laissé des traces, Wolfe et Webber les trouveront.

Et elle prit une tartelette dans le sac en papier. Le regard de Kane s'égara vers la dernière des pâtisseries.

— Autre chose. Je me suis renseigné sur Jacobs. Je voulais être sûr qu'il n'avait participé à aucune bagarre récemment, et qu'il n'avait pas d'ennemis. Il s'est battu avec un nommé Owen Jones. J'ai demandé au gardien si des ragots circulaient concernant Jacobs, et il m'a répondu que la « bande à Lyons », c'est-à-dire Jacobs et quelques autres membres de l'équipe de foot, a dénoncé Jones à leur entraîneur parce qu'il avait tenté de leur vendre de la drogue. Une bagarre a éclaté entre Jones, Lyons et Jacobs, et le coach a mis Jones sur la touche, après quoi le doyen l'a exclu de la fac pendant tout le semestre. La bande à Lyons a dû monter cette histoire pour le remplacer par un des leurs.

— Donc à présent, Jones a été réintégré ?

— Oui, il est revenu pour le semestre d'automne. Si Wolfe soupçonne qu'il y ait eu homicide dans le cas de Jacobs, nous devrons étudier Owen Jones de plus près.

— Même s'il est aussi innocent que tu penses, il avait un mobile. Je n'y connais rien au football, mais Rowley m'a expliqué que faire partie d'une équipe gagnante est essentiel pour ces garçons. Si un recruteur les repère, ça peut leur valoir une carrière à un million de dollars.

— Oui, et en être privé à cause d'un simple mensonge... Ça me mettrait en colère mais pas au point de tuer quelqu'un.

Jenna haussa les épaules.

— Donc, ça nous laisse Stein, mais qui d'autre voudrait tuer les violeurs de Chrissie ? Elle aurait pu déclarer à n'importe qui qu'elle était invitée à cette soirée, et on aurait tout de suite soupçonné l'équipe.

— Nous devrons nous intéresser de près à sa famille et à leurs faits et gestes au moment de la mort de Jacobs. Je verrai ce que je trouve.

Kane prit quelques notes, et Jenna constatant qu'il avait à nouveau tourné son attention vers les tartelettes.

— Super. Tu veux manger la dernière tant qu'elle est encore chaude ? J'ai du mal à finir la mienne.

Kane lui adressa un sourire radieux.

— J'ai cru que tu ne me le proposerais jamais.

11

Kane suivit le shérif dans la cafétéria de l'université et désigna Livi. Jenna avait décidé de parler seule avec la jeune fille, dans l'espoir qu'elle se livrerait plus facilement à une femme. Il partit vers un groupe d'étudiants et leur demanda si l'un d'eux connaissait Phillip Stein. Ils lui montrèrent un jeune homme sportif assis seul dans un coin, portant un T-shirt, un jean et une casquette de base-ball à l'envers. Kane alla se présenter.

— Vous permettez que je m'assoie pour échanger quelques mots avec vous ?

Stein releva le menton, presque d'un air de défi.

— C'est au sujet de Chrissie ? Je n'étais pas avec elle samedi soir. C'est Seth Lyons que vous devriez interroger.

Kane prit une chaise et s'installa.

— Je lui ai déjà posé mes questions. Parlez-moi plutôt de votre relation avec Chrissie. Depuis combien de temps la connaissiez-vous ?

— On était au lycée ensemble, et je l'ai croisée ici le jour de la rentrée ; elle s'était perdue et je l'ai conduite jusqu'à sa salle. C'était une belle âme, douce et charmante. Elle me manque.

Stein regardait dans le vide, comme s'il se rappelait ce moment.

— Vous l'aimiez ?

— Oui, c'était bien parti, mais nous ne sommes jamais vraiment sortis ensemble. On déjeunait ici, à la cafétéria, on prenait un café chez Tante Betty quand on se retrouvait en ville, expliqua Stein avec un haussement d'épaules. Elle était innocente, si vous voyez ce que je veux dire. Je ne voulais pas la brusquer.

— Donc ça vous a fait un choc quand vous avez appris qu'elle allait à une soirée avec Lyons. Vous avez ressenti quoi, de la colère ?

Kane guettait la réaction de Stein, qui étrécit les yeux.

— De la colère ? Je me suis senti blessé, peut-être, certainement déçu, mais pas en colère. Je lui ai souhaité de bien s'amuser et j'ai promis de lui téléphoner dimanche. Elle m'a répondu que j'étais toujours le même bon vieux Phil sur qui elle pouvait compter. Je pensais qu'après une nuit avec cet animal, elle déciderait que j'étais un meilleur choix.

Kane fronça les sourcils.

— Il affirme qu'elle n'est pas venue chez lui.

Stein répondit d'une voix grave, assassine.

— Alors qui l'a violée ? Ça a dû être affreux. Elle s'est tuée, non ? C'est ce que Livi raconte à tout le monde.

— La cause de son décès n'a pas encore été déterminée.

Kane examina son visage. La colère bouillonnait sous son calme apparent.

— Ah bon ? Donc vous croyez peut-être que quelqu'un l'a suivie jusqu'à sa chambre et l'a tuée pour la faire taire ? Je n'en serais pas surpris. On sait tous ce qui se passe chez Lyons, dit Stein en grimaçant. Chrissie n'est pas la première à en revenir anéantie.

Intrigué par cette information, Kane se pencha en avant.

— Vous avez des noms, ou c'est juste une rumeur ?

— Beaucoup de bruits circulent, mais on n'a jamais de preuves. Le père de Lyons étouffe tous les scandales avec son pognon, c'est de notoriété publique. Je ne serais pas étonné s'il leur avait fait signer un document pour être sûr que son fils n'irait jamais en prison. Donc non, je n'ai pas de noms à vous donner.

— OK. Je peux vous demander où vous étiez samedi soir ?

Stein lui lança un regard assuré.

— Oui, je travaillais dans ma chambre. Je ne suis pas sorti, vous pouvez vérifier auprès de mon colocataire ou demander aux autres. Je suis resté là toute la nuit.

— Et hier soir vers 21 heures ?

— J'avais appris la mort de Chrissie donc j'ai téléphoné à ses parents. C'est son père qui a décroché. Il m'a demandé où elle était allée et si je savais quoi que ce soit. Je lui ai parlé du rendez-vous avec Lyons. Il était dans tous ses états, j'ai rarement eu une conversation aussi pénible. Ensuite, je suis allé me promener sur le campus pour me changer les idées.

Kane se leva.

— OK, merci d'avoir pris le temps de me répondre.

Il faut que je découvre si M. Lowe est capable de tuer.

Jenna trouva Livi au milieu d'un groupe d'amies et, après s'être présentée, elle l'emmena dans un coin tranquille de la cafétéria. Elles s'assirent face à face, et comme la jeune fille se triturait les ongles, elle lui prit le bras.

— Je sais que c'est une période terrible pour vous, Livi, mais j'ai vraiment besoin de votre aide pour comprendre pourquoi Chrissie s'est tuée et pour démasquer ceux qui l'ont violée.

Livi releva son visage désemparé et fixa sur Jenna ses yeux rougis.

— J'ai déjà dit tout ce que je sais à l'adjoint Kane. Elle était ma meilleure amie, je la connaissais mieux que tout le monde.

Jenna prit son carnet et son stylo.

— Chrissie sortait souvent avec des garçons ?

— Non, elle était très sage. Au lycée, elle a eu un copain pendant un mois environ, puis sa famille est repartie vers la côte est. Il y avait bien Phil, mais ce n'était pas vraiment son fiancé, plutôt un ami. Parfois ils déjeunaient ensemble et ils travaillaient à deux en bibliothèque ; il a un an de plus qu'elle et il est vraiment doué, donc je pense qu'elle se servait de lui, en un sens.

Jenna ouvrit son calepin sur la table.

— Avait-elle envisagé de sortir avec lui ?

Livi se remit à contempler ses doigts.

— Oui, elle prévoyait d'aller au bal des Showgrounds samedi prochain. J'y vais mais elle n'avait pas de partenaire. Elle s'est dit que si elle sortait avec Phil, elle le persuaderait de l'emmener au bal. Et puis elle a tout envoyé balader, sans hésiter, quand Seth l'a invitée.

Jenna prit quelques notes.

— Phil était en colère ?

Livi haussa les épaules.

— Non, ils devaient étudier ensemble lundi. Peut-être qu'il appréciait sa compagnie, simplement. Une chose est sûre, il n'a pas peur de Seth Lyons.

Jenna se pencha vers elle. La conversation devenait intéressante.

— Comment ça ?

— Oh, ils se sont disputés à la cafétéria. Seth est entré avec ses amis et a dit à Phil qu'il occupait leur table. Quand Phil a refusé de bouger, Seth l'a poussé. Phil est vraiment musclé. Il s'est levé et il l'a dévisagé. Seth lui a mis un coup de poing, Phil l'a esquivé et l'a mis K.-O. Il s'est rassis, il a regardé les amis de Seth et leur a dit d'emporter les ordures parce que ça commençait à sentir mauvais. Tout le monde s'est mis à rire. Seth était furieux, et il a juré de se venger.

Jenna sentit comme un vent froid sur sa nuque. Seth avait-il choisi de s'en prendre à Chrissie pour atteindre Phil ? Elle fronça les sourcils.

— Seth savait-il que Phil était ami avec Chrissie ?

Livi admirait le paysage par la fenêtre, mais il était évident qu'elle ne voyait ni l'herbe verte, ni les massifs de fleurs.

— Probablement. Oui, je me rappelle que Seth était ici quand Phil déjeunait avec elle, et ils étaient ensemble en bibliothèque au moins quatre fois par semaine.

Jenna rangea son stylo dans sa poche et referma son carnet.

— Merci beaucoup pour votre aide. J'espère ne pas avoir trop abusé de votre temps.

— Ça va, je n'ai cours qu'à 14 heures. Je vais aller retrouver mes amies.

Elle se leva et partit en hâte.

— Alors, c'était comment ?

Kane lui toucha l'épaule, puis se posa sur le siège voisin, et Jenna lui sourit.

— Oh, elle m'a appris plein de choses. Je te dirai ça sur le chemin de la morgue. Mais il y a autre chose. Je crois que nous avons déjà un as dans notre manche.

— Pardon ?

Ils se levèrent, sortirent du bâtiment, et remontèrent dans le SUV de Kane. Il démarra et traversa le campus.

— Webber. Il est étudiant ici, tu te rappelles ? Il nous servira de sous-marin et il découvrira tout ce qu'il y a à savoir sur notre M. Lyons.

— Ils sauront qu'il est flic !

— Personne ici ne se souviendra qu'il est mon adjoint, il

n'en a parlé nulle part. Il n'a porté l'uniforme que quelques mois avant de devenir l'assistant de Wolfe, et il peut facilement se faire passer pour un garçon d'une vingtaine d'années. Il pourra toujours dire que je l'ai viré l'an dernier et qu'il travaille pour le légiste. Penses-y, Kane. Webber coche toutes les cases. Il est inscrit à la fac, il utilise la salle de gym et les pistes de course. Il passera inaperçu.

— Peut-être.

Kane haussa les épaules. Jenna soupira.

— Maintenant, il n'y a plus qu'à inventer comment il fera pour se rapprocher de Lyons.

— Il postule pour l'équipe. Ils auront besoin d'un remplaçant pour Jacobs. Je sais qu'il jouait au foot au lycée, et il est en pleine forme. Au pire, il sera sur la touche mais il s'entraînera avec eux. S'il est accepté, ils lui proposeront peut-être même d'habiter chez eux.

Au bout de l'allée, Kane tourna dans Stanton Road. Jenna parut dubitative. Elle cessa d'observer la foule alors qu'ils entraient en ville.

— Ce sera dangereux pour lui s'ils découvrent qu'il est en mission. Je mesure les risques, qui sont considérables. Tu devrais peut-être lui parler ? Si ça vient de moi, ça aura l'air d'un ordre.

— Bien sûr. Il sera à l'autopsie.

Kane ralentit alors qu'ils passaient devant les marchands de hot dogs dans la grand-rue. Jenna lui pressa le bras.

— Arrête de regarder la nourriture. Tu viens de manger, et nous devons assister à une autopsie.

— Oui, oui, c'est bon. Emily laisse toujours des cookies dans le bureau de Wolfe.

12

Webber avait été muté de Boston à Black Rock Falls et avait été brièvement adjoint avant d'accepter la proposition de Wolfe pour devenir l'assistant du légiste. Cela avait été un véritable changement de carrière, mais retourner à l'université à 29 ans pour achever ses études de science médico-légale, c'était du gâteau. Il avait l'avantage supplémentaire de rester adjoint (avec le salaire assorti), disponible si le shérif Alton avait besoin de renforts. Cette double casquette ne lui posait aucune difficulté, pas plus qu'à Wolfe ; l'aisance du Texan et l'étendue de son savoir faisaient de chaque journée une aventure. La fac serait une partie de plaisir et, dans un an, il obtiendrait son diplôme.

À la morgue, il avait préparé le plateau à instruments et les récipients spéciaux, et il avait placé le corps sur la table d'autopsie, lorsqu'il entendit des pas et des voix dans le couloir. Il fut surpris quand Kane lui fit signe de le rejoindre dans le bureau de Wolfe.

— Nous avons un problème, annonça Kane, une hanche appuyée au bord de la table.

Webber fronça les sourcils, espérant qu'il n'en était pas la cause, mais Kane semblait exalté plutôt que condescendant.

— Que puis-je faire pour vous aider ?

Kane croisa les bras sur sa poitrine, avec un sérieux intimidant.

— Avez-vous déjà participé à une opération clandestine ?

— Non.

— On a besoin de quelqu'un qui pourrait développer des liens personnels avec l'équipe de foot de l'université. Il n'y a pas de limite d'âge, et vous êtes sportif. À quand remonte votre dernier match ?

Abasourdi par cette demande, Webber n'arrivait pas à mettre de l'ordre dans ses idées.

— Ah, j'ai joué au ballon le week-end dernier. Je fais de la gym avec Rowley tous les jours. Je suis en forme, avoua-t-il, en souriant. Vous voulez que j'essaie d'entrer dans l'équipe, c'est ça ?

— Oui, c'est l'idée générale. Bien sûr, vous serez équipé d'une balise et de tout ce qu'il vous faudra pour obtenir les informations dont nous avons besoin. Il vaudrait mieux que vous nous évitiez et que vous ajoutiez directement les renseignements dans les dossiers. Je prendrai soin de les consulter tous les jours. Nous soupçonnons Seth Lyons et son équipe de violer des filles en dehors du campus, et ce pourrait être la raison du décès de Chrissie Lowe.

Webber le dévisagea.

— C'est ce que j'avais cru comprendre, mais vous n'avez aucune preuve. Si elle n'avait pas été sous la douche, nous aurions peut-être trouvé des traces sur son corps, ajouta-t-il, en tâchant aussitôt d'oublier la terrible image de Chrissie Lowe. Pour m'approcher, je devrai entrer dans leur maison, et ils ne risquent pas de divulguer leurs secrets à un étranger. Je ne pourrai pas aborder Lyons. Je serai sur le banc de touche. Leur coach n'aura pas envie de recruter un vieux comme moi dans l'équipe.

Kane sourit jusqu'aux oreilles.

— Vous saviez que leur entraîneur est un ex-militaire ? J'ai demandé à Wolfe de lui dire deux mots. Vous serez sur le terrain plus vite que vous ne pensez. En fait, la question est : êtes-vous prêt à faire le nécessaire pour obtenir la preuve qui nous permettra d'arrêter ces brutes ? C'est une requête, pas un ordre. Vous pourriez avoir affaire à un tueur.

Webber prit le temps de réfléchir aux conséquences et aux dangers. Il ferait partie de la meute et, si Kane disait vrai, il devrait s'abaisser à leur niveau de barbarie.

— Oui, je ferai attention à moi, mais il me faudra une couverture à toute épreuve. C'est sûr et certain, quelqu'un se rappellera m'avoir vu comme adjoint, et ils ne parleront de rien devant moi s'ils croient que je fais toujours partie des forces de l'ordre.

Kane se redressa.

— On a déjà travaillé à votre couverture, mais on tâchera de la maintenir aussi simple et aussi proche que possible de la vérité. Vous êtes arrivé en ville, vous vous êtes installé chez votre tante ; si besoin, nous prendrons la gouvernante de Wolfe comme couverture. Vous avez travaillé un moment comme adjoint, puis vous vous êtes disputé avec moi, et Jenna vous a viré. Vous me considérez comme un abruti arrogant et vous acceptez l'emploi d'assistant du légiste.

Webber eut l'air amusé.

— Comment l'avez-vous su ?

— Que vous me trouvez arrogant ? Bien vu.

Kane éclata de rire et se dirigea vers la porte.

13

Assister à deux autopsies de jeunes en deux jours était troublant pour Jenna. Bien sûr, son professionnalisme lui permettait de masquer son désarroi, mais en son for intérieur elle éprouvait une profonde tristesse et se sentait en partie responsable de ces décès survenus à Black Rock Falls. Elle avait prêté serment de faire de son mieux pour maintenir la sécurité et défendre la loi, et pourtant deux jeunes étaient morts dans des circonstances inhabituelles. Même si Wolfe déclarait que la cause était accidentelle dans le cas de Jacobs, et qu'il s'agissait d'un suicide dans le cas de Chrissie, la mort de Jacobs semblait un peu trop tomber à pic.

Elle enfila un masque, prit une grande inspiration, puis franchit avec Wolfe les portes donnant dans le froid clinique de la morgue. Elle n'avait jamais vraiment rencontré de légiste semblable à Wolfe ; bien que très imposant par sa stature, il avait une présence merveilleusement apaisante. Sa voix douce et ses façons respectueuses lors d'une autopsie rendaient bien plus facile de survivre à cette expérience horrible. Elle salua de la tête Kane et Webber, qui bavardaient devant le cadavre de Jacobs. Elle aurait voulu pouvoir se déconnecter entièrement, comme Kane. Grâce à sa formation de tireur d'élite, il était capable de s'isoler dans une zone de calme. Elle en avait été témoin quantité de fois ; c'était comme si l'homme qu'elle connaissait s'était absenté – elle avait constaté le même phénomène chez un meurtrier psychopathe, mais il y avait une différence. Kane avait de la compassion à revendre et un besoin inné de protéger tout le monde, quitte à risquer sa propre vie.

Pour dédramatiser un peu, Jenna se plaça à côté de Wolfe alors qu'il vérifiait le plateau à instruments et réglait la lumière et le micro.

— Vous êtes content qu'Emily revienne à Black Rock Falls pour terminer ses études ?

La fille de Wolfe avait obtenu une place à l'université locale pour le semestre d'automne. Le légiste regarda Jenna par-dessus son masque et les coins de ses yeux se ridèrent.

— Avec la création des nouvelles sections, elle pourra passer ici sa licence de science médico-légale, et elle envisage de poursuivre en justice pénale, pour pouvoir se spécialiser dans les enquêtes sur les scènes de crime ou comme légiste. Et puis ici, elle peut aussi pratiquer avec moi, ce qui est un avantage. Je dois reconnaître que cette jeune fille est une éponge pour ce qui est d'apprendre. Elle excelle dans tout ce qu'elle fait et elle adore étudier dans la nouvelle aile de la fac. Et moi, conclut-il en riant, j'aime assez l'avoir à nouveau à la maison. Anna et Julie sont aux anges depuis que leur sœur est revenue.

Tandis qu'il faisait claquer ses gants, Jenna hocha la tête.

— Moi aussi je suis contente qu'elle soit là. Quand nous aurons résolu ces affaires, vous devriez venir en famille pour un barbecue.

— Vous aurez du mal à les tenir loin de votre écurie, répondit Wolfe, en se tournant ensuite vers Kane. Vous savez qu'elles exigeront de faire un tour à cheval.

— J'adore vos filles. Vous pensez qu'Anna est assez grande pour avoir un poney ? C'est bientôt son anniversaire.

— Ah non, vous n'allez pas vous y mettre aussi ! Ça fait des mois qu'elles me harcèlent pour que je leur en achète un. Je leur demande : « On le mettra où ? Et où trouverai-je le temps de m'en occuper ou de vous emmener faire du cheval ? » Et je deviens le méchant de service pendant une semaine.

Jenna le regarda.

— Nous, nous avons de la place. Un petit poney, ça ne demande pas beaucoup de soins, et je sais qu'Atohi en a un à vendre.

Elle sourit derrière son masque, se rappelant le superbe poney pie que leur ami amérindien avait élevé dans la réserve.

— Je peux l'acheter pour leur anniversaire ? proposa Kane. Je me charge de tout. Ça ne représentera pour vous aucune dépense, aucun travail supplémentaire, et elle sera plus en sécurité quand elle viendra le monter chez nous.

Les yeux de Wolfe allaient et venaient entre Jenna et Kane.

— Hum... Vous aussi, elle vous a harcelés ?

— Non, elle ne m'a rien dit. Nous pensons simplement que ce serait mieux pour elle que de monter avec moi quand elle vient à la maison. Je ne peux pas courir le risque de la laisser seule en selle sur mon étalon.

— J'y réfléchirai. Commençons.

Wolfe désigna le cadavre, en retira le drap et alluma son micro.

— Nous avons le corps d'Alex Jacobs, 22 ans, caucasien, 90 kilos, un mètre quatre-vingt-cinq. Le corps paraît en excellente forme physique. À part le trauma au cou, il n'y a aucun signe de dommages externes en dehors d'un petit bleu sur la hanche gauche. J'estime que cette meurtrissure remonte à il y a environ six jours.

Jenna observa le déroulement de l'autopsie ; le cœur, les poumons et d'autres organes furent tous présentés comme normaux, et les tests sanguins préalablement réalisés par Wolfe n'avaient indiqué aucune trace d'alcool. Quand démarra la dissection de la région du cou, elle s'avança pour bien suivre les explications.

— Comme vous pouvez le constater rien qu'avec les radios, de sérieux dommages ont été infligés à l'atlas et à l'axis... euh, aux deux premières vertèbres cervicales. La paralysie a dû être instantanée ; les dégâts causés à la moelle épinière auraient suffi à le tuer sur le coup. C'est là qu'est le problème, commenta Wolfe, en retirant ses gants pour s'approcher de son ordinateur. Voici quelques images de blessures semblables, survenues au cours d'exercices de musculation sur un banc du même type. Et voici les photos prises sur la scène. Comme je l'ai déjà dit, toutes les autres victimes avaient les mains sous la barre. Toutes ont essayé d'empêcher la barre de les écraser. Pourquoi Jacobs a-t-il les bras ballants, à droite et à gauche ?

Kane pointa l'écran du doigt.

— J'ai examiné l'équipement. Comme on le voit sur ces images, la machine est solide et en parfait état. Même si Jacobs avait mal reposé la barre, elle n'aurait pas pu lui tomber dessus. Si elle avait glissé, il aurait eu les mains dessus et il aurait tenté d'écarter les poids.

Wolfe étrécit les yeux.

— Voilà pourquoi je pense que quelqu'un d'autre est impliqué dans cette affaire. Sauf s'il a essayé de se suicider en lançant les haltères en l'air dans l'espoir qu'ils lui briseraient le cou, je doute qu'il ait dégagé ses mains dans la fraction de seconde que les poids ont mise à tomber. J'aimerais savoir quelle masse il soulevait habituellement. Pour un développé couché, un débutant pesant 90 kilos doit pouvoir en soulever environ 65 ; un confirmé, environ 140. En comptant la masse de la barre, il soulevait plus de 140 kilos. Selon moi, étant donné sa forme physique, il aurait pu en être capable, un nombre limité de fois et avec un *spotter*. La seule conclusion logique est qu'il avait les bras baissés parce que quelqu'un soutenait les poids et que Jacobs pensait que la barre avait été remise sur les taquets.

Si l'individu mystère a laissé tomber les haltères sur lui, il n'a pas eu le temps de réagir.

Jenna prit le temps d'assimiler l'information, puis regarda Wolfe.

— Donc, pour vous, c'est un homicide ?

— Non, je dis qu'une autre personne était peut-être présente. Et si c'était un accident malheureux ? Le *spotter* soulevait la barre sur les deux derniers centimètres et elle lui a glissé des mains. Il a eu peur et il s'est sauvé. Tant que nous n'aurons pas découvert la vérité, je ne me prononcerai pas sur la cause du décès. Je vais terminer ici et confier le corps aux pompes funèbres.

Jenna ôta son masque et ses gants.

— Merci, nous allons poursuivre notre enquête.

Wolfe, qui enfilait une autre paire de gants, la retint.

— Attendez. Le vomi dans la voiture correspond au contenu de l'estomac de Chrissie Lowe, et les cheveux sont de la même couleur. J'ai relevé des empreintes sous le bord du siège arrière et le sang trouvé dans la voiture est du même type que le sien ; les tests ADN sont en cours. Je suis à peu près certain que Chrissie était dans la voiture du gardien. J'ai trouvé d'autres cheveux, appartenant à au moins cinq personnes différentes, ajouta-t-il en désignant le plan de travail. J'ai demandé des échantillons au gardien et à sa femme, et je les ai exclus. J'en ai prélevé sur Jacobs et nous avons les empreintes digitales de Lyons sur le verre, mais pour le moment, je n'ai pas d'autres échantillons pour une comparaison. Il n'y avait pas d'autres traces à part celles du gardien, et elles étaient récentes. Sans preuves, il va être difficile de prouver qui l'a violée, dit Wolfe, en fronçant les sourcils. Je vais relever les empreintes sur les mains de Jacobs, pour voir si elles correspondent avec les marques que Chrissie avait sur les bras. J'ai trouvé un creux sur son auriculaire, qui me fait penser qu'il portait une bague. Si on peut associer cet anneau aux marques de Chrissie, cela signifiera qu'il a participé au viol. Auquel cas, tout le reste pourrait s'écrouler comme un château de cartes.

Jenna échangea un regard entendu avec Webber et déclara :

— Puisque Colt est prêt à infiltrer leur maison, nous arriverons à arrêter ces salauds. Tôt ou tard, l'un d'eux brisera la loi du silence.

14

Kane inhala l'air pur pendant quelques secondes, pour se vider les narines de l'odeur de mort. Quand Jenna le rejoignit, il se tourna vers elle.

— Nous allons devoir surveiller Webber de près, s'il réussit à devenir proche de Lyons. Ce gars-là ne m'inspire pas confiance.

— À moi non plus. Oh, et Rowley a déniché Owen Jones. Je suggère qu'on aille le voir pour qu'il nous donne son point de vue sur sa bagarre avec Jacobs, mais d'abord, il me faut un moment pour me remettre les idées en place après l'autopsie.

Parvenu devant son SUV, Kane ouvrit la portière.

— Bien sûr. Tu veux qu'on prenne une pause chez Tante Betty ?

Jenna sourit.

— Ça me convient tout à fait. Un café fort m'aidera à chasser l'horrible goût de la morgue que j'ai encore dans la bouche.

— Attention, ne dis pas ça trop haut, les gens vont croire que tu as dégusté des échantillons de tissu humain.

— Beurk ! Tu m'as coupé l'appétit.

Jenna monta du côté passager tandis que Kane se glissait derrière le volant.

— Non, un saint se laisserait tenter par la tarte aux noix de pécan de Chez Tante Betty.

Ils roulèrent lentement à travers la ville. Une atmosphère de carnaval remplissait la grand-rue, et les vans des visiteurs venus pour le rodéo rendaient plus dense la circulation. Le château gonflable avait été installé dans le parc, et comme l'école avait fermé pour la journée, des enfants couraient en tous sens, mangeant d'énormes nuages de barbe à papa ou des hot dogs dégoulinant de ketchup.

— Les clowns ne sont pas là, cette année.

— Ça ne m'étonne pas, soupira Jenna. La dernière fois, les parents ont refusé de laisser leurs enfants sortir. On ne peut pas le leur reprocher : j'ai toujours eu horreur des clowns, et depuis que nous avons eu cette histoire de réseau pédophile, je les déteste encore plus.

Kane se gara devant Chez Tante Betty, heureux de trouver une place de parking. À l'intérieur du café, le volume sonore était très supérieur à son niveau de confort, ce qui était exceptionnel. Il parcourut du regard la clientèle et quelques habitués le saluèrent. Le vacarme venait d'un groupe de cow-boys, qu'il prit le temps d'observer. Quand Jenna se mit à les dévisager aussi, les hommes échangèrent des coups de coude, baissèrent la tête, et le café retrouva son ronronnement ordinaire de conversations polies. Kane et Jenna allèrent au bout du comptoir pour éviter la queue, et Susie Hartwig accourut pour prendre leur commande, après quoi ils allèrent s'asseoir à leur table réservée.

— En tout cas, c'est agréable que la police ait cette table et soit toujours vite servie.

— Oui, sinon on n'aurait jamais le temps de manger.

Jenna sourit quand Susie vint remplir leurs tasses et laissa la cafetière.

— Merci, Susie.

— Votre commande arrive tout de suite. Ça va, shérif ? Vous avez l'air un peu pâlotte, aujourd'hui.

— Nous sortons d'une autopsie, répondit Jenna en portant la tasse à ses lèvres. Ça n'était pas très agréable.

— Ah, je vois. Je reviens dans une minute.

Visiblement mortifiée, Susie disparut. Kane se renfonça sur son siège, passant en revue les détails de l'affaire.

— Nous devons retrouver l'anneau que Jacobs avait au petit doigt. S'il correspond aux marques que Wolfe a trouvées sur le bras de Chrissie, cela le place sur les lieux du viol et ça fournit un mobile à Phillip Stein.

— Comment aurait-il su que Jacobs était impliqué ? demanda Jenna d'un air étonné.

— Jacobs et Lyons étaient comme cul et chemise. Ils partageaient la même chambre et Stein sait que Chrissie avait rendez-vous avec Lyons le soir du viol. C'est aussi Lyons qui est vraisemblablement venu la chercher samedi. D'après ce que nous savons de Chrissie, elle ne serait pas montée en voiture avec un inconnu, ce qui indique que les violeurs avaient prévu d'utiliser le véhicule du gardien.

Jenna avait les yeux dans le vague.

— Hum... Tu penses que Stein tuerait sur un simple soupçon ?

Kane haussa les épaules et but une gorgée de café.

— Il connaissait Chrissie ; après tout, il pourrait l'avoir suivie jusqu'à la maison. Il est peut-être le chaînon manquant qu'il nous faut pour prouver que Chrissie est bien allée là-bas. S'il est resté jusqu'à ce qu'elle reparte, il devait se douter de ce qu'il lui était arrivé.

Jenna parut sceptique.

— Oui, mais de là à tuer... Il était son ami, et s'il avait vu qu'on la déposait dans l'herbe devant son internat, il l'aurait aidée... il aurait appelé une ambulance, il ne l'aurait pas laissée seule.

— Elle a peut-être refusé son assistance. Elle avait été droguée et violée. Le genre de situation où une femme n'a surtout pas envie d'avoir affaire à un homme, j'imagine.

— Peut-être, mais elle avait sa colocataire. Nous n'avons toujours pas la certitude qu'elle ait mis fin à ses jours. Quelqu'un a pu la mener jusqu'à sa chambre et mettre en scène le suicide. L'idée qu'elle se soit tuée ne correspond pas à son profil. De nos jours, les femmes portent plainte, et il existe des réseaux de soutien. Si on songe que le père de Lyons aurait pu lui proposer une compensation financière en échange de son silence, ça a encore moins de sens. Il a dû y avoir quelque chose ou quelqu'un d'autre.

Kane se frotta le menton.

— Comme je l'ai dit, les hommes qui se livrent à un viol en bande et qui ne sont pas poursuivis ont généralement un moyen d'intimider leur victime pour qu'elle se taise.

— Sans doute. Mais peu importe qu'elle se soit suicidée ou non, soupira Jenna, la question maintenant c'est : qui a tué Jacobs ? Il y a forcément un lien : deux meurtres aussi rapprochés, c'est plus qu'une coïncidence. Quand tu as visité la chambre de Lyons et de Jacobs, tu aurais remarqué une bague ?

Kane secoua la tête.

— D'une part je ne cherchais pas, mais même s'il la portait régulièrement, il aurait été logique qu'il la retire pour faire de la musculation. Je dirais qu'elle est dans son casier à la salle de gym. Il nous faudra un mandat pour aller fouiller dedans.

— Pas si on demande aux parents l'autorisation de récupérer ses affaires. J'appelle Wolfe, au cas où ils seraient déjà là pour identifier le corps.

Jenna prit son téléphone et passa l'appel.

— La famille de Jacobs est-elle arrivée ?

— *Oui, ils attendent dans mon bureau*, répondit Wolfe, avant de s'éclaircir la gorge. *De quoi avez-vous besoin ?*

Jenna échangea un regard avec Kane.

— De la permission d'ouvrir son casier dans la salle de gym. Nous cherchons la bague qu'il portait au petit doigt. Si elle correspond aux marques sur le bras de Chrissie Lowe, ça prouvera qu'il était présent lors du viol.

— *Très bien, je leur ferai signer un papier, et je suppose que vous voudrez aussi avoir accès à sa chambre ?*

— Oui, et on aura besoin de vous aussi, mais j'imagine que Lyons est trop malin pour avoir laissé traîner des preuves.

Jenna leva les yeux quand Susie apporta leur repas et s'interrompit jusqu'à ce que la serveuse se soit éloignée.

— Vous auriez le temps, cet après-midi ?

— *Je le trouverai*, répondit Wolfe, avant de baisser la voix. *Si ces gars-là sont un groupe de prédateurs, il faut les empêcher de nuire au plus vite.*

— Tout à fait. Prévenez-moi quand vous aurez le papier signé. On part à la fac interroger Owen Jones.

— *Ne vous inquiétez pas, vous l'aurez.*

Wolfe raccrocha.

Assis à une table Chez Tante Betty, il prenait un plaisir particulier à regarder passer les gens. Les touristes envahissant Black Rock Falls l'amusaient, et maintenant qu'une série de romans sur les tueurs psychopathes locaux avait été mise sur le marché, l'affluence était à son comble. C'était comme si les gens venaient en masse dans l'espoir d'être mêlés à un meurtre sanglant. Il secoua la tête. Ça ne fonctionnait pas comme ça ; la plupart des tueurs avaient une excellente raison de vouloir supprimer un inconnu. Il avait toujours eu le goût de l'observation, qu'il s'agisse des insectes les plus curieux ou du plus grand prédateur de tous, l'homme. Il aimait être un mâle dominant. Un prédateur.

Les gens devaient admettre la réalité. Face à un psychopathe résolu à tuer, les forces de l'ordre ne pouvaient pas grand-chose. Ce genre d'assassin ne reculait devant rien pour atteindre sa cible, et de belles paroles ne suffiraient jamais à l'en dissuader. Quand le besoin surgissait, les barrières mentales s'envolaient comme de la vapeur d'eau. Quant à lui, il ne se considérait pas comme un psychopathe puisqu'il tuait uniquement ceux qui le méritaient.

Il mordit à nouveau dans son hamburger et mâcha lentement. Son attention se tourna vers le shérif. Une femme de taille moyenne, d'une trentaine d'années, attirante avec ses cheveux aile de corbeau qui lui tombaient sur les épaules comme de la soie mouillée. Ses bras nus sortant de sa chemise d'uniforme montraient qu'elle faisait régulièrement de la musculation : elle devait préférer gérer elle-même les problèmes plutôt que de se fier à ses adjoints. Il baissa les yeux vers ses petites mains aux ongles soignés. Elle portait une seule bague, pas d'alliance, et il se demandait pourquoi elle restait célibataire dans une ville dominée par les hommes. Cependant, il ne l'avait jamais vue sans ce grand adjoint qui l'accompagnait, et ils avaient l'air de bien s'entendre, à la façon dont ils se penchaient l'un vers l'autre.

Il regretta de ne pas être assis plus près, pour écouter leur conversation animée. Il avait soif d'informations, mais après avoir regardé le journal télévisé et écouté les rumeurs sur le campus, il n'avait pas appris grand-chose sur l'enquête concernant la mort de Jacobs. Il avait bien fait son travail et le verdict de mort accidentelle serait probablement accepté si le shérif le prononçait. Seuls les gens méfiants causaient des ennuis, en remarquant des choses qui échappaient aux autres.

La journée se traînait, chaque heure s'écoulant avec lenteur, comme si les aiguilles de l'horloge s'étaient arrêtées pour ne se remettre en marche qu'un quart d'heure plus tard. Il contempla sa tasse vide et soupira. Maintenant qu'il avait prévu son prochain acte dans le moindre détail, il n'avait plus qu'à attendre la nuit.

La serveuse quitta la table du shérif et vint lui verser à nouveau du café dans sa tasse. Elle lui adressa un grand sourire et il sentit que ses commissures se retroussaient en retour.

— Merci beaucoup, madame.

— Tout va bien ?

— Oui, merci.

Il patienta jusqu'à ce qu'elle s'en aille, puis termina son repas en laissant un généreux pourboire.

En partant, il lança un regard en direction du shérif. En un sens, il avait pitié d'elle. Si elle découvrait par hasard que quelqu'un avait tué Jacobs, elle ne pourrait jamais attribuer le crime à personne, malgré tous ses efforts. Il sourit pour lui-même. *Pas de preuves, pas de témoins, pas de dossier.*

16

La jeune femme à l'accueil des bureaux de l'université rejeta en arrière ses longs cheveux blonds, leva vers Kane des yeux intéressés, puis se tourna vers Jenna et lui sourit.

— Nous cherchons Owen Jones. Il est en troisième année.

— Oh, tout le monde connaît Owen. Il faisait partie de l'équipe de foot et il revient ce semestre. Nous avons un nouveau système, ici. Les étudiants ont tous un badge qu'ils utilisent pour entrer en salle de cours ou en bibliothèque. Comme ça, nous savons qui se trouve dans chaque bâtiment, en cas d'urgence. Si vous allez voir la sécurité, ils le localiseront sur leurs ordinateurs, et ils pourront ensuite vous mener jusqu'à lui.

— OK.

Jenna prit le couloir que la réceptionniste leur avait indiqué. Kane la suivit.

— Drôle de système. Les étudiants pointent au début et à la fin des cours, mais il n'y a aucune sécurité pour empêcher n'importe qui d'entrer.

— Ce n'est pas une prison, et il est normal que les espaces communs soient en libre accès. Tu voudrais les fouiller tous avant qu'ils franchissent les grilles ?

— Si ça ne tenait qu'à moi, je ferais installer à l'entrée de tous les établissements des portiques de sécurité comme ils en ont dans les aéroports. Le port d'armes, c'est une chose, mais pas dans les écoles.

— C'est le rêve de tous les parents, j'en suis sûre, mais tu imagines le temps qu'il faudrait pour que tous les élèves passent le contrôle de sécurité ? Ça ne se fera jamais.

Jenna ralentit alors qu'ils arrivaient au bureau de la sécurité.

Après avoir découvert que Jones était dans la bibliothèque, ils suivirent un des agents de sécurité à travers le bâtiment.

— C'est moi qui parlerai, annonça Jenna à Kane. Il ne s'agirait pas qu'il se ferme comme une huître, et c'est ce qui se passera si tu es trop lourd.

— Je prévoyais de lui parler de sport, pour qu'il nous confie tous ses secrets. Être lourd avec lui, ça pourrait marcher aussi.

Jenna étrécit les yeux dans sa direction.

— Comme j'ai dit, c'est moi qui parlerai.

L'agent leur demanda d'attendre à l'extérieur de la bibliothèque pendant qu'il allait chercher Jones. Le couloir donnait sur un jardin paysager, avec des bancs sous les arbres. Quelques étudiants bavardaient, assis dans l'herbe. Quand Jones apparut avec le vigile, Jenna découvrit un jeune homme musclé, grand et fort, aux traits ciselés. Elle prit son carnet et le dévisagea, puis procéda aux présentations.

— Apparemment, vous avez eu une dispute avec Alex Jacobs et quelques-uns de ses amis ; pourriez-vous nous dire ce qui s'est passé ?

Jones lui lança un regard indifférent.

— C'était il y a des années, pourquoi revenir là-dessus ? J'ai été exclu six mois et maintenant je reviens. Pourquoi ? Il y a quelqu'un qui me cherche encore des embrouilles ?

Jenna secoua la tête.

— Non, mais le médecin légiste ne s'est pas encore prononcé quant à la cause du décès de Jacobs, et nous interrogeons tous ceux qui auraient pu avoir une raison de lui vouloir du mal.

— C'est plutôt les autres qui se seraient fait mal. Je me suis démoli un doigt en lui mettant un coup de poing, et ça lui a rien fait. Après, je m'en fous pas mal, qu'il soit mort. Seth Lyons et lui, c'est des menteurs comme tout le reste de la bande. Lyons a son père qui paie dès qu'il a un problème, et croyez-moi, des emmerdes, il en a plus que tout le monde.

— Pourriez-vous nous expliquer pourquoi vous aviez eu cette bagarre ?

Jenna les entraîna vers un banc isolé. Elle s'y posa et il s'assit à contrecœur à côté d'elle.

— Lyons et Jacobs voulaient pas de moi dans l'équipe.

Jones haussa les épaules comme s'il répugnait à en parler. Kane se laissa tomber sur l'herbe et haussa un sourcil.

— Pourquoi ? Ils devaient avoir une raison.

L'étudiant enfouit ses deux mains dans sa chevelure hirsute.

— Je veux pas entrer dans les détails. Disons que j'avais pas envie de quitter l'internat pour aller habiter leur maison. Alors ils sont allés voir le coach et ils lui ont raconté que j'avais essayé de leur vendre de la drogue. Le doyen a organisé une fouille et ils ont trouvé une pipe à eau dans ma chambre. J'ai voulu qu'ils me testent, mais ça s'est pas fait.

Des éclairs de colère dans les yeux, Jones fixa le lointain.

— Ils m'avaient tendu un piège, et le coach m'a expliqué que j'avais le choix : rester sur le banc de touche pour la saison, ou bien ils appelleraient les flics, je serais inculpé, et je pourrais dire adieu à ma bourse. J'ai accepté, mais je me suis énervé contre Seth ; Alex était jamais loin, et quand il s'en est mêlé, ça a dégénéré. J'ai été suspendu pour le reste du semestre. Et je suis encore sur le banc, termina-t-il avec un sourire narquois.

Jenna étudia son expression agacée.

— Donc vous avez participé au stage d'entraînement ce dimanche. Qu'avez-vous fait lundi soir, une fois sorti du bus ?

— J'ai pas participé au voyage, mais j'aime bien courir et j'essaie de trouver le temps tous les après-midi. J'avais travaillé toute la journée en bibliothèque et j'avais besoin de me détendre, donc j'ai couru un peu, et après je suis rentré dans ma chambre et j'ai dormi.

— Quelle heure était-il ? demanda Kane d'une voix neutre.

— Aucune idée. Environ 22 heures, peut-être.

Jenna prit quelques notes.

— Avez-vous vu quelqu'un pendant votre sortie, ou vous êtes-vous arrêté pour parler à quelqu'un ?

Jones secoua la tête.

— Il y avait du monde, oui, mais je me rappelle de personne en particulier. Non, j'ai parlé à personne. J'écoutais de la musique sur mes AirPods. Pourquoi ? Vous pensez que j'ai tué Alex ? Comment ?

Kane changea de ton et passa en mode agressif.

— Si vous étiez son *spotter* à la gym, vous auriez pu lui laisser tomber la barre sur le cou. Vous aviez un mobile pour le tuer. Il avait convaincu votre entraîneur de vous mettre sur la touche ce qui a conduit à votre exclusion. En l'éliminant, vous libériez une place dans l'équipe.

Jones grimaça et détourna les yeux.

— Je l'ai pas tué. J'ai mieux à faire de mon temps. Et je suis receveur écarté, alors que Jacobs était avant-gauche. Vous croyez vraiment qu'après ça, j'aurais eu envie de protéger Seth Lyons pendant les matchs ? J'espère qu'il aura ce qu'il mérite, ce fils de pute.

Jenna se pencha en avant, remarquant l'agitation du jeune homme.

— Parce qu'il avait introduit la pipe à eau dans votre chambre, ou y a-t-il autre chose dont vous ne nous avez pas parlé ?

Jones contempla ses mains.

— Vous savez, shérif, il y a des trucs qu'un mec a pas envie de discuter avec une femme. On en reste là ?

Plusieurs idées se bousculaient dans l'esprit de Jenna, mais elle se leva et adressa à Kane un regard entendu.

— J'attendrai à l'intérieur.

Elle se dirigea vers la porte, puis s'adossa au mur et regarda Kane poursuivre l'interrogatoire.

Quelques instants plus tard, elle remarqua Seth Lyons qui venait vers eux et elle s'avança pour l'empêcher de voir Kane parler à Jones. Elle se creusa les méninges pour inventer une question à lui poser, n'importe laquelle pourvu que cela le retarde dans le couloir.

— Ah, monsieur Lyons. Je vous cherchais, justement.

Lyons la toisa d'un air insolent.

— Ah ouais ? Quoi encore ?

Jenna prit tout son temps pour sortir son calepin et en feuilleter les pages.

— Quand avez-vous téléphoné à Chrissie Lowe pour la dernière fois ? Je suppose que vous avez dû l'appeler pour lui signaler que quelqu'un viendrait la chercher. Vous savez qu'elle est montée dans une voiture grise.

Lyons poussa un soupir et se rapprocha un peu trop de Jenna.

— Je ne lui ai pas téléphoné et je n'avais pas son numéro. Je lui ai parlé à la cafétéria. J'imagine qu'elle s'est débrouillée par elle-même pour se faire emmener. C'est fini, un type l'a violée. Regardez-moi, shérif. Les filles, vous croyez que j'ai besoin de les violer, franchement ?

Sans se laisser déconcerter par ses fanfaronnades, Jenna persista en baissant la voix.

— Vous avez mauvaise réputation auprès des femmes du campus, mais aucune n'a porté plainte contre vous. Je commence à croire que vous avez un protecteur au sein de l'administration.

Lyons lui serra le bras dans sa main et la foudroya du regard.

— Je n'ai pas besoin de protection. Vous, en revanche, vous pourriez en avoir besoin. Mon père est un homme très puissant, qui a des amis haut placés. Tout le monde a ses petits secrets, shérif, et si vous continuez à me harceler, je découvrirai vos secrets à vous, et à la prochaine élection personne ne votera pour vous maintenir à votre poste.

Jenna se redressa et affronta son air satisfait. Il lui broyait les os du bras et appréciait visiblement de l'intimider ; comme il n'y avait personne dans le couloir, ce serait sa parole contre la sienne. Elle tira son Glock de son étui et l'appuya à la fermeture Éclair du jean de Lyons.

— Votre père ne vous a pas déconseillé de menacer une femme qui est armée ? Enlevez votre main tout de suite, faites demi-tour et allez-vous-en avant que je vous arrête pour agression.

— OK, OK. Ouh là là. Désolé.

Lyons la lâcha et recula, les mains en l'air. Jenna rangea son arme.

— Je vous aurai à l'œil, Lyons.

— Oui, madame.

Il entra en hâte dans la bibliothèque. En se retournant, Jenna vit Kane venir à elle.

— Eh bien ?

— Qu'est-ce qui s'est passé avec Lyons ?

— J'ai voulu éviter qu'il te voie avec Jones et je lui ai posé une question qui ne lui a pas plu. Il m'a pris le bras et a essayé de me menacer.

Kane resta bouche bée, incrédule.

— Il a fait quoi ? Qu'est-ce qu'il a dit ?

Jenna haussa les épaules.

— Ce n'était rien, j'ai su gérer. Qu'est-ce que Jones avait à raconter ?

Kane eut une expression comparable au ciel avant un orage.

— Sa copine, une première année, est partie en milieu de semestre après avoir été attirée dans une voiture et violée. Jones voulait qu'elle porte plainte mais elle a refusé de nommer son agresseur. Peu après, Lyons a formulé une réflexion sur la copine de Jones, qu'il trouvait « goûteuse ». Quand Jones a questionné sa copine à ce propos, elle a fait ses valises et elle est partie.

Jenna eut du mal à avaler sa salive. Elle venait de faire par elle-même l'expérience du côté maléfique de Lyons.

— Il t'a donné le nom de la fille ?

Kane plongea ses mains dans ses poches.

— Non. Il a refusé, en disant qu'elle avait assez souffert comme ça. Ce serait un peu pousser que de faire accuser Lyons de viol si longtemps après. S'il commet ce genre d'agissement depuis un moment, on devrait pouvoir trouver des victimes prêtes à parler, mais une seule d'entre elles et sans la moindre preuve, ça ne marchera jamais devant un tribunal.

Jenna se mordillait la lèvre.

— Hmm... Rien de ce que Jones a dit ne m'a convaincue qu'il n'est pas responsable de la mort de Jacobs.

Kane plissa le front et ses sourcils se rejoignirent.

— Il y a une chose : si Jones et Jacobs étaient ennemis, Jacobs n'aurait jamais voulu de lui comme *spotter*. Il ne se serait pas mis dans une posture aussi vulnérable.

— Pas faux.

Le téléphone de Jenna sonna et elle consulta l'écran.

— C'est Wolfe.

— *Je vous ai obtenu la permission d'ouvrir le casier d'Alex Jacobs, mais pour la chambre, je crains qu'il ne vous faille un mandat de perquisition, à moins que Seth Lyons soit coopératif. C'est sa chambre à lui aussi, et la maison appartient à son père. Autre chose : Kane a signalé qu'elle avait été passée à l'eau de Javel et qu'elle était propre comme un sou neuf. L'examiner maintenant serait une perte de temps ; ces gars-là sont bien trop malins pour avoir laissé des traces.*

Jenna soupira.

— Bien reçu. Envoyez-moi sur mon téléphone une copie du document. On retournera voir la sécurité pour qu'on nous ouvre le vestiaire.

— *C'est parti.*

Jenna raccrocha et attendit que le message arrive. Elle ouvrit la pièce jointe et se tourna vers le bureau des agents de sécurité.

— Direction la salle de gym.

Après avoir montré le papier au vigile, ils le suivirent jusqu'au vestiaire, non sans avoir pris dans le véhicule de Kane un kit médico-légal. L'agent de sécurité utilisa une pince pour briser le cadenas. Jenna aperçut un tableau blanc où étaient inscrits des noms et des numéros.

— C'est le nom des casiers et de leurs propriétaires ?

— Oui, tous les casiers ont une combinaison, pas besoin de clé. Chacun choisit son casier et ajoute son nom à la liste.

Une bouffée d'odeur corporelle attaqua le nez de Jenna lorsqu'elle ouvrit la porte et regarda à l'intérieur.

— Donc les casiers peuvent être utilisés par n'importe qui ?

— Seulement par les garçons. Le vestiaire des filles est à côté.

Jenna acquiesça, enfila une paire de gants et se servit de sa lampe torche pour éclairer l'intérieur du casier. Sur l'étagère du haut, une grosse bague en or voisinait avec une montre.

— Kane, prends une photo de la bague, et on l'emportera avec la montre.

Jenna étiqueta les sachets pour pièces à conviction et y inséra les deux objets, puis ils prirent aussi les vêtements de Jacobs, dont une casquette de base-ball et un blouson arborant dans le dos le logo de l'équipe de football.

— C'est tout. Merci pour votre aide, dit-elle à l'agent.

— Pas de souci, madame.

L'agent s'en alla. Kane fronça le nez.

— Vu comme le blouson pue, Jacobs n'était pas un maniaque de l'hygiène. S'il a participé au viol de Chrissie, Wolfe pourra peut-être retrouver des traces sur ses affaires.

— On passera le voir en retournant au bureau. Il nous faut des preuves contre au moins un des gars qui habitent la maison de Lyons.

17

La journée avait été longue et, après avoir saisi dans les dossiers toutes les informations recueillies depuis le matin, Jenna consulta l'horloge. Il était peu après 19 heures : elle n'aspirait qu'à prendre un bain chaud, dîner et se coucher tôt. Elle s'était heurtée à un mur dans son enquête, mais la nuit portait conseil et elle prendrait un nouveau départ le lendemain matin. Elle ferma son ordinateur, rassembla ses affaires et sortit de son bureau. À l'accueil, Maggie était déjà partie, laissant Rowley à sa place. Jenna marcha jusqu'au bureau de Kane et attendit qu'il cesse de taper sur son clavier.

— On s'en va, je suis vannée. Ce soir, c'est mon tour de prendre les appels pour le 911, donc je prévois de me mettre au lit sans tarder.

— D'accord, laisse-moi juste cinq minutes.

Kane lui sourit et redirigea son attention vers son ordinateur. Jenna repartit vers l'accueil.

— Ça fait quelques heures qu'il n'y a plus personne, nous n'avons aucun mandat ou délit sur le feu, donc je rentre chez moi.

Rowley ramassa un trousseau de clés, mit sa casquette et fit le tour du comptoir.

— La journée a été calme, en ville. J'imagine que ça va repartir demain, avec le rodéo qui démarre.

Jenna soupira.

— Ce serait bien, pour une fois, si la foire et le rodéo se déroulaient sans incident. À croire que ça amuse les cow-boys, de se casser la gueule entre eux ou de faire des histoires avec la population locale.

Kane la rejoignit, enfilant sa veste.

— C'est un petit prix à payer par rapport aux retombées financières. Duke, où es-tu ?

Il jeta un coup d'œil derrière le comptoir et sourit à son chien, dont il frotta la tête.

— Il est temps de se réveiller pour aller dormir à la maison. On y va ?

Jenna hocha la tête.

— Allons-y. À demain matin, dit-elle à Rowley.

La présence de Rowley pour fermer et ouvrir les bureaux était un véritable avantage pour elle ; comme il arrivait tous les jours à l'aube, elle n'avait pas à se précipiter. Lorsqu'elle arrivait, vers 8 h 30, il avait traité la plupart des plaintes courantes et avait allumé les machines à café. Bien sûr, elle veillait à ce qu'il soit payé pour ses heures supplémentaires. Avoir un adjoint dévoué comme Rowley était pour elle un rêve devenu réalité.

Elle sortit avec Kane et jeta ses affaires dans son SUV. La brise charriait une odeur de pop-corn et de hot dogs, et les gens qui déambulaient dans la grand-rue parlaient très fort. Jenna lâcha un soupir de soulagement. Pour une fois, la fête se déroulait sans encombre. Elle fut navrée d'entendre une moto tout-terrain s'approcher à vive allure, et elle se retourna pour voir qui était assez stupide pour foncer ainsi devant le bureau du shérif. Le bolide s'arrêta juste devant elle dans un grincement de freins, et la roue avant pivota sous l'effort. Elle reconnut le motard : c'était Atohi Blackhawk. Il les aidait souvent pour leurs enquêtes.

— Il y avait urgence ?

Quand il eut retiré son casque et repoussé en arrière ses longs cheveux, elle vit que Blackhawk faisait la moue.

— Une bande de joggeurs fait un chahut pas possible sur le sentier qui conduit en haut des rapides. Il y a une foule d'étudiants qui les regardent. J'ai l'impression qu'ils vont tuer quelqu'un. J'aurais bien essayé de les séparer, mais ce sont de sacrés gaillards et j'ai préféré ne pas m'en mêler.

— OK, on vous suit, dit Jenna, en sautant dans le véhicule de Kane. Des joggeurs ?

— Ils viennent de la fac, je suppose. Il y a un chemin en zigzag qui suit la rivière jusqu'en haut des rapides et qui redescend ensuite à travers la forêt, jusqu'au parking. Tous les étudiants le prennent pour aller faire du jogging là-haut.

Kane sortit du parking et suivit Blackhawk à travers la circulation.

— Tu te rappelles que le maire Petersham avait tenu à le déblayer l'an dernier pour que les étudiants puissent l'utiliser sans danger ?

Jenna acquiesça et bâilla.

— Oui, vaguement. Il fait toujours des discours tellement longs que je déconnecte dès qu'il a fini de parler de notre budget pour l'année. J'espère qu'on n'en a pas pour longtemps ; la journée a déjà été assez dure.

Alors qu'ils fonçaient, elle regarda la forêt ; à cette heure tardive, les ombres semblaient s'étendre à l'infini.

— Ça sera plus long si on doit aller à pied jusqu'au sommet. Blackhawk pourrait nous prêter sa nouvelle moto.

— Tout sera peut-être fini, le temps qu'on arrive. Ça peut durer combien de temps, une bagarre ?

— Ça dépend.

Kane se gara derrière Blackhawk et ils bondirent hors du SUV. Jenna boutonna sa veste.

— Où les avez-vous vus ?

— Tout en haut de la piste. Tenez, mettez ça, dit Blackhawk en lui tendant un casque, tandis qu'il donnait le sien à Kane. Prenez ma moto, j'attendrai ici.

Kane lui lança les clés de son véhicule.

— Merci. Duke appréciera de ne pas rester tout seul.

Après s'être coiffée du casque et avoir attaché la mentonnière, Jenna grimpa derrière Kane et ils filèrent à toute vitesse sur la piste. Elle s'accrochait à lui alors que la puissante moto fonçait sur le sol irrégulier, encombré de racines. Comment des gens pouvaient courir ici ? Elle ne le comprendrait jamais. La fraîcheur du soir s'insinuait dans leurs vestes et elle regrettait de n'avoir pas pris de gants. Le moteur parut plus sonore à mesure qu'ils s'enfonçaient dans la forêt, et même si la piste était large, la lumière déclinante semblait rapprocher d'eux les grands pins, ranimant les souvenirs affreux d'atrocités auxquelles elle avait assisté dans cette forêt, depuis son arrivée à Black Rock Falls.

— Je les vois ! Juste devant.

La voix de Kane parut emportée par le vent, et elle n'aurait rien entendu si elle n'avait pas été collée à son dos. Il ralentit, puis se gara à quelques mètres d'un attroupement.

Les jambes encore tremblantes à cause des vibrations, Jenna descendit maladroitement et leva les yeux vers Kane.

— Espérons que nous pourrons apaiser les tensions et nous contenter d'un avertissement. Je n'aime pas l'idée de procéder à des arrestations, et de tenter ensuite de les ramener en ville à cette heure de l'après-midi.

— Oui, ça risque de prendre du temps, confirma Kane en se dirigeant vers la foule. Département du shérif, dispersez-vous, mesdames, messieurs.

Le vent s'était intensifié et les cascades rugissantes arrosèrent Jenna d'un nuage de gouttelettes alors qu'elle suivait Kane. Une dizaine de jeunes, en tenue de jogging, formaient un cercle dans une petite clairière au bord des rapides. Elle entendit claquer une gifle et gémit intérieurement ; cela ressemblait bien à une bagarre. Posant une main sur son arme, elle se fraya un chemin avec Kane à l'intérieur de la cohue.

— S'il vous plaît, il se fait tard. Circulez, laissez-leur un peu d'air.

Elle se glissa entre deux grands gaillards et découvrit une altercation entre quatre autres jeunes. Elle les reconnut tous : Owen Jones, qu'elle avait interrogé peu auparavant, Seth Lyons, Pete Devon et Dylan Court, qu'elle avait rencontrés chez Lyons. Elle haussa la voix pour couvrir le bruit de l'eau.

— Hé là, arrêtez tout de suite.

Voyant Kane partir vers la gauche, elle se dirigea vers la droite pour faire le tour des adversaires. Le rugissement des rapides à flanc de montagne était assourdissant, et aucun des jeunes hommes ne l'avait sans doute entendue. Le combat était tout sauf équitable : Lyons et ses amis avaient acculé Jones, qui leur servait de punching-bag. Indifférente à l'herbe mouillée et aux rochers glissants, Jenna prit un sentier dangereux, plus proche du bord des rapides. Elle s'avança afin que Jones la voie. De sa voix la plus sévère, elle hurla :

— Eh, ça suffit ! Arrêtez !

Lyons mit un nouveau coup de poing dans le ventre de Jones.

— Tu devrais apprendre à fermer ta gueule. Ça m'embêterait que tu aies un malencontreux accident.

Owen Jones baissa les mains et, ébahi, vit le shérif venir vers lui. L'instant suivant, Seth Lyons lui asséna un uppercut. L'impact se fit sentir jusque dans ses dents, puis il reçut un coup sévère à la poitrine. Il tituba en arrière et, alors que ses pieds glissaient sur les pierres moussues, il fit une chute incontrôlable vers les rapides. Agitant les bras, il tenta désespérément de s'accrocher aux branches trempées mais, à son grand effroi, elles lui glissaient entre les doigts comme des spaghettis humides. Malgré le rugissement de la cascade, il entendait des cris au-dessus de lui. Incapable de freiner son élan vers l'abîme qui s'ouvrit derrière lui, il jura alors que le sol se dérobait sous ses pieds.

Porté par l'air pendant une milliseconde, il parut suspendu au-dessus des rapides qui bouillonnaient, puis il tomba très vite. L'air et l'eau le malmenèrent, la peur gela ses sens pendant une fraction de seconde, mais il avait déjà skié sur des pentes plus hautes. Aussitôt après, l'instinct de survie reprit le dessus et il inspira profondément avant de percuter l'eau glacée. Sous le choc, tout son corps se vida de son air et il fut englouti par les profondeurs. Les poumons éclatant alors que l'eau blanche et écumante l'entourait, incapable de déterminer dans quel sens aller, il se força à se détendre. Dès que son corps se mit à remonter, il donna des coups de pied comme un fou, brisa la surface et inhala de son mieux.

Il se débattait au milieu de la sauvagerie de toute cette eau froide, mais il était prisonnier d'un courant assez fort pour déchirer ses vêtements. Tant qu'il aurait ses chaussures aux pieds, il ne parviendrait pas à nager, donc il s'en débarrassa. Lorsqu'il revint à la surface, il comprit qu'il était tombé là où l'eau formait un lac avant de s'élancer sur une trentaine de mètres pour plonger par-dessus les rapides. Emporté comme un bouchon de liège, il essaya de s'agripper aux rochers, mais l'abîme glacé le tenait. C'était comme s'il avait lutté contre la force d'un éléphant.

Le froid s'insinuait dans ses os, ses forces déclinaient, et il devait faire un choix. Mourir sur place ou vivre. Il n'avait qu'une chance de survie : aller jusqu'au bord et descendre les rapides. Il avait vu des gens en kayak manœuvrer leur embarcation sur la cascade. En aval, l'eau était tout aussi violente mais peu profonde. Après avoir repris son souffle, il s'abandonna au courant, les bras repliés sur la poitrine, et il se laissa porter vers son destin.

18

Le cœur battant en accéléré, Kane courut vers la limite de la cascade, inquiet pour le jeune homme. Alors qu'il contemplait le bassin rocheux en contrebas, il poussa un soupir de soulagement. Jones avait survécu à sa chute, mais il agitait les bras, tâchant désespérément de nager jusqu'à un rocher.

— Vous l'avez poussé ? demanda-t-il à Lyons.

— Non, et j'ai des témoins. N'essayez pas de me faire porter le chapeau. C'est Owen qui a commencé, tout le monde vous le dira.

Un peu plus loin en aval, Kane détacha sa ceinture dans l'intention de plonger, mais s'arrêta quand Jenna lui saisit le bras.

— Quoi ?

— Il y a deux mètres de profondeur ici : si tu plonges, tu te casseras le cou. Il y a un autre point d'accès, dans le grand lacet du chemin. Il va lui falloir du temps pour contourner les rochers. Si on va là-bas, on pourra le rattraper avant les prochains rapides.

Kane acquiesça et ils partirent en courant. En quelques secondes, la moto tout-terrain s'élança plein gaz sur la piste.

Assise à l'arrière, Jenna se cramponnait à Kane et bougeait selon les virages. Les gens qui les entendaient s'approcher se plaquaient contre les arbres, Kane posant un pied au sol dans les virages en épingles à cheveux. Les arbres défilaient comme un flou vert et le véhicule dérapait dangereusement sur le sol accidenté, mais il poussa la vitesse au maximum.

— Allez, allez.

Il vit devant lui le grand tournant.

— Accroche-toi.

Kane prit le virage si vite et si bas que son genou effleura le sol. Il entendit alors Jenna lui hurler de s'arrêter. Ils descendirent de la moto et il ôta son blouson et son arme. Il retira ses chaussures, puis entra dans l'eau tourbillonnante. Derrière lui, Jenna en fit autant, le tenant par la taille de son jean. Le courant était furieux, et à chaque pas, Kane avait l'impression d'avoir un grand poids suspendu à ses jambes. Ils firent une halte, un énorme rocher dans leur dos, pour inspecter l'endroit. Il écarta les pieds pour ne pas perdre l'équilibre, puis leva les yeux vers la masse d'eau qui tombait contre la montagne.

— Tu le vois ?

— Il serait déjà plus loin ?

Jenna frissonnait. Kane scruta une zone plus basse, mais ne vit que de l'eau blanche.

— Je ne crois pas.

L'angoisse s'empara de lui alors qu'il cherchait à distinguer Jones parmi le grouillement de bulles. Les secondes s'écoulaient, chacune s'étirant comme une vie entière, puis, de la brume tournoyante, surgit une tête.

— Là !

Jones arrivait vers eux à grande vitesse. Kane serra les dents et se jeta sur lui, attrapant un bras. Il dut mobiliser toute sa force, mais avec l'assistance de Jenna, il parvint à le traîner jusqu'au rocher.

Le jeune homme toussa, cracha, puis vomit. Kane l'aida à se redresser.

— Où avez-vous mal ?

— Partout, répondit Jones, sa voix réduite à un couinement rauque alors que ses dents claquaient violemment. J'ai t-t-tellement froid. Merci de m'avoir sauvé la vie. Et à vous aussi, shérif Alton.

— Si ça va mieux, sortons de cette eau glacée, dit Jenna en pressant le bras de Kane. Ah, les secours sont arrivés.

Kane entendit un cri à proximité et vit une chaîne d'étudiants qui s'avançaient dans l'eau turbulente. Il saisit le bras de Jones et, grâce à ces renforts, ils purent sortir des rapides et s'écrouler sur la berge. Jones fut entouré par ses amis qui lui proposaient des serviettes et lui frappaient le dos.

— J'ai appelé le garde forestier du parc, annonça un jeune homme au sourire éclatant. Il est quelque part dans la montagne. Les infirmiers arrivent aussi. Le garde forestier a proposé de descendre la pente avec Owen pour aller à leur devant.

— Merci. Tu aurais dû rester sur la berge, reprocha Kane à Jenna qui tremblait de froid à côté de lui, ses dents claquant comme des castagnettes.

— Tu avais besoin de mon aide. Lyons l'a poussé ?

Kane secoua la tête.

— Je n'ai pas bien vu, avec tout ce monde autour d'eux, mais il a vraiment basculé très vite en arrière.

Kane se leva et alla récupérer leurs armes, leurs chaussures et sa veste. Il se chaussa et revint vers Jenna, qui grelottait à tel point qu'il redouta l'hypothermie. Il lui sourit.

— Tu ferais mieux de mettre ma veste. Tu es trempée.

— Et toi ?

Jenna le regarda en battant des paupières et commença à enlever ses habits mouillés. Il avait le jean imbibé d'eau, mais son torse était sec.

— Moi, ça va. Être grand, ça a des avantages. Tiens, enfile ça.

Jenna se glissa dans la veste de Kane et se frictionna les bras.

— Lyons et ses copains ont déguerpi immédiatement. Quand nous aurons confié Jones au garde forestier, nous n'aurons plus rien à faire ici.

Le garde forestier du parc arriva avec du café chaud dans un thermos, et ils restèrent avec Jones le temps qu'il reprenne ses esprits. Comme il avait envie de leur raconter sa version des faits, ils l'écoutèrent.

— Qu'est-ce qui a déclenché cette bagarre ?

— Rien, juste Lyons qui déblatérait comme d'hab.

Jones passa une main dans ses cheveux mouillés. Jenna se pencha vers lui.

— Vous a-t-il poussé vers les rapides ? C'est l'impression que j'ai eue. Venez demain à mon bureau et vous pourrez déposer une plainte pour agression.

Jones toussa deux ou trois fois.

— Je ne suis pas sûr qu'il m'ait poussé, et jamais je porterai plainte contre Lyons. On peut attendre une autre fois ? J'ai failli me noyer et j'ai mal au crâne.

— OK, acquiesça Jenna. Mais nous sommes là pour vous aider. S'il vous menace, nous avons besoin de le savoir.

Jones rendit son gobelet au garde forestier.

— Lyons, vous le connaissez vraiment pas, hein ? Il menace tout le monde. Il faut que je me réchauffe, madame, et on doit m'emmener en bas pour rejoindre les infirmiers. Je me débrouillerai pour la suite, d'accord ?

— Allez-y. Et merci à vous, dit Jenna au garde forestier.

— Je fais juste mon travail.

Le garde forestier du parc monta sur son cheval, hissa Jones en croupe et partit.

— Apparemment, Lyons fait peur à tout le monde, dit Kane en observant longuement Jenna. Il a même réussi à te menacer impunément.

Jenna releva le menton, une lueur hostile dans les yeux.

— Non. Il m'a pris le bras, mais j'ai dégainé mon arme et je la lui ai braquée entre les jambes. Il a très vite compris que je n'étais pas une femme qu'il pouvait intimider.

Le jour déclinait vite et de longues ombres s'étendaient à travers la clairière. La température avait considérablement baissé et ils auraient froid en descendant la montagne.

— OK. Tu es prête ?

Jenna se leva, le vêtement de Kane lui arrivant à mi-mollet.

— Oui. Je pourrais porter ta veste comme manteau d'hiver, lui dit-elle, en souriant.

Kane ramassa la veste trempée du shérif, puis monta sur la moto. Quand Jenna prit place derrière lui et glissa les bras autour de sa taille, il se retourna pour lui parler.

— On a bien failli assister à une tentative de meurtre. Si Jones n'avait pas été en aussi bonne forme physique, ses chances de survivre aux rapides auraient été limitées.

Jenna posa le menton sur l'épaule de son adjoint.

— Oui. Il faudra l'avoir à l'œil, ce Lyons. Il est en bonne voie pour devenir notre suspect numéro un. Il est tellement arrogant qu'il n'aurait sans doute pas hésité à tuer Chrissie dans sa chambre ou à assassiner son meilleur ami.

19

Il était près de 21 h 30 quand Pete Devon sortit du vestiaire et se dirigea vers la piscine olympique de l'université. Il avait retardé sa séance de natation pour éviter Brook, la fille dont Seth avait parlé comme d'une candidate idéale pour leur prochaine fête. Il attendit un instant, inhalant l'odeur familière du chlore, puis son regard se posa sur quelqu'un qui nageait dans son couloir habituel. Afin de permettre aux étudiants de s'entraîner, la moitié du bassin avait été divisée en couloirs, et Pete préférait faire ses longueurs dans celui du milieu. Contrarié, il observa la technique du nageur. L'homme fendait l'eau par des mouvements souples et prenait très vite ses virages. Sans doute membre de l'équipe de natation, il avait la priorité sur un footballeur blessé.

Pete plongea et compta mentalement ses longueurs. L'exercice à la piscine était devenu une sorte de réflexe et il profitait de ce moment de calme et de solitude pour réfléchir. Il était paranoïaque depuis qu'il avait appris que cette fille – comment s'appelait-elle, déjà ? Ah oui, Chrissie – était morte après avoir volontairement laissé la moitié de l'équipe coucher avec elle.

Bon, elle avait eu l'air un peu bourrée, mais elle avait sûrement eu besoin de se donner du courage. Seth avait affirmé qu'elle était tout à fait partante, et rien de ce qu'ils avaient fait ne lui avait fait perdre les pédales. En fait, Seth avait veillé à ce qu'elle soit ramenée chez elle, et elle était en parfaite santé quand Dylan et Alex l'avaient reconduite à son internat. À présent, les flics interrogeaient tout le monde, comme s'ils pensaient qu'elle avait été tuée.

Il tendit les bras pour atteindre le mur et ses doigts touchèrent un membre. Incapable de s'arrêter, il se heurta à quelqu'un. Il fit du surplace, puis gloussa.

— Zut, je suis désolé. Je ne savais pas que tu venais ici, mec.

Et il repartit dans un autre couloir de nage. Son ami sourit jusqu'aux oreilles.

— Il y a beaucoup de choses que tu ne sais pas sur moi. Tu as déjà joué au Requin ?

Pete fut troublé par la façon dont il le regardait. Ses yeux ne souriaient pas ; ces deux globes froids semblaient dénués de toute émotion. *Qu'est-ce que j'ai fait pour que tu m'en veuilles ?* Il s'éclaircit la gorge.

— Non, ça ne me dit rien. C'est un jeu pour les gamins à la piscine ?

— Plus ou moins, mais c'est plutôt une course. Tu crois que tu pourrais nager à quelle vitesse, si tu étais poursuivi par un requin ?

Le sourire était toujours là. Pete haussa les épaules.

— Assez vite, j'imagine.

Il continuait à faire du surplace. Son ami le chassa, d'un geste arrogant.

— Vas-y, je te laisse prendre un peu d'avance, et après j'essaierai de t'attraper. Je serai le requin. À moins que tu te dégonfles ?

— Ça a vraiment l'air d'un truc de gosse. OK, si je joue à ton petit jeu, qu'est-ce qui se passe quand tu m'attrapes ?

L'autre émit un ricanement jailli du fond de sa poitrine.

— Si je t'attrape, je te tue. OK, on démarre dans cinq secondes. Une, deux...

20

MERCREDI

Peu après 7 heures, Jenna reçut sur son téléphone un appel pour le 911. Elle commençait à peine son petit déjeuner dans le pavillon de Kane et elle espéra que les cow-boys qui arrivaient en ville ne causaient pas déjà des ennuis. Elle prit une bouchée d'œufs brouillés avant de décrocher à contrecœur, mettant son portable en mode haut-parleur.

— Shérif Alton.

— *Bob Jamison à l'appareil. Je suis infirmier à l'hôpital général de Black Rock Falls. Un agent de service de l'université nous a appelés au sujet d'une possible noyade à la piscine.*

L'homme laissa s'écouler une seconde.

— *Il y a beaucoup de sang sur l'échelle et la victime a un trauma au visage. On a tiré le corps de l'eau à l'autre bout du bassin, on l'a laissé sur une civière et on a condamné les lieux. J'ai pensé que vous voudriez y jeter un coup d'œil, au cas où il pourrait s'agir d'un crime.*

Jenna échangea un regard avec Kane.

— Oui, nous allons vous envoyer le légiste. Pouvez-vous attendre qu'il arrive et dire à l'agent de service que nous aurons besoin de sa déposition ?

— Bien sûr, mais elle a été très secouée. Elle est avec nous dans l'ambulance. Un agent de sécurité est venu, il a reconnu le corps mais il ne connaît pas le nom du noyé. Selon lui, c'est un membre de l'équipe de foot qui nage ici presque tous les soirs à la même heure.

— Merci. Retenez-le aussi.

Jenna raccrocha. De son ranch à la fac, il y avait environ une demi-heure de route, mais Wolfe y serait en dix minutes.

— Rowley est tout près. Je vais l'envoyer sur les lieux en attendant que Wolfe arrive.

— Finis d'abord de manger.

Kane prit son portable, passa les coups de fil, puis raccrocha. Jenna éternua et le regarda.

— Merci.

— Tu te sens comment après cette baignade en eau glaciale ?

Jenna avala une autre bouchée d'œufs brouillés. La veille au soir, ils n'avaient pas parlé du sauvetage de Jones. Elle n'avait eu qu'une envie : se plonger dans un bain chaud, puis se coucher tôt.

— Les rapides allaient plus vite que je n'aurais cru.

— Une chance qu'on ait eu la moto, sinon on n'y serait pas arrivés à temps. Les virages l'ont ralenti un peu, mais il a bien failli y rester.

Jenna attrapa sa tasse de café.

— Tu étais très mouillé ?

— Pas au-dessus de la taille. Et toi ?

— Presque tous mes vêtements sont bons à jeter, mais mon téléphone s'en est sorti indemne.

Elle finit son café et se leva pour ramasser la vaisselle, puis rinça les assiettes avant de les glisser dans le lave-vaisselle.

— Au bureau, j'ai un tiroir qui contient tout ce qu'il me faut. Heureusement, je n'ai perdu ni mes clés, ni mon portefeuille, ni mon téléphone. J'ai aussi un nouveau talkie-walkie au bureau, le mien a été un peu mouillé. Mon carnet est foutu, mais j'en ai un de rechange. Dieu merci, mes dossiers étaient à jour. Toi aussi, tu penses que tu devras tout remplacer ?

— Non, ça va. Mon calepin a été mouillé. Je l'ai remplacé par un stylo numérique. Je peux m'en servir sur l'écran de mon téléphone et il convertit mes notes en texte *via* Bluetooth. Ça faisait longtemps que je voulais essayer.

L'idée devait venir du légiste, qui avait toujours des gadgets formidables.

— On gagnerait un temps fou si on n'avait pas à compléter les dossiers manuellement. Je demanderai à Wolfe de m'en procurer un aussi.

— Ne l'embête pas avec ça, je vais t'en commander un en ligne.

— Merci.

— Jenna ?

Kane s'appuya au plan de travail et la dévisagea d'un air soucieux.

— Si cette noyade est « accidentelle », dit-il, en traçant des guillemets dans l'air avec ses doigts, ça veut dire que trois étudiants sont morts en trois jours. Le décès de Jacobs est suspect, et j'imagine que si le noyé fait partie de l'équipe de foot, il y a forcément un lien.

Jenna était parvenue à la même conclusion. Elle mit le lave-vaisselle en marche avant de se redresser pour se tourner vers Kane, écartant les cheveux qui lui tombaient devant les yeux.

— Oui, si c'est le cas, il y a décidément quelque chose d'anormal. Je suis prête. Allons d'abord à la fac. Pourvu que nous n'ayons pas un nouveau tueur en liberté dans Black Rock Falls.

C'était une de ces journées magiques où l'été se change en automne, et Jenna décida que c'était sa saison préférée à Black Rock Falls. Chaque moment de l'année avait sa propre beauté, mais alors qu'ils roulaient vers la ville, elle ouvrit sa vitre et laissa le vent la décoiffer. Dans le rétroviseur, elle voyait le reflet de Duke, ses longues oreilles s'agitant et ses babines vibrant comme s'il chantait. Heureuse d'être en vie, elle inhala l'air frais du matin, comme si elle dégustait les saveurs de la saison. Une odeur de pins, puis de feu de bois, se mêlait aux derniers effluves des fleurs sauvages. Elle inhala, appréciant les parfums qui emplissaient ses poumons. Son esprit fut envahi par le souvenir horrible d'avoir vu Jones frôler la noyade et par l'idée de ce qui venait de se passer à la piscine de l'université. La bagarre près des rapides avait-elle un rapport avec ce nouvel incident ?

Le paysage se transforma radicalement quand ils quittèrent les prairies pour entrer en ville par Stanton Road. Aux verts pâturages et aux collines herbeuses succédèrent une forêt de hauts pins, si drus qu'ils auraient pu masquer un ours à moins d'un mètre. Les troncs sombres, à l'écorce rugueuse, bordaient la route comme une rangée de sentinelles, dissimulant leurs nombreux secrets.

— Qu'est-ce qui te tracasse ?

Kane lui jeta un coup d'œil avant de consacrer à nouveau toute son attention à la route. Jenna parvint à s'extraire de ses pensées.

— Si ces deux décès sont des homicides, peut-il s'agir de venger Chrissie ? Tu as eu le temps d'examiner sa famille ? Son père serait-il capable de tuer ?

— Le père est en phase terminale, hors d'état d'assassiner quiconque. Son grand-père est octogénaire, on peut aussi le rayer de la liste. Son frère est son aîné de six ans et il est porté disparu, quelque part au Moyen-Orient. Sa sœur et sa mère ne seraient pas assez fortes, mais elle a un cousin en ville : Steve Lowe.

Un nerf trembla dans la joue de Kane.

— Il a 21 ans, mesure un mètre quatre-vingt-quinze et travaille au magasin d'aliments pour bétail. Les deux familles habitent à une rue de distance, donc je suppose que Chrissie et Steve ont dû passer pas mal de temps ensemble quand ils étaient petits.

— Hum... Donc c'est un suspect possible. Il faudra qu'on lui parle.

Jenna se mordilla la lèvre inférieure, songeant aux circonstances de chaque cas.

— Les affaires s'enchaînent si vite que je n'ai pas le temps de me repérer. Nous n'avons aucune preuve réelle contre ceux qui nous paraissent responsables du viol de Chrissie, et si Wolfe déclare que la mort de Jacobs est un meurtre, nous avons deux suspects potentiels, peut-être trois si on inclut Steve Lowe. Je me sens un peu débordée, et je ne sais pas du tout où nous entraînent toutes ces morts.

— Alors il faudra procéder étape par étape. Je n'ai pas le souvenir qu'aucune de nos enquêtes antérieures n'ait été facile, mais nous nous sommes bien débrouillés.

Kane tourna dans l'allée menant à l'université.

— Quand nous connaîtrons le nom du noyé et quand Wolfe l'aura examiné, ça simplifiera les choses. Tu le sais très bien, dès que tu auras inscrit tous les noms sur le tableau blanc, tout se mettra en place. Comme je te connais, tu auras établi une liste de suspects possibles d'ici midi.

Ils se garèrent à côté de la camionnette de Wolfe et se dirigèrent vers le centre sportif. Jenna regarda Kane.

— Je parlerai aux infirmiers et à l'agent de service pour savoir qui a ouvert la piscine ce matin et lequel des agents de sécurité l'a fermée hier soir. Je me demande comment il a fait pour ne pas remarquer un cadavre qui flottait dans le bassin.

— OK, moi j'irai visionner les vidéos de surveillance. Si quelqu'un a encore détraqué les caméras, ça confirmera qu'on a un tueur sur le campus.

Kane partit de son côté, suivi par Duke qui remuait la queue. Un frisson parcourut la colonne vertébrale de Jenna et elle chassa la terreur soudaine qui s'emparait d'elle sur les scènes de crime. L'arrière de l'ambulance était ouvert et une femme d'une quarantaine d'années y était assise, enveloppée dans une couverture. Ne voyant nulle part Wolfe ou Rowley, Jenna s'approcha des deux infirmiers qui discutaient avec un agent de sécurité.

— Lequel d'entre vous a appelé la police ?

Un petit homme aux cheveux très courts et au visage rond leva une main gantée.

— C'est moi, shérif. Je suis Bob Jamison.

Jenna hocha la tête.

— OK. La femme qui a trouvé le corps est-elle en état de faire sa déposition ?

— Oui, elle est un peu secouée mais ça devrait aller. Le médecin légiste est à l'intérieur avec l'autre adjoint, précisa Jamison, en désignant l'entrée de la piscine.

Jenna tira de sa poche une paire de gants chirurgicaux et les enfila.

— Je vais voir le corps, puis je viendrai parler à l'agent de service. Comment s'appelle-t-elle ?

Jamison s'éclaircit la gorge.

— Gladys Birch. Je vais prévenir le doyen, il est en chemin.

— Merci.

Jenna se dirigea vers l'entrée de la piscine. *Il sera peut-être capable d'identifier le corps.*

21

Kane visionna les images dans le local des agents de sécurité et secoua la tête, incrédule. La caméra fixée au-dessus de l'entrée du centre sportif était tombée en panne exactement comme la nuit d'avant, à peu près au même moment. Dans l'heure qui avait précédé, deux étudiants étaient entrés, un garçon et une fille. Cette fois, la caméra avait redémarré à 22 h 35 et montrait l'agent entrant à 23 h 05. Quelques secondes plus tard, il était ressorti, avait verrouillé la porte, puis était reparti.

Kane se redressa et se tourna vers l'agent de sécurité. L'homme avait une soixantaine d'années et une bedaine débordant par-dessus sa ceinture. Ses cheveux gras, en partie blancs, tombaient de part et d'autre de son crâne dégarni. Il n'avait pris son service que quelques heures auparavant, mais on aurait cru qu'il avait dormi tout habillé. Ses grosses mains aux ongles crasseux serraient un gobelet sale. Kane fronça le nez, se demandant comment il parvenait à conserver son poste. Une odeur semblable à celle d'un vestiaire de football après un match, avec des relents d'oignons en prime, flottait dans le local comme un brouillard épais.

— Avez-vous fait vérifier le système après la dernière panne ?

Le vigile haussa les épaules.

— Moi ? Non, on a contacté la maintenance par la voie habituelle. Dieu sait quand ils enverront quelqu'un réparer ce fichu truc. Je ne suis pas non plus entré dans la piscine, j'ai juste déverrouillé pour l'agent de service et je suis parti. Il y avait des étudiants qui m'attendaient pour ouvrir la salle de gym.

Kane prit quelques notes.

— Vous tenez un registre de présence ?

— Oui, répondit l'homme en poussant vers Kane un cahier corné. C'est juste pour quand on fait nos rondes, on note tout ce qui se passe d'anormal.

L'agent posa son gobelet de café sur le bureau et se renversa sur sa chaise qui grinça sous son poids. Il croisa les bras devant sa large taille et regarda Kane.

— Personne n'a noté le dysfonctionnement. Les gars devaient être en train de faire leur ronde.

Ça tombe à merveille. Kane consulta toutes les entrées et photographia avec son téléphone les pages concernant ces deux journées.

— Il faut que je parle à votre collègue qui a verrouillé hier soir.

— C'était Dirk Voss. Il fait la fermeture et Tim Brannon gère la bibliothèque. À 23 heures, la plupart des étudiants n'y sont plus. J'ai son numéro, dit le vigile qui avait ouvert un dossier sur son ordinateur. Je vais lui passer un coup de fil.

Il appela la ligne fixe et, après une courte explication, tendit l'appareil à Kane.

Évitant de coller à sa peau le combiné gras et chaud, Kane se présenta.

— À quelle heure avez-vous fermé le centre sportif hier soir ?

— *Vers 23 heures.*

Il eut l'impression que Voss venait de se réveiller.

— Êtes-vous entré pour vous assurer que plus personne n'utilisait la piscine ?

Voss bâilla.

— *Pas vraiment. Je suis allé jusqu'à la porte, j'ai appelé, j'ai attendu, et après j'ai fait pareil à la porte des vestiaires. Silence total. Pourquoi ? J'ai enfermé quelqu'un à l'intérieur ? Tous les gamins ont un portable, ils pouvaient appeler et quelqu'un serait venu leur ouvrir.*

Agacé par ce comportement peu professionnel, Kane contempla le sol.

— Vous allez devoir passer ce matin au bureau du shérif pour qu'on prenne votre déposition. Vous êtes incapable de faire votre travail correctement, et ça a peut-être coûté la vie à un homme. Ce matin, l'agent de service a trouvé un corps qui flottait dans le bassin et qui y avait passé toute la nuit.

— *D'après vous, c'est ma faute ?*

Kane grimaça.

— Je laisserai le shérif en décider. Si vous n'êtes pas venu avant midi, je viendrai en personne vous chercher.

Il reposa le combiné sur sa base et tira de sa poche une carte de visite.

— Envoyez-moi par e-mail une copie de cette partie de la vidéo. Vous savez faire ça ?

— Ouais. Je m'en occupe tout de suite.

— Merci, je la montrerai au shérif.

Kane sortit, heureux de respirer à nouveau l'air frais.

— Viens, Duke. Allons voir qui a été tué, cette fois.

22

Wolfe était en plein travail quand Jenna s'approcha du bassin. L'échelle était entourée de balises, et sur le côté, le corps pâle et nu d'un jeune homme reposait sur une civière. Wolfe était en grande conversation avec Rowley et tous deux levèrent les yeux lorsqu'elle s'avança.

— De quoi s'agit-il ?

Wolfe la mena vers le cadavre.

— D'un accident, au premier abord. Il a glissé alors qu'il remontait l'échelle. Son nez a percuté un barreau, il est tombé dans l'eau et il s'est noyé.

Le chlore de la piscine ne pouvait masquer l'odeur de mort : non pas un parfum de pourriture, mais les terribles effluves des premiers signes de décomposition. Le jeune homme était défiguré, le nez presque aplati et le bout relevé. Sa peau était pâle et fripée par une longue immersion, et ses yeux regardaient dans le vide, voilés comme ceux d'un poisson mort. Jenna fronça les sourcils.

— Qu'est-ce qui vous fait croire que ce n'est pas un décès accidentel ?

— Toute mort est suspecte tant que l'on n'a pas la preuve du contraire. Savez-vous ce qu'il a fait avant de mourir ?

Jenna détourna les yeux.

— S'il était membre de l'équipe de foot, je le sais. Ils ont tous participé à une sorte de stage, dimanche et lundi. Ils s'entraînent tous les matins, et s'il habitait chez Lyons, il est possible qu'il ait été impliqué dans le viol de Chrissie Lowe. Pourquoi ?

Wolfe tira de sa poche une loupe qu'il lui tendit.

— Vous voyez, sur ses chevilles, des deux côtés, ce minuscule creux en demi-lune ? Je ne suis pas sûr à cent pour cent, mais je pense que ce sont des marques d'ongles. Bien sûr, elles auraient pu apparaître pendant une orgie, j'ai vu pire ; mais si ce n'est pas le cas, quelqu'un lui tenait peut-être les pieds pour le tirer vers le bas alors qu'il montait l'échelle. Il a perdu l'équilibre et son visage a heurté un barreau. Avant de formuler une conclusion, je dois envisager toutes les hypothèses, Jenna.

Rowley contemplait le bassin comme s'il soupesait les faits.

— Son adversaire devait être vigoureux, parce qu'il devait encore être en partie dans l'eau. C'est difficile d'imposer sa force sous l'eau.

Jenna hocha la tête, contente que Rowley ajoute son point de vue.

— C'est logique. Donc c'est encore un homicide probable ?

Wolfe s'éclaircit la gorge.

— Ah... Quand j'aurai procédé à l'autopsie, je vous ferai savoir ce que j'en pense.

— Vous avez une heure approximative de décès ? J'ai cru comprendre qu'il avait passé toute la nuit dans l'eau.

— Oui, et la température de l'eau fausse nos impressions. Je n'ai pas de moment exact à vous indiquer mais, à en juger d'après la détérioration de la peau, je dirais au moins huit heures. Nous allons le charger dans la camionnette, annonça Wolfe en tirant de sa trousse un sac mortuaire. Il faut l'identifier. Avez-vous trouvé quelqu'un qui le connaissait ? J'aurai besoin de la permission de ses proches.

Jenna fit signe que non.

— Pas encore. Vous voulez bien attendre que le doyen soit là ? Il le reconnaîtra peut-être.

— Bien sûr. En attendant, j'irai aussi jeter un œil dans les vestiaires. J'ai trouvé une serviette sur le banc, donc j'imagine qu'il a laissé ses affaires dans un casier. Les étudiants doivent toujours avoir sur eux une carte avec leur photo. Emily vient de recevoir la sienne.

— J'y vais. Ils sont toujours ouverts, donc le seul qui est fermé à clé sera le sien.

Et Rowley partit à grandes enjambées.

— Appelez-moi quand vous aurez localisé le casier, et ne touchez à rien, lui cria Wolfe.

— Webber n'est pas avec vous, ce matin ? s'enquit Jenna.

Wolfe se mit à chuchoter.

— Non. Ça m'a paru préférable, puisqu'il tente d'être admis dans l'équipe de football. Moins il sera vu avec nous, mieux cela vaudra. Je lui ai fourni des documents antidatés, selon lesquels il est en stage avec moi depuis qu'il a commencé la fac, au cas où Seth Lyons lui poserait des questions. Webber soupçonne Lyons d'être mêlé à cette affaire de viol et il va essayer de se rapprocher de lui. Je ne l'envie pas.

Des pas dans le couloir attirèrent l'attention de Jenna, qui vit Kane arriver vers eux avec David Bent, le doyen. Elle ne bougea pas, les laissant venir à elle. Bent arborait une stricte apparence professionnelle – costume marron foncé à pièces de cuir aux coudes – mais il prit soudain une expression horrifiée. Jenna désigna le corps.

— Connaissez-vous cet homme ?

— Oh oui. Mon Dieu, que s'est-il passé ?

Bent observa le cadavre, puis releva les yeux vers elle. Sa

pomme d'Adam montait et descendait comme s'il était incapable de trouver ses mots. Il lui fallut du temps pour se ressaisir.

— C'est Pete Devon, un autre membre de l'équipe de football.

Encore une coïncidence ? songea Jenna.

— Merci. Le médecin légiste pourra vous donner les détails.

— Pour le moment, il semble qu'il ait glissé en sortant de la piscine et que sa tête ait heurté l'échelle, précisa Wolfe, rejoignant Jenna. Je pourrai vous fournir plus d'informations quand j'aurai terminé mon examen.

Jenna était admirative : le légiste avait l'art de ne mentionner aucune cause de décès tant qu'il n'avait pas de preuve catégorique. Elle emmena Bent loin du corps.

— Nous allons devoir prévenir ses proches. Le légiste aura besoin de leur permission pour une autopsie.

Bent se glissa une main dans les cheveux, visiblement nerveux.

— Il vient d'Helena, son père est un ami. Je pense que c'est à moi de lui communiquer la nouvelle. Je l'appellerai en vidéo.

— Merci, répondit Jenna en lui confiant sa carte de visite. Il nous faudra aussi l'autorisation de fouiller ses affaires, et notamment son véhicule. Je sais que c'est délicat à demander, mais je vous assure que c'est nécessaire.

Bent étrécit les yeux.

— Pourquoi ? Y a-t-il quelque chose que vous ne me dites pas, shérif ?

— Non, vous en savez autant que moi, mais quand un décès inhabituel se produit, nous veillons à examiner toutes les éventualités. Vous pourrez m'envoyer un document scanné. Si vous obtenez des parents qu'ils me l'envoient directement, ils pourront obtenir le corps sans retard inutile.

— Je verrai ce que je peux faire.

Bent tourna les talons et partit en marmonnant.

— Que t'ont appris les agents de sécurité ? demanda Jenna à Kane, qui lui répéta tout ce qu'il avait découvert.

— Encore une panne des caméras de surveillance ? Comme c'est pratique. Regarde donc le corps, que vois-tu ?

Jenna laissa Kane examiner la scène de crime et bavarder avec Wolfe. Puis il enfila des gants et aida le légiste à insérer le cadavre dans un sac noir et à remonter la fermeture Éclair.

Tandis que Wolfe ramassait son matériel et prélevait des échantillons, Jenna redirigea son attention vers Kane.

— Donc, Wolfe se refuse à toute conclusion hâtive, c'est ça ? D'après les dégâts, quelqu'un a dû lui fracasser le crâne contre le bord du bassin. À part s'il était ivre ou drogué, pourquoi ce type aurait-il glissé ? Il se tenait à deux mains à l'échelle. S'il a glissé, il aurait pu s'écorcher les tibias sur l'échelle, mais il ne l'aurait pas lâchée. S'il avait glissé et lâché, il aurait dû tomber à la renverse dans l'eau, et non se cogner avec assez de force pour se casser le nez. L'eau aurait dû le ralentir suffisamment pour qu'il se raccroche.

Jenna fit signe à Rowley qui revenait du vestiaire.

— J'ai trouvé son casier. Je parie que vous l'ouvrirez en une seconde, lança-t-il à Kane, souriant.

— Sans doute. J'y vais ?

— Nous allons tous y aller, confirma Jenna. J'ai demandé que les parents nous autorisent à fouiller ses affaires et son véhicule. Je ne vois pas pourquoi ils refuseraient.

— Eh bien, s'ils refusent, on le refermera, ce casier. Il n'y aura pas de mal, dit Kane en haussant les épaules. Si on trouve une preuve accablante, on placera un homme en faction devant, ou bien on ajoutera un autre cadenas jusqu'à ce qu'on ait un mandat de perquisition. Il y a toujours une solution.

Jenna émit un reniflement.

— Je vais faire cadenasser la porte de la piscine. Personne n'entre ici tant que Wolfe n'a pas prononcé son verdict. Pour le moment, en ce qui me concerne, c'est une scène de crime.

Comme Rowley l'avait suggéré, Kane était venu à bout de la combinaison en quelques secondes. Jenna haussa les sourcils.

— Comment as-tu fait ça ?

— Quand Bent t'a appris son nom, j'ai fait une recherche en ligne. J'ai trouvé sa date de naissance et quelques images de lui dans l'équipe de foot. J'ai d'abord essayé sa date de naissance, puis j'ai saisi deux fois son numéro de joueur et ça a marché. Les gens ont leurs habitudes : ils utilisent des chiffres familiers pour ne pas oublier leur combinaison. C'est un vestiaire, il ne devait pas trop s'inquiéter pour la sécurité.

Jenna jeta un coup d'œil dans le casier. Elle vit un sac de sport, des vêtements suspendus à des patères, une vieille paire de baskets où des chaussettes avaient été roulées en boule. Elle trouva des clés dans la poche du pantalon, des lunettes de soleil posées sur le sac.

— Regarde s'il a laissé son téléphone dedans.

Kane posa le sac sur le bac et se mit à en fouiller tous les recoins. Il brandit un portable, puis un autre tiré d'un compartiment zippé.

— Pourquoi lui fallait-il deux téléphones ?

— Tu peux l'ouvrir ?

— Oh oui. Il n'a passé aucun appel, mais il a téléchargé des images envoyées par le même numéro, celui-ci. C'est un téléphone prépayé. Je m'en doutais. On peut en acheter dans la première supérette venue.

Kane ouvrit la galerie de photos et mit une main sur le côté pour masquer l'écran. Il tourna la tête vers Jenna.

— Ça prouve seulement qu'il aime le sexe brutal, mais ce n'est pas Chrissie Lowe. Et la femme paraît majeure.

Jenna étrécit les yeux.

— Laisse-moi regarder. Je sais, tu penses que ce genre d'images réveillera mon syndrome post-traumatique, mais j'ai dépassé ça, Dave. J'ai eu à travailler sur beaucoup de viols au cours de ma carrière, et je ne peux pas mener cette enquête à distance. Montre, insista-t-elle, tendant sa main gantée.

Elle parcourut les images, écœurée par le contenu, puis redressa la tête.

— Ah, ils sont malins. Je ne distingue pas un seul visage sur ces photos, à part la fille. On ne peut même pas prouver que Devon était dans le coup. N'importe qui pourrait lui avoir donné ce téléphone. C'est peut-être un truc fétichiste.

Rowley jeta un coup d'œil à l'écran.

— Ça pourrait même être sa copine. Ils sont adultes, et aucune loi n'interdit le sexe en groupe.

— Je ne crois pas à une coïncidence, quand nous avons eu un viol sur le campus. Nous aurons besoin de la coopération de la victime, mais la trouver ne devrait pas être impossible. Qu'est-ce que tu en penses, Kane ?

— Si on veut utiliser ça comme pièce à conviction, il faudra le présenter habilement et obtenir un mandat d'arrêt. Regarde la pièce qu'on voit sur ces images. Ça doit être chez Lyons. Je suis entré dans sa chambre, il y avait les mêmes rideaux, la même table de chevet. Si on agrandit les photos, on saura où elles ont été prises. Malgré tout, si on trouve la fille, ça m'étonnerait qu'elle admette quoi que ce soit.

Jenna eut l'air incrédule.

— Pourquoi ? Si quelqu'un m'avait violée, je voudrais qu'on le mette sous les verrous pour longtemps, et on tient la preuve.

— La preuve qu'elle a été violée, mais on ne sait pas par qui. À moins de pouvoir retrouver des marques spécifiques sur les coupables. Il faut des gars sacrément tordus pour violer une femme. Ce n'est pas du sexe, c'est de la violence, et je crois qu'ils utilisent ces images comme moyen de pression pour que leurs victimes se taisent.

23

Une fraîche brise matinale caressait le visage de Webber et lui ébouriffait les cheveux lorsqu'il sortit en courant du tunnel pour rejoindre l'équipe de foot. Il avait l'esprit plein de souvenirs des rugissements de la foule, des odeurs d'un stade plein à craquer, du temps où il était lycéen. Il visualisait encore les pom-pom girls. Merde, c'était hier.

Il devait admettre que l'idée de cette mission l'enthousiasmait et le troublait. Il avait entendu les rumeurs circulant sur Lyons : son arrogance et son tempérament colérique lui avaient bien souvent valu des ennuis. Le fait que ce garçon avait des appuis haut placés rendait sa menace d'autant plus réelle et perturbante. Jusque-là, sa vie à la fac avait été agréable et il avait repris ses études avec plaisir ; il s'était fait de nouveaux amis et il aimait travailler avec Shane Wolfe. Devenu une éponge, il absorbait toute information qui se déversait par la bouche de son mentor. Le virage d'adjoint du shérif vers le poste d'assistant du légiste aurait pu ne jamais être pris. En arrivant à Black Rock Falls, son affection immédiate pour Emily, la fille aînée de Wolfe, avait été une erreur. À 17 ans, Emily était trop jeune pour fréquenter un homme d'une vingtaine d'années, et le père lui avait fait comprendre qu'il ne voyait pas cette relation d'un bon œil. Intelligente et raisonnable, Emily n'avait pas discuté longtemps et ils s'étaient quittés bons amis.

Pour s'introduire dans le cercle des intimes de Lyons, il était passé voir le coach lors d'une séance d'entraînement. Il avait expliqué qu'il avait joué au lycée et qu'il voulait rejoindre l'équipe. Le coach lui avait ordonné de faire trente pompes sur-le-champ. Webber s'était exécuté en souriant. Depuis son arrivée à Black Rock Falls, il s'entraînait tous les jours avec Jake Rowley et il était en meilleure forme que jamais. Il avait fait ses pompes sur les poings, ce qui avait impressionné le coach et éveillé une attention intense de la part de Seth Lyons. Webber se demandait si l'intérêt manifesté par le quarterback était une bonne chose ou une menace potentielle. *L'avenir le dira.*

Tout en marchant, il balançait son casque à bout de bras, et il se mêla aux autres joueurs qui se rendaient à l'entraînement matinal. Il y avait d'abord une séance de gym, puis le coach se concentrait sur les actions. Après l'avoir laissé un moment sur le banc de touche, le coach l'appela sur le terrain. Il voulait lui faire essayer la position de receveur écarté, et il le fit courir en rattrapant des balles. Webber se débrouillait bien.

Après avoir répété les mêmes passes un nombre incalculable de fois, Webber enleva son casque pour essuyer la sueur qui lui coulait dans les yeux, et le coach s'approcha de lui avec Seth Lyons.

— Puisque Devon ne nous a pas fait la grâce de sa présence ce matin, sans prévenir, je le mets sur la touche, déclara le coach avec un regard qui coupait court par avance aux possibles protestations. Lyons, je te présente Colt Webber.

Colt fut saisi par un soudain regret. Wolfe lui avait téléphoné tout à l'heure pour lui signaler la mort de Pete Devon. De toute évidence, la nouvelle n'avait pas encore circulé. Il serra la main que Lyons lui tendait et sourit.

— Enchanté.

— T'as joué où ? demanda Lyons, l'air perplexe. Et pourquoi t'as jamais essayé d'entrer dans l'équipe, putain ? Pourtant, je t'ai vu le semestre dernier, t'étais déjà là.

Webber haussa les épaules.

— Je viens de Boston. Le semestre dernier, j'étais beaucoup trop occupé pour jouer en équipe.

— Trop occupé comment ?

Lyons posa les mains sur les hanches et haussa le menton, comme s'il le jaugeait. Webber soutint son regard.

— Je bossais. J'avais deux boulots mais maintenant que j'ai une bourse, j'ai plus de temps libre.

— Quand vous aurez fini, tous les deux, j'ai envie qu'on essaie quelques actions avec lui pour voir s'il s'intègre. Tu apprends vite ? demanda le coach en lui tendant un manuel.

— Assez, oui, répliqua Webber avec un sourire.

— Bien. On va tenter les deux premières.

L'entraîneur s'éloigna, le laissant avec Lyons.

— Elles sont plutôt simples. Compris ? vérifia Lyons après lui avoir montré les mouvements.

— Ouais.

Ils passèrent un bon moment à travailler les actions, ce qui permit à Webber de se remettre dans le jeu. C'était comme la bicyclette, ça ne s'oubliait pas, et les années supplémentaires lui donnaient sans doute plus de force et de rapidité. Quand le coach mit fin à l'entraînement et les envoya à la douche, Webber pensait qu'il aurait pu être pris dans l'équipe, même sans l'intervention de Wolfe.

— Webber, et toi aussi, Lyons, les héla le coach, dévisageant le nouveau comme pour l'évaluer. OK, je te prends à l'essai, mais il faudra que tu apprennes les actions.

— J'ai le manuel d'Alex dans ma chambre. Je le lui donnerai. Comme ça on gagnera du temps, et puis Alex n'en a plus vraiment besoin. On devra l'étudier ensemble, dit Lyons. Moi, j'aime pas les erreurs pendant les matchs.

— Je veux qu'il soit prêt pour ce week-end, conclut l'entraîneur qui s'éloigna sans un regard en arrière.

— Tu vis où ? Sur le campus ?

Interrogé par Lyons, Webber se rabattit sur la couverture qu'il avait élaborée avec Kane.

— Non, j'ai une chambre en ville, chez ma tante.

— Chez ta tante ? T'es moine, ou quoi ?

Colt gloussa. Il devait convaincre Lyons qu'il était aussi dévergondé que lui.

— Non, au contraire, mais ma bourse ne me permet pas de payer une piaule. Je ne peux pas ramener de filles, je n'ai pas le droit de recevoir de visites. Cela dit, ça n'est pas un obstacle, précisa-t-il avec un clin d'œil. J'aime bien m'amuser, et il y a plein de vieux ranchs abandonnés, dans les environs de Black Rock Falls, donc je ne suis pas en manque.

— J'ai l'impression qu'on va bien s'entendre, toi et moi, déclara Lyons en lui mettant une tape dans le dos. Avec quelques mecs de l'équipe, on habite une maison à nous. C'est un grand ranch sur Pine Road, au premier virage. L'internat, c'était trop contraignant, et le doyen fourrait son nez partout.

Webber pointa le menton vers les bâtiments de l'université.

— Il doit se prendre pour un gardien de prison, pour surveiller tous nos mouvements avec ses putains de badges pour entrer et sortir. Il y a beaucoup trop de règles. On est des adultes, pas des gosses.

— Tu me plais de plus en plus, ricana Lyons. C'est exactement ça. Moi, les règles du foot, c'est les seules que j'ai envie de respecter.

— Moi pareil. Et sans jamais faire d'erreur.

Le visage de Lyons prit tout à coup une expression sérieuse.

— On fait une veillée pour Alex jeudi soir, tu veux venir ? Tu es au courant, pour l'accident d'Alex Jacobs ? On veut lui dire au revoir à notre façon.

Dans la mesure où la mort de Pete Devon serait connue de

tout le campus d'ici à ce qu'ils arrivent en cours, Webber se demanda comment Lyons en serait affecté. Il afficha un air grave et hocha la tête.

— Bien sûr, j'y serai.

Lyons le fixa longuement des yeux et parut se décider.

— Je m'occupe de la bière et du *fun*. Passe déjà nous voir ce soir, je te filerai le bouquin et on révisera les actions.

Ne croyant pas sa chance, Webber acquiesça.

— Ça marche.

— Vers 21 heures, ce serait bien. Je file à la douche.

Pendant quelques secondes, Webber regarda Lyons se diriger vers le tunnel. Cette première étape s'était mieux déroulée que prévu, mais il faudrait qu'il habite leur maison, et ça risquait de ne pas se concrétiser dans l'immédiat. *Que vais-je devoir faire pour mériter sa confiance ?*

24

Revenant du terrain de football, il était intrigué par les événements de la matinée. Il avait vu Webber à la fac sans savoir qu'il jouait au foot. Il avait dû mobiliser ses relations pour intégrer l'équipe aussi rapidement. *Qui est ce type ?* Il ouvrit son ordinateur et, en quelques secondes, il pirata la base de données des étudiants. Dans les dossiers, il trouva toutes les coordonnées de Webber. C'était un étudiant boursier, en stage chez le médecin légiste. Webber avait déjà terminé sa première année, et il n'était pas un des habituels sportifs sans cervelle. Un type comme lui allait poser des questions, et à en juger d'après son regard direct et sa démarche assurée, il n'avait rien d'un imbécile. Pourtant, s'il était comme les autres avec les filles, il pourrait s'avérer utile.

Il laissa ces idées mijoter dans son esprit, puis claqua des doigts. Bien sûr ! Travaillant chez le légiste, Webber serait le mieux placé pour avoir accès à toutes sortes de substances. Des échantillons de différentes drogues devaient être disponibles pour des tests. Tout le monde en ville savait que Shane Wolfe avait été médecin militaire avant de devenir légiste. En tant qu'adjoint, il se rendait souvent sur les lieux des accidents, pour examiner les victimes avant l'arrivée des ambulanciers. Oh oui, puisqu'il faisait un stage à ses côtés, Webber aurait accès à bien des substances.

Il estimait que Webber avait ses chances d'intégrer l'équipe. Il ne fallait pas être bien malin pour remarquer l'enthousiasme de l'entraîneur, qui n'était jamais aussi charmant avec quiconque. Webber restait un inconnu, avec qui il faudrait manœuvrer prudemment, mais ces derniers jours, tout s'était arrangé à merveille. Il avait éliminé deux membres de l'équipe sans effort. Vraiment, quand il s'agissait de mourir, ils n'étaient que de petits garçons qui appelaient leur maman.

Déjà très occupée, Jenna assista en simple témoin à l'interrogatoire de Dirk Voss, l'agent de sécurité de l'université. Elle en avait confié le soin à Kane, puisqu'il avait déjà eu cet homme au téléphone auparavant.

— Racontez-moi tout ce que vous faites quand vous fermez les locaux de la fac, à partir de 19 heures, par exemple.

Le visage de Kane était dénué de toute expression.

— Voyons voir, je suis au bureau jusqu'à 20 h 30, quand on part tous les deux en patrouille. On se sépare et on fait tout le tour. Après, on revient ici, on se prend un café, un petit truc à manger, et on repart vers 23 heures pour fermer les portes du centre sportif. Et puis on rentre. On passe la nuit ici, sauf quand il y a une alerte dans le périmètre ou un truc de ce genre.

— Donc, il n'y avait personne dans votre bureau lors des pannes de caméra, vers 21 heures, 21 h 30, les deux soirs où les décès se sont produits ?

Sous le regard de Kane, Voss plissa le front.

— Ouais, ça doit être ça, on n'a rien vu d'anormal.

Un nerf tressaillit dans la joue de Kane.

— Dites-moi ce que vous faites avant de verrouiller la salle de gym et la piscine. Quelles précautions prenez-vous pour être certain de n'enfermer personne à l'intérieur ?

— En général, j'entre, je vérifie le bassin, je traverse les vestiaires et la salle de gym, et ensuite je ferme. Je ne suis pas irresponsable, protesta Voss.

Kane se renversa sur sa chaise et lui adressa un regard qui aurait glacé l'océan.

— Alors que s'est-il passé le soir de la mort de Pete Devon ? Il me semble que vous auriez dû trouver Devon dans l'eau, quand il aurait peut-être encore été temps de le ranimer. Au lieu de quoi nous avons un cadavre qui a flotté dans la piscine toute la nuit.

Voss baissa les yeux.

— J'étais pressé de rentrer au bureau pour voir une émission à la télé. Je suis désolé.

— Allez dire ça à ses parents. Avez-vous des questions, shérif ?

Jenna se leva.

— Non, prends sa déposition et libère-le.

Elle se servit de son badge pour ouvrir la porte et repartit vers son bureau.

Il était un peu plus de 17 heures, le temps que Jenna obtienne tous les mandats de perquisition nécessaires et la permission des parents d'Alex Jacobs pour fouiller son véhicule et ses affaires dans la maison de Pine Road. Pour la noyade de Pete Devon, le dossier n'était pas très solide, mais Jenna avait laissé le choix au juge. D'une part, en tant que membre de l'équipe de foot habitant chez Lyons, Devon était un des suspects du viol de Chrissie Lowe ; d'autre part, son décès suspect constituait un signal d'alarme. Puisque son dossier télé-phonique et ses effets personnels pouvaient inclure des preuves cruciales dans les deux cas, le juge les avait autorisés à fouiller toute la maison, au cas où Wolfe détecterait des traces incriminantes. Le mandat à la main, elle attendit confirmation que Rowley avait bien déposé le contenu du casier de Devon dans leur salle des preuves, puis elle partit avec Kane en direction de la maison de Lyons.

— J'imagine qu'il ne va pas être facile de trouver la dernière personne à avoir vu Devon en vie, avec le nombre d'étudiants qui se baladent sur le campus la nuit. On se serait évité beaucoup de boulot si on avait demandé au doyen de diffuser une annonce dans les haut-parleurs de la fac.

Après avoir négocié les rues encombrées de la ville, Kane s'élança dans Stanton Road. Jenna se tourna vers lui, puis regarda défiler la forêt obscure et tenta de bien séparer mentalement les trois décès sur lesquels ils enquêtaient.

— Oui, on aurait gagné du temps, mais on aurait aussi pu être ensevelis sous une tonne de ouï-dire. Nous n'avons pas assez de personnel pour interroger tous ceux qui étaient sur le campus ces deux soirs-là. Je vais devoir bien mettre tout ça au clair sur le tableau blanc. Avec les pièces à conviction qui s'accumulent, on passerait aisément à côté d'un indice essentiel. Ça n'est jamais aussi compliqué ; d'habitude, on a des meurtres aléatoires, avec une liste de suspects, mais là, les trois cas sont entremêlés. J'ai du mal à faire le tri dans ma tête, qui était où et avec qui à quel moment, parce que c'est un peu toujours le même groupe de gens.

Kane jeta un coup d'œil vers elle, puis redirigea son attention vers la route.

— Ça s'articule autour de l'équipe de foot, c'est sûr.

— On devrait isoler le viol de Chrissie. L'important, c'est de savoir où il s'est produit et qui y a participé. Espérons qu'on trouvera quelque chose d'utile aujourd'hui.

— Je me rappelle la disposition de la pièce. Sur la vidéo, c'était la chambre de Lyons, j'en suis certain. Le problème, c'est qu'on se trompe peut-être en croyant que le viol est le motif des deux meurtres.

— Pardon ?

— C'est trop simple. Chrissie était en première année ; qui sur le campus voudrait tuer pour la venger, à part Stein ?

Jenna haussa les épaules.

— Personne, c'est vrai. Phillip Stein est notre seul suspect. Je pense qu'on devrait quand même s'intéresser au cousin.

— Oui, peut-être, mais on ne peut pas négliger Jones et tous ceux qui ont une raison d'en vouloir aux footballeurs.

Kane s'engagea dans Pine Road. Jenna fronça les sourcils et se mordilla la lèvre.

— Ni le coach. Deux joueurs importants ont été écartés de l'équipe avant le début de la saison. Ça pourrait être une revanche.

— Et les équipes gagnantes se font un tas d'ennemis. On ferait mieux d'inclure l'entraîneur dans notre enquête, mais comme il n'est pas très sympathique, la liste de ses ennemis risque d'être très longue.

Kane tourna dans l'allée bordée d'arbres qui menait à la maison. Jenna désigna le petit parking.

— Bien, Wolfe est déjà là. Il apporte un vêtement de Chrissie pour que Duke puisse flairer les lieux, dit-elle en se tournant vers le lévrier assis à l'arrière, vêtu de son harnais. Je commence à l'aimer, ce chien.

— Tant mieux, parce qu'il t'aime aussi.

Kane se gara à côté de la camionnette de Wolfe et sortit, emmenant Duke. Jenna descendit du véhicule et fut accueillie par le légiste.

— Je propose de prendre le maximum de photos. Si nous pouvons identifier le lieu du viol, ce sera déjà un début pour le dossier Chrissie Lowe.

— Parfait. Je chercherai aussi des traces liées au dossier Devon, donc nous aurons besoin de ses appareils électroniques grâce auxquels il pouvait avoir des interactions sociales, comme le jeu en ligne. Il faudra examiner sous tous les angles le décès des deux footballeurs. Si je découvre qu'il s'agit d'un homicide, qui leur en voulait ? Je pense que ce pourrait être des crimes haineux, auquel cas, qui détestait assez les stars du campus pour les tuer ?

Tandis que Wolfe tirait son matériel de sa camionnette, Jenna acquiesçait.

— Bien vu. J'en ai discuté avec Kane, mais tout va si vite qu'il nous faudra une réunion d'équipe pour que tout le monde soit au courant des dernières informations. Même si vous n'êtes pas convaincu que les deux décès les plus récents soient accidentels, le tueur tente de nous le faire croire, ce qui nous ramène à la question : Chrissie s'est-elle suicidée ou a-t-elle été assassinée ?

— Pour le moment, Jenna, je penche pour le suicide, et je ne me suis pas encore prononcé sur les autres cas ; ce pourraient être des accidents tragiques. Bon, où en êtes-vous de votre réflexion ?

Jenna leva les yeux quand Kane s'approcha d'eux, accompagné de Duke.

— S'il s'agit d'un homicide, il y a un lien direct avec les footballeurs. Le mobile du tueur est peut-être de détruire l'équipe. Chrissie meurt après un viol brutal, et elle semble s'être rendue chez Lyons le soir où cela s'est produit. Elle allait à la fête de Seth Lyons, et ce n'était pas vraiment un secret, car au moins deux personnes le savaient : Livi et Stein. Donc quelqu'un aurait pu intervenir. Lyons a beau être une petite ordure, il se peut qu'il dise la vérité et qu'elle ne soit jamais arrivée à la fête. Si c'est le cas, quelqu'un essaie de faire porter le chapeau aux sportifs. Nous n'avons arrêté personne, donc le criminel passe au niveau supérieur et élimine deux membres de l'équipe. Ce qui indique que quelqu'un en veut à toute la bande ou au coach.

Wolfe se frotta le menton.

— J'apprécie que vous ne vous interdisiez aucune hypothèse, mais trois meurtres, ça signifie que nous avons encore en ville un tueur en série. Nous avons eu notre dose de psychopathes récemment, mais on ne peut pas partir du principe que tout décès est un meurtre. Si c'était le travail d'un tueur en série, nous devrions constater des similitudes dans la cause de la mort. Pour l'instant, elles sont toutes très différentes – si tant est que ce soient des homicides.

— Auquel cas nous aurions affaire à un tueur froid et calculateur, intervint Kane. Les sociopathes sont plus emportés, ils passent à l'acte sur un coup de tête, sans penser aux conséquences, mais dans les deux cas, les caméras de surveillance ont été désactivées. Le tueur est entré et ressorti sans que personne ne s'en aperçoive. Pour moi, c'est la marque d'un crime préparé, et non de quelqu'un qui agit le cœur battant, en sueur, alors qu'il a perdu le contrôle. J'imagine que vous en saurez plus après l'autopsie de Devon ?

— Oui, je procéderai à l'autopsie demain à la première heure. J'ai déjà prélevé un échantillon de moelle osseuse pour un test de diatomées. Je pourrai vous donner les résultats et vous expliquer les analyses nécessaires en cas de noyade. Je sais qu'il y a eu une panne suspecte des caméras les deux soirs à la même heure, mais on ne peut pas exclure un dysfonctionnement, ou une courte mise en pause, peut-être par un agent de sécurité pour couvrir autre chose. Il faudrait remonter au moins sur les six derniers mois pour voir si c'est déjà arrivé au même moment.

— Impossible, les vidéos sont effacées chaque semaine. Le système ne date pas d'hier, donc on ne peut pas exclure la possibilité d'un dysfonctionnement, concéda Kane.

Jenna leva les bras au ciel et les laissa retomber.

— Merde, chaque fois qu'on trouve une pièce à conviction, elle disparaît aussitôt.

Kane tourna sur lui-même et revint face au shérif.

— Eh, c'est quoi, ça ? Vous voyez les appareils cachés dans les arbres ? demanda-t-il, en pointant le doigt dans deux directions. C'est une alarme wifi silencieuse. Ils ont installé un système d'alerte précoce pour détecter les visiteurs indésirables, et on l'a déjà déclenché. La dernière fois, on avait longé les arbres, et le système ne s'était pas mis en route : pas étonnant que Lyons ait été surpris de nous voir.

Jenna plissa le front, puis s'adressa à Wolfe.

— Ils savent que nous sommes là, alors autant continuer. Comment allez-vous déterminer si Devon a été tué ou s'il a simplement glissé et s'est noyé ?

— Vous n'allez pas me croire, mais la noyade est plus difficile à prouver que le meurtre.

Le légiste descendit le chemin et marcha vers la maison, ses semelles résonnant sur le ciment. Il se retourna vers eux, un sourcil pâle dressé.

— Néanmoins, d'après mon examen initial, si quelqu'un a tué Pete Devon, il a dissimulé ses traces comme un pro.

Ils empruntèrent le chemin bordé d'arbres, puis s'arrêtèrent sur le perron de la maison. Jenna contempla les véhicules garés à proximité.

— La route avec le panneau d'interdiction doit mener exactement ici. Je pense qu'ils envoient les visiteurs de l'autre côté, pour être avertis en cas d'arrivée imprévue.

Elle mit ses mains sur ses hanches et regarda Wolfe. Lors de la recherche de pièces à conviction, le légiste avait la préséance.

— Comment voulez-vous procéder ?

Wolfe se gratta le menton, comme pour réfléchir à ce qu'il allait répondre.

— L'un d'eux pourrait être le dernier à avoir vu Pete Devon en vie, et si nous avions une chronologie de ses mouvements, cela nous aiderait. Pour le moment, rien ne confirme l'heure à laquelle je situe la mort. Dans le cas de Chrissie Lowe, comme nous n'avons pas de traces ADN, nous devrons prouver qu'elle était dans la maison. Tous les étudiants que vous avez interrogés affirment qu'elle n'est pas venue à la fête. Si nous pouvons prouver le contraire, grâce aux échantillons que j'ai du contenu de son estomac et grâce aux traces relevées dans le véhicule, nous pourrons monter un dossier. Nous avons la preuve que Jacobs était impliqué, puisque ses cheveux correspondent à ceux qui ont été trouvés dans la voiture ; si je peux associer les autres cheveux à un de ces messieurs, nous saurons au moins qui est mêlé au viol. Si vous pouvez les retenir et les interroger, nous nous occuperons de l'examen des lieux. Je recueillerai des échantillons de tout ce qui pourrait être pertinent. Si elle est venue ici, nous en trouverons la trace. Ceci a appartenu à Chrissie Lowe, dit Wolfe, en tendant à Kane un sac en plastique ; voyez si Duke flaire quelque chose.

— Mon intuition me dit que Lyons ment. Si elle a été ici, Duke le sentira.

— N'oublie pas de chercher ses chaussures, lui rappela Jenna.

Ouvrant la marche, elle frappa à la porte. Un jeune homme qu'elle avait vu lors de leur première visite, Josh Stevens, les regarda bouche bée. Jenna avait brandi son mandat de perquisition.

— Nous avons un mandat pour fouiller cette maison.

— Pour quelle raison ?

Seth Lyons était apparu et, planté à côté de son ami, il leur barrait le passage. Jenna lui poussa le mandat contre la poitrine.

— La raison est écrite là-dessus, maintenant poussez-vous.

Elle les écarta, s'introduisit dans le salon et observa les garçons assis autour du téléviseur. L'odeur était la même : marijuana et bière, avec une pointe de sueur rance.

— Y a-t-il quelqu'un d'autre dans cette maison ?

— Non, répondit Lyons tout en examinant le document. Vous ne trouverez rien ici. Je vous l'ai déjà dit, Chrissie m'a posé un lapin. J'en ai marre que vous ne me lâchiez pas, shérif. Il serait peut-être temps que je passe un coup de fil à mon père.

Agacée par cette menace voilée, Jenna sentit des picotements dans sa nuque.

— Vous pouvez téléphoner au Père Noël si ça vous chante,

laissez-moi faire mon travail. Je veux tout le monde dans la salle à manger. Asseyez-vous à table pendant que nous fouillons les lieux. Si vous n'obtempérez pas, je vous menotte aux chaises, compris ?

Ils se traînèrent jusqu'à la table, échangeant des regards inquiets, et elle adressa à Kane un signe de tête.

— Fais flairer Duke.

Kane ouvrit le sachet à pièces à conviction et le tint sous la truffe du chien.

— Vas-y, Duke, cherche.

Le chien enfonça sa tête dans le sac, puis parcourut la pièce, le nez au sol, remuant la queue. Jenna le regarda aller de la porte d'entrée vers le tapis, puis vers le canapé. Elle gardait un œil sur les étudiants attablés, dont plusieurs gigotaient comme s'ils avaient eu des fourmis dans le pantalon. Bien sûr, ils n'avaient aucune idée de ce que Duke cherchait, donc elle se demanda si l'un d'eux avait caché de la drogue quelque part.

Un aboiement vint déranger ses pensées et elle consacra toute son attention au chien, qui s'était assis à terre devant l'une des deux extrémités du canapé. Jenna adressa un regard à Wolfe.

— C'est une réaction claire et nette.

— Ne l'appelez pas, dit Wolfe à Kane. Je vais prendre quelques photos, pour plus tard.

— Pas de problème.

Lorsque le légiste eut terminé, Kane appela Duke, mais le chien tourna en rond et aboya une fois de plus. Kane frotta les oreilles du lévrier, puis lui fit à nouveau sentir le vêtement de Chrissie.

— Il n'a pas fini, il est sur une piste. Bravo, cherche.

Quand Duke se remit en chasse, Wolfe s'approcha de Jenna.

— Je vais jeter un coup d'œil.

Le légiste porta sa trousse jusqu'au canapé, qu'il examina en détail, puis sortit un petit aspirateur et le promena sur la totalité du meuble. Il retira ensuite les coussins et ramassa tous les déchets accumulés en dessous.

— Je les confisque comme pièces à conviction, déclara-t-il, tout en les jetant dans un immense sac. J'aurai besoin d'analyser les taches sur le tissu.

Duke aboya deux fois encore, une fois dans le couloir, une autre dans l'escalier, non pas au centre des marches, mais sur le bord, contre balustrade. Jenna leva les yeux alors que Wolfe inspectait de près cette zone.

— Il y a quelque chose ?

— Du sang, comme si quelqu'un l'avait craché.

Wolfe prit des photos, recueillit des échantillons. D'un œil glacé, il croisa le regard de Jenna.

— OK, j'ai terminé ici. Passons aux chambres. Laquelle est celle de Pete Devon ?

Seth Lyons se redressa.

— La première à droite, sur le palier. Il la partage avec Dylan Court.

Après trois réactions positives de Duke, Jenna avait l'estomac noué.

— Allez-y, ordonna-t-elle à Wolfe. Je reste ici pour surveiller M. Lyons et ses amis.

Elle posa une main sur son arme et remarqua la mine sombre des étudiants assis à table. Elle dut réprimer le besoin de leur tirer les vers du nez pour connaître la vérité sur les dernières heures de Chrissie. Elle aurait voulu les isoler, les interroger et enregistrer leurs dépositions.

Les dévisageant l'un après l'autre, elle prit note de ceux qui fuyaient son regard. Elle avait la chair de poule. Deux ou trois des garçons assis à un mètre d'elle pouvaient être des violeurs en série, mais il lui faudrait bien plus de pièces à conviction pour le prouver. Elle avait deux possibles homicides à élucider et la plupart des suspects se trouvaient devant elle.

— Bon, je vais vous poser des questions en relation avec la mort de vos colocataires. Quand avez-vous vu Pete Devon pour la dernière fois ? demanda-t-elle à Josh Stevens.

— Environ une heure avant le dîner d'hier, quand il est parti faire ses longueurs. Il allait à la piscine tous les soirs, depuis sa blessure. Pourquoi ?

Jenna prit note, et releva le menton.

— Enquête de routine. Nous essayons d'établir l'heure de sa mort. Lequel d'entre vous était le plus proche de lui ?

— Moi, je pense, répliqua Dylan Court d'un air mécontent.

L'hostilité générale envers elle était tangible, et elle s'éclaircit la gorge.

— Vous n'avez pas trouvé ça un peu bizarre, qu'il ne rentre pas, hier soir ?

— Non, ricana Court. On entre et on sort comme on veut. Je me fous pas mal que l'un de nous passe la nuit dehors. Je me suis dit qu'il avait eu de la chance.

Les autres gloussèrent en écho.

— Alex Jacobs et lui avaient-ils des ennemis ? S'était-il disputé avec quelqu'un récemment ?

Lyons toisa le shérif avec condescendance.

— Vous savez qu'on fait partie de l'équipe de foot, non ? Bien sûr qu'ils avaient des ennemis. Toutes les équipes qu'on a battues la saison dernière avaient une raison de nous en vouloir. Et si vous parlez d'ennemis à la fac, c'est sûr : il y a des mecs qui en ont après nous quand on leur pique leur copine, mais bon, on la leur rend toujours après.

Jenna eut envie d'effacer le rictus arrogant qu'il arborait.

— Après *quoi* exactement, Monsieur Lyons ?

— À votre avis, shérif ? Je suis sûr qu'une belle dame comme vous a dû souvent se taper des coups d'un soir. Nous, on n'a pas envie de se ranger, on est ici pour jouer au foot et se marrer.

Jenna ne tint aucun compte de la grossièreté de Lyons.

— Autre chose ?

Court la regarda longuement.

— Nous, quand il y a une bagarre sur le campus, on ne s'enfuit pas. Si un gars nous cherche des embrouilles, on s'en occupe.

— Comme pour la bagarre avec Owen Jones ?

— Exactement.

Court haussa les épaules, mais Jenna le dévisagea à son tour.

— C'est pour ça que le doyen a voulu que vous quittiez l'internat, je crois ? Soyons plus précis, donnez-moi donc le nom de certaines personnes qui ont des griefs contre vous.

— Non, s'interposa Lyons. On n'est pas des balances.

À ce moment, Kane descendit l'escalier, Wolfe sur ses talons. Ils tenaient toute une série de sacs à pièces à conviction. Jenna haussa un sourcil interrogateur.

— C'est fini ?

— Oui, répondit Kane en montrant un sac contenant une petite culotte. J'ai trouvé ça dans la chambre de Seth Lyons. Dans une table de chevet contenant ses effets personnels.

Lyons rugit de rire.

— Et alors ? Je garde les culottes des filles avec qui je couche, c'est pas un crime ? Je les ai pas volées, c'est elles qui me les donnent pour ma collection.

— Vous êtes prêt à avouer que Chrissie Lowe est bien venue ici le soir de sa mort ?

— Vous êtes sourdingue ou quoi ? Je vous ai déjà dit, elle n'était pas ici samedi soir. Demandez aux gars ou écoutez-moi. Elle. N'est. Pas. Venue.

Wolfe se pencha par-dessus la table et le regarda de près.

— Bien, Monsieur Lyons. Notre chien renifleur a trouvé sa piste, et si je découvre son ADN sur un seul de ces objets, nous saurons que vous mentez.

Jenna aurait voulu sourire, mais fit semblant de tousser, puis Lyons, hilare, abattit une carte inattendue.

— Ah, shérif, je n'ai pas dit que je n'avais *jamais* couché avec elle ou qu'elle n'était *jamais* venue ici. J'ai dit qu'elle n'était pas ici le soir où elle est morte.

27

Il faisait nuit quand Webber engagea son pick-up dans l'allée sinueuse menant à la maison de Lyons. Ses phares éclairèrent un écriteau « Parking Visiteurs » et il se gara sur le gravier. Son cœur palpitait à l'idée d'entrer dans la tanière du lion – la tanière de Lyons ? Il n'était pas armé, et si les soupçons de Jenna se confirmaient, il pourrait devenir la prochaine victime issue de l'équipe de football, à l'instant où Lyons découvrirait qu'il avait été flic. Des démangeaisons lui parcoururent la peau alors qu'il observait l'épais sous-bois. C'était l'endroit idéal pour une embuscade.

Il rassembla son courage et regarda à travers les arbres. Au loin, il distinguait nettement la maison. Toutes les fenêtres étaient éclairées et il voyait des gens se déplacer à l'intérieur. Le chemin de ciment allant jusqu'au perron semblait neuf, mais il n'y avait pas de lumière du tout sur le parking et le long du chemin. Les arbres formaient une voûte, sans même que le clair de lune pénètre l'obscurité. Un frisson secoua sa colonne vertébrale ; personne n'aurait pris plaisir à traverser ces ténèbres inquiétantes. Après avoir pris son iPad, il sortit de son véhicule et se guida avec la torche de son téléphone pour voir où mettre les pieds.

Une brise fraîche agitait les arbres et faisait danser à ses pieds un tourbillon de feuilles dorées. L'odeur de terre humide et de pin l'entourait comme si elle surgissait de la nuit pour l'étouffer. Il regrettait de ne pas avoir son arme à son côté. C'était son amie familière, qui lui avait donné confiance dans bien des situations déplaisantes, et il n'aimait pas l'idée de l'avoir laissée sous son siège. Tout en marchant, il inspectait les arbres enveloppés d'ombre, et son imagination s'envola. Tant de gens étaient morts à Black Rock Falls sur des chemins exactement pareils à celui-ci, sous les coups d'un tueur psychopathe. En son for intérieur, il aurait voulu faire demi-tour et déguerpir mais, se rappelant sa mission, il continua à avancer, ses chaussures à semelles caoutchoutées progressant sans bruit.

Un hibou hulula à proximité, suivi par un autre un peu plus loin, signalant qu'un inconnu pénétrait dans leur domaine. Un craquement sonore éclata sur sa droite, comme si quelqu'un avait marché sur une brindille, et il braqua sa torche vers les arbres, le cœur battant. Des yeux rouges clignèrent au ras du sol, puis un animal à fourrure fila dans la direction opposée. Une soudaine incertitude s'empara de Webber et il pressa le pas, heureux que le porche apparaisse enfin, bien visible.

Il monta les marches en hâte et martela la porte. Elle s'ouvrit peu après et un homme le toisa. Webber lui adressa un signe de tête. *Dylan Court*. Il avait mémorisé le nom de tous les membres de l'équipe.

— Salut, Dylan, je viens voir Seth.

Malgré son air peu accueillant, Court le laissa entrer et le guida vers le salon.

— Il est dans sa chambre. À l'étage, la dernière pièce au bout du couloir. Il avait dit que tu prévoyais de passer. Bien joué, tout à l'heure.

Webber acquiesça.

— Merci.

Ce fut comme si la température avait subitement baissé dans la pièce. Il fut déconcerté par le silence soudain et par les regards froids et méfiants des garçons assis sur les canapés. Il pourrait se défendre contre deux d'entre eux, mais quatre, ce serait un problème. Ignorant cette hostilité, il se faufila entre les canettes de bière et les cartons de nourriture à emporter qui jonchaient le sol, puis monta l'escalier quatre à quatre.

L'odeur qui flottait dans l'air indiquait que l'endroit aurait eu besoin d'un bon nettoyage, et il s'étonna que dix adultes puissent vivre dans une telle saleté. Il atteignit la chambre, dont la porte était ouverte. En net contraste avec le reste de la maison, elle était impeccable. Voyant Lyons à son bureau, il s'arrêta et frappa.

— Je te dérange ?

Lyons recula de la table et se leva. Il regarda longuement Webber comme s'il cherchait à l'évaluer, puis s'assit sur le bout de son lit.

— Ce que je faisais peut attendre. L'urgence, c'est les actions. Tu es un malin. J'ai mis le nez dans ton dossier, j'espère que tu ne m'en veux pas ? Tu vois, je ne comprends pas pourquoi un intello comme toi a envie de faire partie de l'équipe. Tu n'es pas le genre à vouloir faire carrière dans le foot.

Adossé au chambranle, Webber sourit face à la mine perplexe de Lyons.

— Non. Mon avenir est dans la science médico-légale, et un jour j'espère bien devenir légiste.

— Alors pourquoi vouloir entrer dans notre équipe ? On ne gagne pas lourd comme légiste, et avec tes talents tu pourrais te faire des millions si tu étais recruté par un chasseur de têtes.

— Je ne serai pas pris à la National Football League parce que je suis trop vieux, mais j'ai besoin de me maintenir en forme, et j'ai pensé que l'équipe aurait besoin de moi. La science médico-légale, c'est un métier que je pourrai exercer jusqu'à mes vieux jours. Le foot, je serai lessivé dans deux ans.

— J'imagine que ça a du sens quand on n'a pas de fortune familiale pour retomber sur ses pieds. Tu n'as pas l'air d'être du genre à fréquenter des sportifs comme nous. Mais si tu veux, on te fera subir une petite initiation pour nous prouver que tu es des nôtres et que je peux te faire confiance.

Webber dissimula son malaise derrière un sourire.

— Oh, j'ai déjà été initié à pas mal de choses. Qu'est-ce qu'il te faut ?

Lyons redressa les épaules, ses lèvres se retroussant légèrement, sans détacher son regard du visage de Webber.

— Une fille innocente et bien roulée. Comme la blonde à qui je t'ai vu parler. Ici, on partage tout. L'alcool, les femmes, tu vois. J'ai besoin de savoir si tu fais partie de la bande ou pas.

Emily. Webber obligea sa bouche à rester figée.

— Oh, j'en fais partie.

— Bon, tu vas devoir le prouver, mais en attendant, tu as droit à une journée libre.

Lyons roula sur le lit pour attraper un livre sur la table de chevet.

— Tiens, c'était à Alex. Il a eu un accident en salle de gym et il s'est cassé le cou. On s'est connus un bon bout de temps, et maintenant il est mort. Comment tu peux arriver à bosser avec des cadavres ?

De toute évidence, Lyons se méfiait de lui et il allait falloir le faire changer d'avis. Ce que Wolfe lui avait déclaré le premier jour où il était entré à la morgue lui revint à l'esprit.

— Je ne vois pas un cadavre. Je vois une personne avec une histoire à raconter. J'ai envie de découvrir ce qui lui est arrivé.

— Moi, je verrais quand même le cadavre, dit Lyons avec un frisson. Donc tu fréquentes aussi le shérif ?

Webber aboya un rire.

— Je la fréquente ? Pas trop. Elle est bien trop occupée sur les scènes de crime et je ne l'intéresse pas. Je l'évite, en général.

— Revenons-en à la blonde sexy que j'ai repérée assise avec toi à la cafét, reprit Lyons, en se mouillant les lèvres comme s'il savourait un souvenir. Qu'est-ce qu'elle foutait avec toi ?

De toutes les jeunes filles présentes sur le campus, Lyons avait choisi Emily Wolfe pour que ses amis la violent.

— Emily est en stage à la morgue, donc on s'est croisés, c'est tout.

— Emily, elle s'appelle ? Elle viendrait ici, si tu l'invites ? Les garçons ont besoin de se changer les idées.

Cherchant un prétexte, Webber secoua la tête, puis s'éclaircit la gorge.

— Aucune chance. Elle est un peu jeune pour moi et elle déjeune avec moi uniquement pour lire mes notes du semestre dernier. Je pourrai sûrement te trouver quelqu'un d'autre si ça fait partie de l'initiation.

Lyons sourit lentement et ricana.

— Peut-être, mais c'est elle que je kiffe. Je les aime douces et innocentes. Présente-la-moi et je l'attaquerai, mais pour prouver que tu es des nôtres, il faudra que tu participes. T'en fais pas, elles se plaignent jamais.

Avec Emily, tu n'auras jamais la moindre chance. Webber avala le goût amer qu'il avait dans la bouche.

— J'ai hâte. Il se fait tard, tu veux qu'on étudie les actions ? proposa-t-il en tendant la main vers le livre.

— Bien sûr. Viens en bas, on discutera dans la cuisine.

***

Deux heures plus tard, Colt se leva, emportant son iPad et le manuel d'Alex.

— Faut que je parte. Ma tante me gueule dessus si je rentre tard et que je la dérange.

— Ça doit pas être évident avec les meufs. Tu devrais peut-être déménager.

Webber secoua la tête.

— J'arrive à peine à m'en sortir côté fric. Je partage la bouffe et les frais avec ma tante.

— Ah ouais, t'es boursier, j'oubliais. OK, on se voit demain matin à l'entraînement.

Lyons se leva et le raccompagna jusqu'à la porte. Webber salua les garçons réunis dans le salon mais aucun ne détourna les yeux de l'écran géant. Il se tourna vers Lyons.

— Salut.

— Demain, tu me présentes la blonde.

Plutôt mourir.

— Ça marche.

Il descendit les marches du perron puis sortit son téléphone, alluma la torche et s'avança à pas pressés sur le chemin sombre. La température avait chuté au cours des dernières heures et un vent glacé soufflait des montagnes. Même en août, les températures nocturnes rappelaient à tous que l'hiver était en route. Lorsqu'il prit le premier tournant, il entendit un craquement derrière lui et s'immobilisa. Balayant le chemin avec le faisceau lumineux, il ne découvrit rien. Les poils de sa nuque se hérissèrent car il se sentait épié. Il se remit à avancer, puis le son revint, comme des pas sur le chemin derrière lui, le raclement d'une chaussure sur le ciment. Il se demanda un instant si Lyons lui jouait une farce pour lui faire peur. Lyons ignorait qu'il avait étudié les arts martiaux et qu'il savait se défendre, mais l'étroit sentier bordé d'arbres ne lui laissait guère de marge de manœuvre. Outre le fait qu'il avait un iPad dans une main et un téléphone dans l'autre, n'importe qui pouvait le guetter au prochain tournant, et il serait facile de lui sauter dessus.

Sa lampe formait un tunnel devant lui, et tout en marchant, il glissa l'iPad sous un bras, prit le téléphone dans sa main gauche, et tira ses clés de voiture de la poche de son jean. Il avançait, scrutant le chemin dans toutes les directions et tendant l'oreille, mais il n'entendait que sa propre respiration et les battements de son cœur dans ses oreilles. Comme le chemin sinueux débouchait sur le parking, il poussa un soupir de soulagement, puis le silence fut rompu par un léger bourdonnement. Levant les yeux, il aperçut le plus gros insecte qu'il ait jamais vu. Il eut beau écarquiller les yeux, la bête avait déjà disparu dans la nuit.

Webber bipa avec sa clé et monta dans son pick-up, verrouillant les portières. Cette marche l'avait perturbé plus qu'il ne voulait l'admettre. Il s'adossa à son siège, content que le moteur démarre et que la musique de la radio se répande dans la cabine. Se reprochant de s'être laissé entraîner par son imagination, il contempla la nuit. Le vent lui avait-il joué des tours, ou quelqu'un s'était-il tapi dans l'ombre ?

28

Il avait fallu à Kane un certain temps pour convaincre Jenna de s'accorder une bonne heure pour aller dîner avec lui au Cattleman's Hotel. Ils étaient trop épuisés pour se mettre à cuisiner lorsqu'ils avaient regagné le ranch. Il appréciait sa compagnie et détestait dîner seul.

Les mercredis soir étaient calmes en temps normal, mais avec la fête en ville, Kane eut de la chance de leur trouver une table, pas très bien placée, mais pas non plus à côté de la cuisine. Après avoir commandé, il observa la femme assise devant lui. Elle s'était un peu remaquillée, et les fines rides rendaient ses yeux immenses dans un visage encadré par des cheveux noirs et brillants. Lorsqu'elle ouvrit la bouche, il protesta en lui tendant le menu.

— Pas question de parler boutique. On a bien mérité une heure loin des meurtriers et des dingues.

— J'ai la tête farcie de théories et de suspects possibles. C'est tellement plus facile pour Wolfe, quand les gens sont abattus par balle ou à coups de couteau. Jusqu'ici, on a un suicide possible et deux meurtres possibles. J'ai du mal à me concentrer sur autre chose. Mais je dois admettre que tu es désarmant, en costume et avec tes cheveux plaqués en arrière. J'ai l'impression que d'un instant à l'autre tu vas me présenter ta carte du FBI.

Elle le regardait d'un œil amusé, pétillant. Ravi de retrouver l'humour dont Jenna était capable, Kane gloussa :

— J'ai opté pour le look raffiné et délicat.

Il s'interrompit quand le serveur vint lui faire goûter le vin rouge. Il sirota et approuva d'un signe de tête. Puis il tourna à nouveau les yeux vers Jenna.

— Mais apparemment, je me suis planté ?

— Crois-moi, tu es aussi superbe en jean et chapeau de cow-boy. Ah, qu'est-ce que c'est bon ! s'exclama-t-elle en dégustant son vin.

Kane souleva la bouteille pour lui montrer l'étiquette.

— Un central otago, de Nouvelle-Zélande. C'est une petite région de l'île sud. Selon moi, ils produisent certains des meilleurs pinots noirs au monde. Ça va très bien avec un bon gros steak et toute sa garniture.

— Je le crois volontiers, mais tu n'en prendras pas plus d'un verre, d'accord ? lui lança Jenna, avec un sourire malicieux. Ce qui signifie que le reste de la bouteille est à moi.

Kane agita un doigt dans sa direction.

— Et ça se prétend shérif !

Ils venaient de terminer le plat principal et attendaient le dessert quand le téléphone de Kane sonna. Il fronça les sourcils et consulta sa montre.

— Je voulais seulement une heure de tranquillité.

— Quelqu'un qu'on connaît ?

Jenna se renfonça sur sa chaise alors que le serveur déposait devant elle une part de forêt-noire.

— Oui, c'est Webber, répondit Kane, en décrochant. Un problème ?

Webber parla sur un ton un peu anxieux.

— *Non, c'était juste pour parler. J'ai intégré l'équipe et Seth Lyons m'a invité à réviser les actions chez lui, dans Pine Road. Si ce n'est que les autres m'ont traité comme un pestiféré, je n'ai reçu aucune menace. Je lui ai dit la vérité sur mon travail avec Wolfe, donc il ne se méfiera pas si quelqu'un se rappelle m'avoir vu avec le légiste. Il m'a demandé si je connaissais Jenna. Une chose : dans le chemin pour aller à la maison et en revenir, j'ai eu l'étrange impression d'être observé.*

Kane fronça les sourcils et se rappela l'autre entrée qu'ils avaient découverte.

— La prochaine fois, passez par le sens interdit : c'est une route qui mène directement à l'avant de la maison. Le chemin de la forêt est équipé d'une alarme silencieuse. Ils n'aiment pas les visites imprévues, apparemment. Qu'est-ce que vous avez pensé de Lyons ?

— *Il cache bien son jeu mais il m'a invité à une soirée jeudi, une sorte de veillée pour Jacobs et Devon. J'attends qu'il m'invite à m'installer dans la maison. Ils ont deux chambres libres, mais il y aura un prix à payer.*

Kane soupira. Tout avait toujours un prix.

— Comment ça ?

— *Ils veulent que je participe à une de leurs fêtes. Lyons a été très explicite : ils ont l'habitude d'attirer une femme pour un moment de sexe de groupe en guise d'initiation. Il a soigneusement évité de dire qu'il prévoyait de la violer. Je regrette de ne pas avoir pu l'enregistrer.*

Webber jura tout bas.

— On trouvera peut-être une flic locale qui se prête à ce type d'opération, suggéra Jenna. On a combien de temps ?

— *On n'a plus le temps. Lyons a jeté son dévolu sur une*

étudiante. Je sais que c'est un test, afin de voir si je suis prêt à violer une amie pour être admis dans sa bande.

Kane battit des paupières, l'estomac révolté par le sens de ce qu'il entendait.

— Ne me dites pas qu'il a des vues sur Jenna ?

— *Non. Lyons veut que je le présente à Emily.*

29

JEUDI

La perspective de parler à Wolfe pesait lourdement sur les épaules de Jenna lorsqu'elle pénétra dans la morgue pour l'autopsie de Pete Devon. Après que Kane lui avait répété les propos de Webber au téléphone la veille au soir, la dernière chose dont elle avait envie était d'annoncer au légiste qu'une de ses filles pouvait être en danger. Depuis leur installation à Black Rock Falls, Emily et Julie Wolfe avaient bien failli devenir des victimes. Même si Wolfe était un professionnel irréprochable, elle s'attendait à ce qu'il prenne très mal ce qu'elle allait lui communiquer, et elle ne fut donc pas surprise de voir Webber et Emily l'attendre à l'intérieur.

— Je ne pensais pas vous trouver ici aujourd'hui.

— Quand il y a une autopsie, nous venons observer, répondit Emily en souriant. Il paraît que vous avez sauvé Owen Jones des rapides.

Jenna lança un regard vers Kane qui la suivait.

— Il fallait vraiment que tu le racontes à tout le monde ?

Kane parut tout penaud.

— Je n'ai rien dit, Jenna, mais c'est dans mon rapport. Beaucoup d'étudiants ont assisté à la scène ; je suppose qu'ils étaient impatients de propager la nouvelle.

— Kane n'y est pour rien, protesta Emily. Tout le monde en parle, on vous surnomme Aquawoman, depuis que vous avez plongé tout habillée.

— Kane était là aussi, et si nous n'avions pas attrapé Jones à temps, il serait ici pour une autopsie. Pourrions-nous échanger quelques mots en privé ?

— Bien sûr.

Wolfe la conduisit dans le couloir et baissa son masque.

— Qu'y a-t-il ?

Jenna expliqua que Seth Lyons avait manifesté un intérêt pour Emily et qu'elle risquait de devenir la prochaine victime de viol, puis elle guetta sa réaction, retenant son souffle.

Un éclair soucieux apparut dans les yeux gris de Wolfe, qui lui sourit.

— Je lui parlerai. Merci de m'avoir tenu au courant, et ne vous en faites pas, il est très peu probable qu'Emily se mette en pareille situation. Elle connaît l'affaire Lowe, et cette dernière information devrait la persuader de ne fréquenter aucun des membres de l'équipe de football.

— Et pour certains cours, Webber peut garder un œil sur elle. Mais comme il est en mission, je ne conseille pas à Emily de trop le côtoyer.

— Je lui ai dit de garder ses distances, insista Wolfe en grimaçant. En tout cas, pour le moment, elle s'intéresse plus aux étudiants de dernière année. Elle aura bientôt 19 ans, c'est un souci.

Jenna lui serra le bras.

— Ne vous en faites pas. Quand ses éventuels petits amis vous verront, ils sauront se tenir. Je pense que nous devrions rejoindre les autres.

Wolfe la suivit, s'approcha de la civière et alluma la lampe qui répandit un rayon puissant sur le corps inerte. Il mit en route son enregistreur, énonça tous les détails nécessaires pour l'archivage officiel de ses résultats, puis retira le drap.

— Bien, tout le monde est prêt ? Allons-y.

Jenna se mit à respirer par la bouche afin d'éviter la puanteur de la chair en décomposition. Elle était intriguée par la façon dont Pete Devon était mort.

— Pourquoi, dans les morts par noyade, est-il si difficile de déterminer la cause du décès ?

— Ce n'est pas la noyade qu'il est difficile d'établir, mais le fait qu'il y a eu *meurtre* par noyade. Nous avons trouvé Pete Devon immergé dans l'eau, sa peau est fripée, et les dégâts subis par l'épiderme reflètent bien qu'il y a eu submersion pendant plusieurs heures.

Croisant le regard de Jenna au-dessus du cadavre, Wolfe désigna la peau des mains et des pieds.

— Le test de diatomées que j'ai réalisé hier sur l'échantillon de moelle épinière extrait du fémur montre les cinq mêmes algues dans la victime que dans l'eau du bassin. Nous savons donc qu'il s'est noyé dans la piscine où nous l'avons trouvé. C'est plus précis que l'analyse de l'eau contenue dans les poumons, mais là aussi, c'était la même chose.

Jenna se rapprocha.

— Alors pourquoi la cause du décès est-elle si difficile à déterminer, si tous les résultats confirment la noyade ?

Wolfe prit des ciseaux et coupa des cheveux au sommet du crâne de Pete Devon.

— Emily, peux-tu expliquer ?

Les yeux d'Emily dansaient de joie au-dessus de son masque.

— Nous savons qu'il s'est noyé. Ce que nous avons besoin de déterminer, c'est s'il a glissé et est tombé ou si quelqu'un l'a assassiné. Papa penche pour la seconde solution mais nous devons le prouver. Sur place, il a déjà signalé les marques sur les chevilles de la victime, mais à présent elles sont plus prononcées, dit-elle en soulevant un des pieds du cadavre. Vous voyez, ces demi-lunes sur chaque cheville ? Papa vous en a parlé, à la piscine. Comme si une main plus large que la mienne avait serré si fort qu'elle a enfoncé ses ongles dans la chair.

Emily souleva l'autre pied pour que Jenna et Kane l'examinent.

— Essayez, Dave, pour voir si votre main a davantage la taille voulue.

Abasourdie, Jenna vit Kane prendre la jambe et passer une main gantée autour de la cheville. Ses mains couvraient les marques d'ongles.

— Une main moins grande, mais à peine, donc on peut supposer que c'était celle d'un homme.

— Si ses mains étaient presque aussi grandes que les miennes, je suppose que oui, confirma Kane en replaçant la jambe sur la civière. Et d'après l'emplacement des marques, Devon a été attaqué par-derrière.

Wolfe s'éclaircit la gorge.

— Oui, ou un de ses amis l'a détaché de la femme qu'il violait. Si les traces ont été laissées dans la piscine, il faut que l'agresseur ait aussi une force considérable. On pense qu'attaquer quelqu'un dans l'eau est facile, mais il faut un effort intense pour entraîner quelqu'un vers le bas d'une échelle quand on est soi-même dans l'eau.

Wolfe toucha le nez de Devon.

— Ces dégâts-là ont été causés par un brusque mouvement vers le bas. Le tueur devait être derrière lui, l'a saisi par les chevilles et a tiré. Comment puis-je parvenir à cette conclusion, Webber ?

— Quelqu'un qui aurait glissé sur l'échelle se serait écorché les mollets ou serait tombé à la renverse dans l'eau. En remontant l'échelle, on se penche en arrière, pas en avant.

Wolfe transformait cette autopsie en leçon pour ses

stagiaires : Jenna n'y voyait aucun inconvénient, et elle était étonnée par leur savoir.

— Donc quand Devon a percuté les marches et a perdu connaissance, il s'est noyé ?

— J'en doute, déclara Kane. Il devait avoir la tête qui tournait, oui, mais ça n'aurait pas suffi à le rendre inconscient. L'impact n'a pas enfoncé les os du nez dans le cerveau, mais il a dû avoir très mal.

— Voilà pourquoi nous évitons les conclusions hâtives tant que nous ne connaissons pas toute l'histoire. La chute aurait aisément pu lui faire perdre conscience, affirma Wolfe en faisant signe à Jenna de venir de l'autre côté de la civière. Lors de mon examen initial, j'ai remarqué une décoloration du cuir chevelu. Comme vous voyez, il y a une marque nette au sommet du crâne. Je l'ouvrirai plus tard pour déterminer l'étendue des meurtrissures, mais pour le moment, j'exclus qu'une arme ait été utilisée. D'après la taille de la blessure, elle peut avoir été causée par un coup de poing asséné par au-dessus. J'ai constaté des blessures similaires chez des hommes tués au combat.

Webber haussa les épaules.

— J'ai constaté des blessures similaires après un match de football, même quand les joueurs portaient un casque. Il aurait pu être blessé pendant un tacle et ne pas l'avoir signalé à l'entraîneur.

Jenna tourna les yeux vers Kane.

— Si ce n'est pas une blessure sportive, le criminel avait une formation en arts martiaux ? En combat rapproché, en boxe ?

— Oui, approuva Kane. Un coup comme celui-là a dû le mettre K.-O.

— Plus que ça, renchérit Wolfe. Devon est blessé, il est sous l'eau, et sans doute désorienté alors qu'il tente de remonter à la surface. À l'instant où le haut de sa tête brise la surface, boum, quelqu'un lui met un coup terrible sur le crâne. Il ouvre grand la bouche pour respirer, et une fois qu'il a de l'eau dans les poumons, c'est la fin. Il a beau lutter, ses poumons éclatent. L'eau dans les poumons, c'est très douloureux. Il ne peut plus respirer, son cerveau n'est plus alimenté en oxygène.

Jenna s'adossa à l'un des plans de travail.

— Donc c'est un homicide ?

— Pas moyen de le dire tant que je n'aurai pas terminé l'autopsie. Il faudra que j'ouvre le corps pour m'assurer qu'il ne souffre pas d'une pathologie inhabituelle, mais son dossier médical indique qu'il était en pleine forme, à part une récente blessure causée par le football. Je procéderai aussi à une analyse toxicologique, mais si quelqu'un a assassiné ce jeune homme, il a pris bien soin de créer l'illusion d'un accident.

Une horrible sensation de terreur s'abattit sur Jenna à la pensée d'un nouveau tueur à Black Rock Falls. La petite ville somnolente était-elle devenue un pôle d'attraction pour tous ceux que démangeait l'envie de tuer ? Elle détacha ses yeux du cadavre et les releva vers Wolfe.

— OK, nous repartons au bureau et nous essaierons de trouver des indices pour deviner très vite qui fait ça et pourquoi.

— J'enverrai mon rapport quand j'aurai fini.

Wolfe prit un scalpel dans le plateau.

— Merci. Avez-vous eu le temps de vérifier si l'anneau trouvé dans le casier de Jacobs coïncide avec la marque sur le bras de Chrissie Lowe, ou avec les empreintes ?

Le scalpel que tenait Wolfe resta suspendu au-dessus de la poitrine de Devon.

— Pas encore. Tout à l'heure, je veux voir si les bleus sont plus prononcés. Je prendrai d'autres photos et je ferai une comparaison digitale, mais d'après ce que je peux voir à l'œil nu, ça a l'air de coller. Ça pourrait être une idée d'étudier le modèle, au cas où ce serait un anneau que portent tous les membres de l'équipe.

— Je m'en charge.

Jenna quitta la morgue en hâte. Webber étant encore officiellement adjoint, il n'était pas nécessaire qu'un autre représentant des forces de l'ordre soit présent à l'autopsie.

Lorsqu'elle fut enfin à l'air libre, elle se tourna vers Kane.

— Bon sang, on dirait bien que nous avons encore un tueur en ville. Mais qu'est-ce qui se passe à Black Rock Falls ? C'est comme si on faisait de la publicité pour le terrain de jeu des tueurs en série.

Kane lui sourit.

— Ne parle pas trop fort. Quelqu'un pourrait reprendre la formule comme titre d'un livre.

Kane retrouva Rowley et Walters sur le trottoir devant les bureaux du shérif. Il avait ramené Jenna, puis était allé chercher la nourriture commandée chez Tante Betty. Tandis que Walters entrait dans le bâtiment, Kane remarqua la tenue dépenaillée de Rowley et s'en étonna.

— Vous avez des soucis en ce moment ?

Rowley redressa sa chemise et se glissa une main dans les cheveux avant de remettre en place son Stetson.

— On peut dire ça. Les bagarres habituelles qui éclatent dans toute la ville à cause de l'afflux de cow-boys, et cette fois, ils s'en sont pris à un routier qui buvait une bière au Triple Z. Ça n'était pas beau à voir. On a essayé de les calmer, sans succès. Je suis allé rechercher nos armes dans ma voiture. Au moment où je suis revenu dans le bar, le gérant a éteint les lumières et les a rallumées. Quand ils nous ont vus, ça les a coupés dans leur élan.

Kane lança un regard vers le véhicule de Rowley.

— Aucune arrestation ?

— Trouver qui avait mis le premier coup de poing, ç'aurait été comme démêler la pelote à tricoter de ma grand-mère. Tout le monde se taisait, alors j'ai noté leurs noms et je leur ai donné un avertissement. Il y a une réunion ? demanda Rowley en pointant le menton vers la nourriture que Kane avait dans les bras.

— Oui. Wolfe pense que les deux décès sont des homicides. Tant que vous êtes là, Jenna veut organiser une fête d'anniversaire pour Anna, la plus jeune des filles de Wolfe. Vous viendrez ?

Le rouge monta aux joues de Rowley.

— Je ne manquerais ça sous aucun prétexte. Il y a quelqu'un dans ma vie mais ce n'est que le début. Sandy travaille pour l'administration de l'université. Je peux venir avec elle ?

Kane sourit.

— Bien sûr.

Il monta les marches et franchit les portes vitrées. Jenna se tenait à l'entrée de son bureau.

— Bon, vous êtes tous là. Wolfe et Webber travaillent encore sur l'autopsie de Devon, donc nous devrons commencer sans eux.

Elle s'avança vers son tableau blanc et attendit que tous soient assis.

— J'ai discuté des trois cas avec Kane et Wolfe. Comme l'équipe de football a un lien avec ces cas sans autre rapport entre eux, je devrai ajouter des informations sur le tableau pour qu'on puisse envisager l'ensemble du problème. Kane, tu résumes la situation pour tout le monde et je noterai au fur et à mesure ?

Kane fit défiler les dossiers sur son téléphone.

— OK, nous avons d'abord cru avoir affaire à trois cas distincts, donc nous allons les évoquer l'un après l'autre. Wolfe n'exclut pas que la mort de Chrissie Lowe soit un suicide. Elle avait accepté d'aller à une fête samedi soir avec le quarterback Seth Lyons mais, selon ses amis à lui, dans la maison qu'ils habitent tous, elle n'est jamais venue. Duke n'est pas de cet avis et affirme qu'elle est entrée dans la maison. Nous attendons les échantillons de sang prélevés sur les lieux pour voir s'ils correspondent à celui de Chrissie.

Il attendit une seconde pour que Jenna ait le temps de noter sur le tableau.

— La déposition de sa colocataire, Livi Johnson, confirme que Chrissie a quitté son internat vers 21 heures et a été vue pour la dernière fois montant dans une voiture gris métallisé. Ce véhicule appartient au gardien, John Beck, qui laisse ses clés sans surveillance dans son bureau. Wolfe a obtenu la preuve que Chrissie s'était trouvée dans cette voiture, mais Beck a un alibi solide, donc nous pouvons supposer que quelqu'un a emprunté sa voiture pour aller chercher Chrissie et la ramener chez elle. Selon tous les témoignages, Chrissie était une fille intelligente et il est très peu probable qu'elle serait montée en voiture avec un inconnu, ce qui me fait penser que Seth Lyons était au volant, peut-être avec un de ses amis.

Jenna se retourna vers leur auditoire.

— Comme les membres de l'équipe de foot qui habitent avec Lyons sont très soudés, nous avons envoyé Webber à la fac comme agent clandestin ; il est connu là-bas, il a essayé d'intégrer l'équipe et a été pris. Donc, si vous le croisez dans la rue, passez sans le saluer, il comprendra. D'après les conversations qu'il a eues avec Lyons, Webber pense qu'il attire chez lui des étudiantes, de première année en général, qu'il drogue et viole ensuite avec ses amis.

— Wolfe a-t-il trouvé des preuves ? s'enquit Rowley. Chrissie Lowe était restée pendant des heures sous une douche chaude ; il ne devait plus y avoir d'ADN sur son corps et je doute qu'un homme ayant prévu un viol ait oublié de se protéger.

Kane secoua la tête.

— Aucune trace d'ADN n'a été découverte, mais elle a des empreintes digitales sur les deux bras, et un bleu très net, en forme de bague. Wolfe doit analyser une bague ayant appartenu à Alex Jacobs, et il nous contactera si le bijou correspond aux marques.

— Walters, dit Jenna à l'adjoint d'un certain âge, j'ai besoin de vous pour une recherche sur le modèle de cette bague. Pour avoir la certitude que ce n'est pas un anneau qu'ils seraient plusieurs à porter.

Le vieux Duke Walters gratta les poils blancs et ras qu'il avait au menton.

— D'accord. Mais pourquoi la fille n'est pas venue porter plainte pour viol, shérif ? Pourquoi elle se serait tuée ? D'après ce qu'on sait sur elle, elle avait d'excellents résultats à la fac. Ça n'a pas de sens, pas de sens du tout.

— Nous allons y venir, répondit Jenna en continuant à inscrire des faits sur le tableau blanc. Nous avons d'abord supposé qu'il s'agissait d'un meurtre, et cette hypothèse n'est pas exclue tant que Wolfe ne se sera pas prononcé. Chrissie Lowe n'a pas laissé de message, mais elle a peut-être essayé de contacter quelqu'un avant de mourir. Nous n'avons pas retrouvé son téléphone ; pourtant, d'après son opérateur, elle a envoyé un texto dimanche à 2 h 30 du matin.

— À qui ? demanda Rowley, se penchant en avant. Ça pourrait être la clé.

Kane secoua la tête.

— Nous n'en savons rien. Quand Wolfe a fait une recherche sur le numéro, il s'est heurté à l'opposition de l'armée. Je pense qu'elle voulait alerter quelqu'un, et la seule personne que nous puissions lui associer est son frère. Nous savons qu'il a été déployé par la marine il y a plusieurs semaines. Il est actuellement porté disparu au combat. La marine a informé la famille quelques jours avant la mort de Chrissie. Pas moyen de savoir ce que contenait ce texto.

— Donc elle savait que son frère avait disparu ? La pauvre gosse, s'apitoya Walters. Elle devait être déboussolée.

— Ou bien elle voulait lui faire ses adieux, riposta Rowley. Donc elle a perdu ou jeté son téléphone entre la fête et son internat. Elle aurait pu le jeter n'importe où... Oh, merde... et si c'étaient les violeurs qui avaient écrit le texto ?

Kane fit la grimace à cette idée.

— Tout est possible, et s'ils ont envoyé des images dégoûtantes à son frère, cela pourrait l'avoir poussée au suicide.

Le visage de Jenna se fit de marbre.

— Une chose : même si Wolfe décide que c'est un suicide, nous aurons besoin de preuves pour inculper ses agresseurs. Seth Lyons est notre principal suspect. La question du consentement ne se pose même pas. Lisez le rapport d'autopsie. Cette jeune femme avait dans son organisme une dose suffisante de drogue du viol pour la rendre inconsciente pendant plusieurs heures. Je veux que ces hommes soient démasqués et condamnés.

— Cela va de soi, confirma Kane.

— Alors pourquoi se focaliser sur Seth Lyons ? insista Rowley. Il l'a invitée à sa fête, mais n'importe lequel des participants pourrait être responsable. Cela a peut-être eu lieu dans le cadre d'une initiation, comme l'a suggéré Webber.

— Pas cette fois, parce que Lyons menait la danse. C'est lui qui l'a invitée, et il a un mobile, répondit Jenna en ajoutant ce mot à côté du nom de Seth Lyons. Le garçon qu'elle a renoncé à voir ce soir-là, Phil Stein, s'est battu avec Lyons dans la cafétéria de la fac et l'a terrassé d'un seul coup de poing. D'après le récit d'un témoin, Stein a humilié Lyons. Stein fréquentait Chrissie, ce n'était pas un secret, ce qui donne à Lyons un mobile. Violer la copine de Stein aurait constitué une revanche, et nous savons que Lyons et ses amis ne transigent pas dans ce domaine.

— Mais nous n'avons aucune preuve solide pour accuser Lyons de viol, concéda Kane en consultant ses notes. Comme vous le savez grâce aux dossiers, les types qui habitent chez Lyons se sont tous fourni des alibis les uns aux autres pour le soir du viol et ils ont désinfecté la chambre que nous considérions comme la possible scène de crime ; néanmoins, ils n'en ont pas fait autant dans l'ensemble de la maison ou dans la voiture. Wolfe a des échantillons de cheveux de Jacobs et de Devon, mais il lui en faudrait des autres habitants de la maison pour voir s'ils correspondent avec ce qui a été retrouvé dans le véhicule.

— Et les chaussures de Chrissie ont disparu, précisa Jenna. Elles sont décrites dans le dossier. Ces chaussures pourraient nous fournir des indices. Je le ferai figurer dans le communiqué de presse. Kane, je veux que tu contactes l'université pour voir si elles auraient été déposées aux objets trouvés.

— Bien, chef.

— Ensuite, nous avons le décès inhabituel d'Alex Jacobs. Wolfe n'est pas persuadé que sa mort soit un homicide ; il pense que ce pourrait être un tragique accident.

Après avoir inscrit son nom sur le tableau, elle se retourna vers les autres.

— Le rapport d'autopsie vous indiquera pourquoi nous considérons ce cas comme un possible homicide, et notre enquête se concentre sur le mobile du crime. Jacobs était un membre essentiel de l'équipe, admiré et aimé, apparemment, et le gardien nous a fourni des informations intéressantes sur lui et d'autres de la bande. Ils ont comploté pour écarter Owen Jones de l'équipe. Jacobs est allé dire au coach que Jones avait tenté de leur vendre de la drogue. Après une bagarre entre Jones, Lyons et Jacobs, l'entraîneur a mis Jones sur le banc. La sécurité a procédé à une fouille et a trouvé une pipe à crack. Jones affirme que ses ennemis l'avaient cachée dans ses affaires, mais le doyen l'a exclu de la fac pendant un semestre entier. À présent, il est de retour, donc il a un mobile pour tuer Jacobs, je suppose. N'oubliez pas leur bagarre en haut des rapides.

— Alors il faudrait aussi ajouter Phil Stein, lança Rowley à

Kane. S'il croit que Jacobs est impliqué dans le viol de Chrissie, il a un mobile, lui aussi.

Kane sourit.

— Vous m'enlevez les mots de la bouche. Nous en avons un troisième possible : Steve Lowe, le cousin de Chrissie. Comme elle était de sa famille, il a un mobile aussi, et nous devrons découvrir où il se trouvait lors des deux décès.

Jenna ajouta ces noms à la liste, avec leurs mobiles.

— D'accord, mais tenons-nous-en pour le moment à la mort de Jacobs, sinon tout va devenir confus. Lowe est un grand gaillard qui travaille à temps partiel au magasin d'aliments pour bétail, donc il soulève des choses lourdes toute la journée. Jones et Stein sont également des gars musclés ; tous les deux auraient été capables de retenir les haltères que Jacobs soulevait, mais Stein est peut-être le seul à qui Jacobs aurait fait confiance comme *spotter*. Pour le moment, Lowe reste l'élément inconnu.

— Pas sûr, contesta Rowley. Il faut faire partie d'une équipe universitaire pour comprendre. Ils se détestaient peut-être, mais Jones fait partie de l'équipe, donc si je prévoyais de tuer quelqu'un, je ferais en sorte de me rapprocher de ma cible et de gagner sa confiance.

— Bien vu, acquiesça Jenna en ajoutant Jones sur le tableau. Jones n'a pas d'alibi solide pour l'heure où Jacobs est mort. Tout à l'heure nous irons voir Stein, Jones et Lowe, et nous verrons ce qu'ils ont à dire.

Kane prit sa tasse de café et en but une gorgée, puis replongea dans ses notes.

— OK, Wolfe n'a pas encore envoyé de rapport d'autopsie pour Pete Devon parce qu'il y a trop d'incohérences pour qu'il puisse déterminer la cause du décès.

Il examina les premières observations, puis leva les yeux vers Jenna. Comme elle avait ajouté toutes les informations pertinentes sur le tableau, il se tourna vers Rowley et Walters.

— C'est ici que ça devient intéressant. Jacobs et Devon sont tous les deux morts à peu près à la même heure, dans le même bâtiment, et les caméras de surveillance sont tombées en panne au même moment les deux soirs. Malheureusement, il n'y a pas assez d'archives pour savoir si ça se produit souvent, et les agents de sécurité n'ont rien remarqué d'anormal, donc les vidéos ne nous servent à rien.

Jenna prit le relais.

— Nous avons établi que si quelqu'un a tué les deux étudiants, il lui a fallu une force considérable, ce qui nous renvoie encore vers nos suspects. Wolfe pense qu'il faudrait élargir nos hypothèses. Par exemple, nous associons le viol de Chrissie aux deux homicides possibles à cause du lien avec l'équipe de foot, et nous envisageons tous les ennemis de l'équipe ou du coach.

— Oui, approuva Rowley, le coach s'est fait des tas d'ennemis au fil des années. Il est dur, impitoyable.

— Et je pense que plein de gens convoitent son poste, déclara Walters, en fronçant ses sourcils gris. Si l'équipe se plante, la fac voudra le remplacer. C'est une question de fierté.

— Ce qui nous ramène à nos suspects, conclut Jenna en se rasseyant. Tous ont un problème avec l'équipe. Tous veulent se venger. Leurs raisons sont différentes, mais le résultat est le même.

— Moi, ça me paraît évident, affirma Kane. Trois suspects ? Mon instinct me dit qu'il y a autre chose et que nous passons à côté du plus important.

Il poussa vers Jenna un sac de nourriture, remarquant qu'elle n'avait rien mangé, ni touché à son café.

— Un de ces gars-là sait-il désactiver une caméra de surveillance, par exemple ? Est-il arrivé autre chose à l'équipe ou au coach, dont nous ne serions pas au courant ?

Jenna sirota son café et soupira.

— OK, Rowley, je vous laisse aux commandes ici, mais si vous avez du temps à perdre, voyez ce que vous pourrez trouver sur les équipes rivales, tout ce qui pourra indiquer que quelqu'un tente de détruire l'équipe, toutes les rumeurs qui circulent sur le coach. Pour le moment nous n'avons rien d'autre. Prenez ce que vous voulez dans ce qu'il y a à manger et on se remet tous au boulot.

Kane attendit qu'ils soient tous partis.

— Tu sais ce qui me perturbe dans cette affaire ?

— Non, quoi ? demanda Jenna.

— Si c'est une revanche contre l'équipe, pourquoi s'attaquer d'abord aux joueurs moins essentiels ? Ils peuvent tous être remplacés par ceux qui sont sur le banc. Moi, à la place du tueur, je viserais Lyons, le quarterback star.

Il tendit la main vers un sac de sandwichs. Jenna se renfonça sur son siège.

— Hum... Peut-être que le criminel prévoit un truc spécial pour Lyons ?

Pour Jenna, noter les détails d'une affaire sur le tableau blanc était un moyen de se concentrer et de prioriser. Elle contempla tout ce qu'elle venait d'écrire. Les trois cas s'articulaient autour de l'équipe de football, mais s'il s'agissait de meurtres, elle aurait besoin de savoir ce qui pouvait inciter quelqu'un à tuer les joueurs. Elle termina son sandwich et but un peu de café avant de détourner son attention du tableau pour regarder Kane.

— Et si j'osais une hypothèse complètement dingue ?

— Je t'écoute.

Kane se pencha par-dessus le bureau et leurs yeux se rencontrèrent. Les doigts de Jenna se mirent à tambouriner sur la table.

— OK, et si on se trompait complètement ? Quand elles sont en concurrence, ces équipes universitaires font des trucs bizarres, comme se voler leurs mascottes. Je sais qu'il y a eu des ennuis avec l'équipe de Louan il y a quelques années.

— Tout ça va nous mener où, Jenna ?

— Et si ce n'était pas Lyons et ses amis qui avaient violé Chrissie, mais une équipe rivale ? Pour faire porter le chapeau à

Lyons et ses potes. Comme ça n'a pas marché, un ou plusieurs membres ont pété un câble et ont décidé de tuer les joueurs.

— Mouais, dit Kane en se frottant la nuque. Si on pouvait prouver que quelqu'un a entendu Lyons inviter Chrissie à sa soirée, ça se défendrait. On sait que Lyons attire des filles chez lui pour les violer, et que ça dure depuis un moment.

Exaspérée, Jenna le dévisagea.

— Oui, tu as sans doute raison, j'essaie juste d'exploiter ce qu'on a. Et d'après ce que Livi m'a confié, ce n'est pas un secret. Les types comme lui, dont le père fait oublier les erreurs en mettant la main au porte-monnaie, se vantent souvent de ne pas respecter la loi, et ce n'est pas tiré par les cheveux de penser que les autres équipes sont au courant de son comportement déviant. Réfléchissons. Lyons a réussi à convaincre une jeune innocente de venir seule à sa fête. Tu crois sincèrement qu'il va garder ça pour lui ? Non, il annonce la nouvelle à tous ceux qui sont mêlés à ses sales petits jeux. Ils sont tous au courant, non ? Tous ceux qui peuvent l'entendre.

— Alors pourquoi avoir désinfecté la chambre ? protesta Kane. On sait que Chrissie est allée là-bas, c'est forcément eux. Duke a flairé son odeur. À moins que l'équipe adverse l'ait amenée chez Lyons et qu'elle soit entrée pour demander de l'aide. Lyons et son gang sont assez salauds pour exploiter la situation : je le répète, le viol est une forme de violence, pas de gratification sexuelle. Et puis il y a la voiture. Nous savons qu'elle appartient au gardien, et nous avons la preuve que Chrissie y est montée.

Jenna fixa des yeux le tableau blanc et jeta les bras au ciel.

— Mais *quand* s'est-elle trouvée dans ce véhicule ? Nous savons qu'elle a été ramenée dans la voiture gris métallisé, mais ça ne prouve pas qu'il s'agisse de celle où Livi l'a vue monter. Il faisait noir et elle n'était pas trop sûre de la couleur. On n'a vraiment pas grand-chose de concret, pour le moment !

— Tu as parlé d'interroger Stein, Jones et Lowe, c'est un début.

Kane termina sa tasse, ramassa les sacs vides et alla les jeter à la poubelle. Jenna leva les yeux vers lui.

— OK, on appelle la sécurité de la fac ; s'ils sont sur le campus, on y va. Téléphone aussi à l'administration pour savoir si quelqu'un aurait rapporté le portable et les chaussures de Chrissie. Je vais rédiger un communiqué de presse sur les objets disparus, dans l'espoir que quelqu'un en ville les a trouvés. Je pourrais mentionner une récompense, et préciser qu'on ne posera pas de questions à la personne qui les rapporterait. Avec un peu de chance, ça nous fera avancer.

Quelques instants après avoir conversé avec son contact dans les médias locaux, Jenna entendit sonner son téléphone. C'était Wolfe.

— Salut, Shane, vous avez de bonnes nouvelles pour moi ?

— *Oui. Je n'ai rien à ajouter à mes conclusions sur la mort de Devon. L'examen* post-mortem *ne m'a rien appris, mais l'autopsie crânienne a révélé un hématome sous le cuir chevelu, ce qui signifie forcément qu'il était encore en vie après le coup reçu à la tête. Il aurait donc pu le recevoir pendant son entraînement de football.*

Jenna chassa l'affreux souvenir de l'autopsie et s'éclaircit la gorge.

— Et ce que vous avez trouvé dans la voiture du gardien ?

— *J'ai identifié les cheveux comme appartenant à Jacobs et à Devon. Jacobs pourrait avoir causé les marques sur les bras de Chrissie Lowe ; ses mains correspondent. J'ai fait un moulage de la bague et je l'ai comparé aux traces sur la peau de la jeune femme. J'ai aussi pu tirer de l'anneau une petite quantité d'ADN. Je suis en train de l'analyser. Si c'est celui de Chrissie, nous saurons qu'il était impliqué. Les traces d'ADN que j'ai trouvées étaient du sang incrusté autour des pierres de la bague. C'est peut-être lui qui l'a frappée et lui a fendu la lèvre. Le sang découvert dans l'escalier est du même groupe que celui de Chrissie, et il y a de l'alcool dans l'échantillon. Il faudra encore quelques jours avant d'être sûr que c'est bien son sang à elle.*

Jenna éprouva un immense soulagement. Au moins une avancée.

— Et la trace de sang dans la voiture ?

Wolfe soupira.

— *Oui, il correspond au groupe sanguin de Chrissie. J'espère que l'analyse ADN prouvera incontestablement que Chrissie est allée dans la maison et qu'elle a été ramenée dans la voiture du gardien après le viol, mais nous n'avons rien qui prouve qu'elle est montée dans ce même véhicule samedi soir.*

— Merci d'avoir fait vite. C'est vraiment gentil, Shane.

— *C'est mon travail, mais mon ego apprécie les compliments de temps à autre, plaisanta-t-il. Je rédige mes rapports et je vous les apporte dans la matinée.*

Il raccrocha et Jenna sourit.

— J'ai de la chance d'avoir une équipe aussi formidable.

Elle se leva, prit sa veste et se dirigea vers la porte. Kane, qui l'attendait à l'accueil, se redressa en la voyant et lui tendit un gobelet de café.

— Alors, les objets trouvés, ça donne quoi ?

— Rien. C'est allé vite, car les chaussures comme le portable sont très reconnaissables. La sécurité me préviendra si on les leur rapporte. Et on a de la chance, Stein et Jones sont à la bibliothèque, donc on peut aller leur parler maintenant.

— Au retour, on passera au magasin d'alimentation pour bétail, histoire de dire deux mots à Lowe.

Kane se coiffa de son Stetson et sortit.

— J'espère qu'il n'arrivera rien d'autre en notre absence. Déjà qu'on croule sous le boulot.

Jenna fit la grimace.

— Eh oui, c'est Black Rock Falls. Si un truc doit arriver, c'est ici qu'il arrivera.

32

Le ciel semblait s'étendre à l'infini au-dessus d'un million de pins, et des nuages duveteux étaient posés au sommet des montagnes comme des perruques en barbe à papa. Il n'avait plus savouré une telle paix depuis longtemps. Récemment, son esprit avait été envahi par des événements confus, comme un flux d'images aux bords flous, ou incomplètes comme les couleurs fanées d'une vieille photo, mais tout cela avait changé la première fois qu'il s'était allongé sur le toit de l'université. Sur le dos, caché entre deux énormes climatiseurs, il sentait le ciment dur sous lui alors qu'il contemplait l'écran où s'affichait la vidéo filmée par son drone.

C'était comme regarder un *reality show*, le quotidien étrange et divertissant des étudiants et des enseignants. Tous avaient des secrets et des histoires à raconter. La plupart des gens mentaient ou exagéraient sur leur vie. C'était comme si leur routine manquait de piquant, alors ils devaient inventer des choses pour impressionner leurs amis. Ces rumeurs lui rappelaient un jeu d'enfants où on raconte une histoire à l'oreille de quelqu'un qui doit la répéter à son voisin, et ainsi de suite. Quand on en arrive à la dernière personne de la rangée, l'histoire n'est plus du tout la même, avec tellement d'ajouts et d'embellissements qu'elle ne ressemble plus à la vérité.

Il en était parvenu à la conclusion que les gens se comportent comme des fourmis, tous ayant une tâche à accomplir, un endroit où aller. Certains étaient si prévisibles qu'il aurait pu régler sa montre grâce à eux. Prenez Emily Wolfe, par exemple : ce semestre, tous les après-midi à 16 heures, elle partait vers la forêt, se garait sur le parking, puis courait sur le sentier longeant les rapides. Mais pour redescendre, est-ce qu'elle prenait aussitôt la route en lacets, comme tout le monde ? Non. Emily trottinait au-delà des rapides et se frayait un chemin sur une vieille piste qui débouchait finalement tout en haut de Black Rock Falls, à l'endroit choisi par les fondateurs qui avaient baptisé le comté et la ville.

Une fois là, elle contemplait le vaste panorama, avec les habitations qui s'étendaient en contrebas, et les kilomètres de prairies allant jusqu'au comté voisin. Après une courte pause, elle faisait demi-tour et descendait le chemin tortueux, passant près du pont en ruine qui enjambait la rivière, puis elle suivait la piste jusqu'au parking.

En fait, il avait découvert bien des secrets, depuis peu. Le minuscule drone lui permettait d'espionner presque toutes les conversations. S'il ne trouvait pas de fenêtre adéquate, la plupart des gens étaient trop absorbés par leur téléphone pour remarquer sa petite machine qui les survolait. Son drone n'était pas loin lorsque Emily avait expliqué à Webber qu'elle faisait son jogging en haut de la cascade tous les jours à 16 heures. Logique : elle avait choisi l'heure la plus appréciée, et il y avait d'habitude une foule d'autres étudiants dans le bas de la piste. C'était agréable et sans danger.

Aucun endroit n'est agréable et sans danger, Emily. Aucun.

33

Le bruit et les odeurs de l'université entouraient Jenna lorsqu'elle suivit l'agent de sécurité jusqu'à la bibliothèque. Elle attendit à l'extérieur avec Kane pendant que l'agent allait chercher Stein.

— C'est curieux comme le parfum d'un endroit peut évoquer autant de souvenirs. À l'instant où je suis entrée, l'odeur de livres et des corps m'a rappelé un jour où on était venu me chercher à la bibliothèque. Mais c'est de l'histoire ancienne, ne me pose pas de question, d'accord ?

Elle chassa ce souvenir dans les recoins de sa mémoire. Kane lui prit la main et la serra.

— OK. Je suis là pour toi si tu as besoin de moi. À n'importe quel moment, tu le sais, non ?

— Oui, et je te remercie.

Tout en souriant, elle lui lâcha la main à contrecœur et sortit son téléphone pour consulter un dossier.

— Nous n'avons absolument rien sur Stein. Pas d'actes violents dans ses antécédents ; quelques bagarres dans son dossier scolaire, mais il n'a jamais été accusé de quoi que ce soit.

Kane haussa les épaules.

— Il a reconnu avoir eu des sentiments pour Chrissie, donc il a un mobile. Il ne faut pas toujours grand-chose pour que les gens basculent dans le crime. Un viol collectif, et s'il pense qu'elle s'est suicidée à cause de ça, cela peut avoir été le déclencheur.

— Oui, surtout si Livi et sans doute les autres filles de l'internat racontent qu'elle est morte comme ça.

Jenna jeta un coup d'œil à travers la porte vitrée et vit Stein arriver, la mine perplexe.

— Le voilà.

Lorsqu'il fut dans le couloir face à elle, elle désigna le jardin.

— On peut se parler dehors ?

— Bien sûr. Vous avez arrêté ceux qui ont violé Chrissie ?

— Pas encore. La cause de son décès n'a pas pu être déterminée avec certitude.

— Alors qu'est-ce que vous attendez de moi ? Je ne lui ai jamais fait de mal.

— Je ne dis pas le contraire.

Jenna s'autorisa à observer le jeune homme. Il avait le corps musclé et ciselé d'un sportif, mais il ne s'était pas rasé et avait des cernes noirs sous les yeux.

— Vous vous maintenez en forme. Vous soulevez des poids, vous faites de la natation ? Vous pratiquez les arts martiaux ?

— Je fais de la gym, de la muscu et je nage, et je cours la plupart des après-midi. Oui, j'ai étudié les arts martiaux. C'est bon pour la souplesse. Bon Dieu, vous pensez que je suis impliqué dans les accidents d'Alex Jacobs et de Pete Devon, c'est ça ? demanda Stein, avec un reniflement de mépris et en frappant du poing sur sa paume. Je n'aurais pas perdu mon temps avec ces deux crétins. Seth Lyons, par contre... J'aimerais bien le déglinguer morceau par morceau, mais si je pose un doigt sur lui, son père m'enverra en tôle pour dix ou vingt ans. Je ne suis pas débile à ce point-là.

Jenna acquiesça. Il était peut-être malin, mais il ne l'avait pas convaincue de son innocence.

— Où étiez-vous mardi soir, le jour où Pete Devon est mort ? Vers 21 h 30 ?

Elle guettait une réaction, cependant son visage inexpressif indiquait soit qu'il ne souvenait pas, soit qu'il se souvenait parfaitement mais qu'il tentait d'inventer un alibi. Stein se gratta la tête.

— Je ne sais plus trop. En général, je vais en bibliothèque après le dîner. J'y étais peut-être, ou bien dans ma chambre. Je ne suis pas sûr, ça s'embrouille un peu dans ma tête, depuis que Chrissie est morte.

Jenna prit quelques notes puis le regarda à nouveau. Peut-être était-il plus affecté par ce décès qu'elle ne l'avait cru.

— Vous arrivez à dormir ?

— Quoi, vous êtes docteur, maintenant ? À votre avis, je dors comment ? Mon amie a été violée en bande et ensuite elle s'est suicidée. Tout le monde sait ce qui s'est passé, donc je ne comprends pas comment vous avez fait pour ne pas aboutir à une conclusion ferme et définitive. Qu'est-ce que je ressens, d'après vous, en sachant que les hommes qui lui ont fait du mal en rigolent maintenant ? Vous savez que Seth Lyons est responsable, pourquoi vous ne l'arrêtez pas ?

Il fit un pas en avant les poings serrés. Jenna mit la main sur son arme.

— Reculez, Monsieur Stein. Vous pouvez être sûr que nous faisons tout notre possible pour trouver qui a attaqué Chrissie.

Le visage de Stein était déformé par la colère.

— Je vous l'ai dit. C'est forcément Seth Lyons et ses potes de l'équipe de foot. Personne d'autre ne lui a proposé de sortir seule.

Kane posa une main sur l'épaule de Stein.

— Nous n'avons aucune preuve que ce soit Lyons mais nous étudions tous les suspects, soyez-en certain. Avec trois morts en moins d'une semaine, nous allons interroger tout le monde. Nous suivons les faits et gestes de gens, et pour le moment, nous avons besoin de savoir qui était à la piscine ou aux alentours le soir où Pete Devon est mort.

— Je n'ai pas le souvenir d'être allé là-bas. Mon coloc se rappellera peut-être. Pourquoi vous ne lui demandez pas ? Il s'appelle Paul Brown. Il bosse en bibli. Vous voulez que je vous l'amène ?

Pourquoi, pour qu'il vienne te fournir un alibi ? Jenna ferma son carnet et regarda Stein avant de se tourner vers la porte vitrée.

— Non, attendez ici avec l'adjoint Kane, et j'irai lui parler. Où est-il assis ?

Stein repartit dans le couloir et, à travers la porte vitrée, désigna un étudiant aux cheveux auburn.

— À la fenêtre. En T-shirt noir.

— OK, merci.

Jenna se dirigea vers l'entrée de la bibliothèque, et l'agent de sécurité qui les avait accompagnés vint à sa rencontre.

— Je n'en ai pas encore fini avec Stein mais il faut que je parle à Paul Brown. Je n'en ai que pour une minute.

Elle s'approcha de l'étudiant à pas pressés et baissa la voix pour se présenter. Elle le questionna au sujet du soir où Devon était mort.

— Vous rappelez-vous avoir vu Phil mardi soir vers 21 h 30 ?

Brown se frotta le menton.

— Il n'est pas dans son assiette depuis que Chrissie est morte. Après le dîner, on a travaillé un moment, comme souvent, mais il a dit qu'il avait besoin de prendre l'air et d'être seul. Je suis rentré à l'internat et j'ai regardé la télé avec d'autres. Il est revenu vers 22 h 30. L'émission était terminée et je partais me coucher quand il est arrivé à la porte.

La question suivante s'imposa à Jenna :

— Comment était-il ? Avait-il les cheveux mouillés, ou peut-être ses vêtements ?

— Pas que je me souvienne. Il avait une casquette de base-ball, donc je n'ai pas vu ses cheveux. Il avait l'air normal, je pense. Je n'ai pas vraiment fait attention. Désolé de ne pas pouvoir être plus utile.

Jenna se leva.

— Vous avez été très utile. Merci.

Elle retourna auprès de l'agent de sécurité.

— Nous serons bientôt prêts à interroger Jones.

Dans le couloir, elle rejoignit Kane et regarda Stein. Elle espérait qu'en son absence, Kane lui aurait soutiré plus d'informations.

— Vous vous rappelez être sorti vous promener mardi soir, après avoir travaillé avec Paul ?

Stein resta les yeux dans le vague.

— Pas vraiment. Ah si, je suis sorti de la bibliothèque et j'ai marché vers le stade. Je ne sais pas trop où je suis allé. J'étais très préoccupé.

Kane étrécit les yeux.

— Avez-vous parlé à quiconque, ou vu quelqu'un qui pourrait confirmer vos dires ? Vous ne trouvez pas ça un peu bizarre, qu'un garçon avec qui vous aviez un problème soit mort sur le campus, à un moment où vous n'avez pas d'alibi ?

Stein parut déconcerté.

— Je ne suis sûrement pas le seul qui avait une dent contre ces gars-là. Ou qui soit incapable de prouver où il était au moment de leur mort. Mon amie venait de se suicider et je n'arrête pas de penser au fait qu'elle est morte toute seule. Ça me ronge. Donc non, je n'ai pas le souvenir d'avoir vu quelqu'un. Si ça ne suffit pas, arrêtez-moi, accusez-moi de ce que vous voudrez, et ce sera à mon avocat de me disculper.

Jenna acquiesça.

— Bien, c'est tout pour aujourd'hui. Merci pour votre disponibilité.

Elle attendit que Stein soit rentré dans la bibliothèque.

— L'agent est parti nous chercher Jones. Qu'est-ce que tu en penses ?

Kane s'adossa au mur.

— Il a un mobile et on voit à quel point la mort de Chrissie l'a perturbé. L'ennui, c'est que nous n'avons pas grand-chose de concret. J'ai regardé ses doigts : il a les ongles courts et de grandes mains. Si nos deux suspects acceptent que Wolfe fasse un moulage de leurs mains, on pourra les comparer avec les marques sur les chevilles de Devon.

— C'est un peu tiré par les cheveux, et je ne suis pas sûre que ce soit valable devant un tribunal. Même les marques de dents ne sont pas acceptées comme preuve. Une minute, je vais rattraper Stein et lui demander. S'il n'a rien à cacher, il sera coopératif.

Et elle poussa la porte de la bibliothèque.

Il ne lui fallut que quelques secondes pour rattraper Stein. Elle l'entraîna à l'écart et chuchota.

— Seriez-vous prêt à laisser le médecin légiste faire un moulage de vos mains ?

— Pourquoi ?

Stein fronçait les sourcils. Jenna leva le menton.

— Pour vous rayer de la liste de ses suspects possibles dans une affaire d'homicide.

— Vous prétendez que quelqu'un a tué Chrissie ? Je l'aimais, jamais je ne lui aurais fait du mal.

Jenna n'avait pas d'autre choix que de dévoiler les conclusions de Wolfe.

— Il ne s'agit pas de Chrissie. Le légiste a des raisons de penser que le décès de Pete Devon n'était pas accidentel.

— Ce qui signifie ?

Jenna se redressa et regarda Stein dans les yeux.

— L'enquête est encore en cours.

Stein haussa les épaules, puis se pencha vers elle avec un air insistant.

— OK. Je vous donne mon numéro, appelez-moi pour qu'on fixe un rendez-vous. Croyez-moi, si j'avais voulu tuer Pete, j'aurais choisi un moyen plus douloureux. La noyade, c'était trop facile pour ce fils de pute.

Troublée par cette invasion de son espace privé, Jenna nota le numéro et recula.

— Merci encore.

Dans le couloir, Jones était déjà avec Kane. Sur son visage, on voyait encore le contrecoup de la bagarre dans la montagne et de sa chute dans les rapides. Elle s'approcha pour écouter.

— Non, je n'aime pas l'entraîneur. Il ne pense qu'à gagner. Il ne tient pas compte de la santé de ses joueurs. Prenez Pete Devon, par exemple. Au lieu de lui faire faire des longueurs à la piscine tous les soirs, il aurait dû l'envoyer en physiothérapie pour un traitement par ultrasons. Ce type est un sadique. Regardez ma tronche. J'ai peut-être subi une commotion cérébrale après ma descente des rapides, mais il m'a quand même forcé à m'entraîner. C'est un vrai taré.

Tout en prenant des notes, Kane faisait comme si cet interrogatoire était une corvée.

— Donc vous saviez que Devon serait à la piscine ? Vous l'avez vu là-bas, le soir de sa mort ?

Jones tourna les yeux vers Jenna.

— Non. Vous vouliez me parler, madame ?

Jenna désigna le jardin.

— Nous pouvons aller dehors, si vous préférez.

Jones fit jouer ses épaules musclées.

— Non, ici ça me va. Qui a porté plainte contre moi, cette fois ? C'est encore Lyons ?

Jenna remarqua son ton arrogant et son assurance. Elle ouvrit son calepin.

— Je n'ai reçu aucune plainte, Monsieur Jones. Vous parliez de Pete Devon quand je suis arrivée. Quand l'avez-vous vu pour la dernière fois ?

— Aux rapides. On ne fréquente pas les mêmes personnes. Je fais des études d'ingénierie, et disons qu'il ne vise pas les sommets.

— Je vois, répondit Jenna en regardant les mains du jeune homme. Accepteriez-vous que le légiste fasse un moulage de vos doigts ? Cette information nous aidera à disculper ceux qui connaissaient Devon.

— Bien sûr, dit Jones en ricanant. Moi, je ne l'aurais pas noyé, je l'aurais étranglé, ce petit merdeux. Lui et toute la bande des disciples de Lyons, ajouta-t-il d'un air sinistre.

Kane se redressa.

— Ah oui ? Nous avons deux homicides potentiels et vous venez de déclarer à deux membres de la police que vous vouliez les tuer. Devons-nous prendre ça pour un aveu de culpabilité ?

— Non, je n'ai fait que dire la vérité. Je ne sais pas dans quel monde vous vivez, mais tout le monde ici sait que Lyons et ses amis n'ont aucun respect pour les femmes. J'ai expliqué la raison à l'adjoint Kane la dernière fois, et je n'ai pas envie d'en reparler.

Sentant que la colère de Jones s'amplifiait à un rythme alarmant, Jenna baissa la voix pour le calmer.

— La bagarre aux rapides avait-elle un rapport avec le suicide de Chrissie Lowe ?

Jones détourna les yeux.

— Non. Lyons et ses amis faisaient des commentaires sur certaines des filles qui couraient, c'est tout. Des trucs du genre « Bouge ton gros cul » ou « Les jambes sont bien, dommage qu'elle ait une sale gueule ». Je leur ai dit de la boucler et ils l'ont très mal pris. Je leur aurais bien mis quelques coups de poing, mais Court me tenait par les bras. Merci d'avoir aidé l'adjoint Kane à me sauver la vie, conclut-il tout penaud.

Jenna s'éclaircit la gorge et tenta une question risquée.

— C'est mon métier. Donc, votre formation aux arts martiaux ne vous a pas beaucoup servi, face à eux trois ?

— Apparemment non. Dylan Court m'a attrapé par-derrière, Devon et Lyons m'ont tabassé avant que j'aie le temps de réagir. Ils avaient tout prévu, je pense.

Donc il pratique lui aussi les arts martiaux. Intéressant.

— C'est Lyons qui vous a poussé dans la cascade ?

— Comme j'ai dit l'autre jour, je n'en suis pas sûr, mais l'un d'eux m'a poussé. Je ne me suis pas jeté à l'eau pour le plaisir.

Jenna soutint son regard furieux.

— Dommage, nous aurions pu inculper l'un d'eux pour tentative de meurtre. À part ça, vous rappelez-vous où vous étiez le soir de la mort de Devon, entre 20 h 30 et 23 heures ?

— Hum... J'ai pris le volant pour aller en ville, je me suis acheté de quoi grignoter chez Tante Betty, et je suis revenu travailler. Vers 23 heures, je suppose, l'agent de sécurité m'a demandé si je voulais qu'il laisse la bibliothèque ouverte. J'avais entraînement le lendemain matin, donc je suis rentré me coucher à l'internat.

Il avait mentionné des lieux et des horaires qu'il serait facile de vérifier. Jenna referma son carnet et sourit.

— Ce sera tout pour le moment. Si vous donnez votre numéro à l'adjoint Kane, nous vous contacterons pour le moulage de vos doigts.

— Pas de problème.

Jones leur fournit ses coordonnées, puis repartit dans la bibliothèque. Jenna soupira.

— Hum... Je ne sais pas trop quoi penser de lui, et Stein m'a vraiment fait peur. Pour quelqu'un qui se prétend inoffensif, il a essayé sa tactique d'intimidation avec moi.

Kane rangea son carnet dans sa poche.

— Et Jones s'énerve vite. Je suis curieux de voir si les marques sur les jambes de Devon correspondent aux doigts de l'un ou de l'autre. Une chose est sûre : ils sont tous les deux assez forts pour avoir tué Jacobs et Devon.

Jenna se dirigea vers l'entrée de l'université.

— Ils sont tous les deux plus que capables d'avoir tué les deux hommes, ils ont tous les deux un mobile, et ni l'un ni l'autre n'a d'alibi solide à l'heure du décès. Nous verrons si quelqu'un se rappelle avoir vu Jones chez Tante Betty, mais avec tous les touristes que la foire attire en ville, il y a peu de chances.

— Comme Rowley n'a pas téléphoné, j'imagine qu'il n'a découvert aucun ennemi de l'équipe ou du coach, et que personne n'a rapporté les objets disparus. Nous devons savoir si Walters a identifié le modèle de la bague de Jacobs. On sera dans le pétrin si tous ceux qui habitent chez Lyons portent la même.

Jenna consulta sa montre et fronça les sourcils.

— J'appelle tout de suite Walters. Après, nous parlerons à Lowe. Il sera déjà tard, donc je laisserai Rowley fermer la boutique. Comme on devra passer chez Tante Betty, autant nous y arrêter pour dîner de bonne heure.

Kane approuva en se frottant le ventre.

— Bonne idée. Le jeudi soir, ils servent des côtelettes de bison avec purée de pommes de terre et carottes au beurre.

Jenna ne put s'empêcher de sourire en le voyant se régaler d'avance.

— Et c'est bon, ça ?

— Oh oui !

Kane gara son pick-up derrière le magasin d'alimentation pour bétail et adressa un coup d'œil à Jenna.

— Je suggère qu'on procède en douceur avec lui, puisqu'il vient de perdre sa cousine.

— Je te laisse faire, je prendrai des notes. J'ai une migraine d'enfer.

— Pas de souci.

Il quitta la place du conducteur et se dirigea vers l'arrière du magasin.

La porte ressemblait à celle d'une grange. Il y avait une rampe menant au magasin et des volets roulants au-dessus d'une large entrée. Les odeurs provenant du magasin formaient un cocktail unique, qu'il aurait reconnu les yeux bandés : un mélange de foin et de granulés pour chevaux, avec une pointe de cuir. Le parking était jonché de paille, le vent traçant des motifs dans la poussière. Tout autour de lui, des hommes allaient et venaient. Un chariot élévateur descendit une rampe, transportant des bottes de foin. Peu après, un homme grand, cheveux en brosse et barbe de trois jours, en jean et chemise à carreaux, vint déposer un sac de grains à l'arrière d'un camion.

Kane fit un pas de côté pour ne pas marcher sur un chien qui dormait au milieu de toute cette agitation.

— Ils ne chôment pas, ici, dit-il à Jenna.

— Vous cherchez quelqu'un, shérif ? s'enquit Chemise à carreaux.

— Oui. Steve Lowe.

— Alors vous l'avez trouvé, répondit le jeune en souriant. Vous voulez modifier votre commande pour votre ranch ?

— Pas aujourd'hui. Toutes nos condoléances.

— Merci, mais je suppose que vous ne venez pas que pour ça. Il y a autre chose ? C'est à propos de Jack ?

Kane s'avança.

— Non, rien de nouveau de ce côté-là. Nous venons vous poser quelques questions concernant Chrissie. Y a-t-il un endroit où nous pourrions bavarder en privé ?

Lowe remonta la rampe pour les conduire à une salle, et ils passèrent devant des tonneaux de mélasse, des sacs de céréales et des blocs à lécher.

— Venez par ici. C'est là que nous prenons nos pauses.

Kane le suivit, Jenna sur ses talons. La pièce contenait une table et quelques chaises, un réfrigérateur, un évier et une machine à café. Lowe s'appuya au plan de travail et les fixa d'un air inquiet.

— Bon, quel est le problème ?

— Pouvons-nous nous asseoir ? demanda Kane.

Lowe jeta un coup d'œil vers la porte.

— Bien sûr, mais on peut faire vite ? Mon grand-père rentre bientôt et il n'aime pas les pauses imprévues.

— Chrissie vous a-t-elle contacté le jour de sa mort ? Vous a-t-elle envoyé un texto dans la nuit de samedi à dimanche ?

Kane guetta une réaction. Lowe se carra sur son siège.

— Non, mais je l'ai vue à la fac, vendredi vers 18 heures. Elle ne m'a pas eu l'air sur le point de se suicider.

L'intérêt de Kane fut piqué par la mention de l'université.

— Pourquoi étiez-vous sur le campus ?

— J'y travaille une partie du temps. Je suis inscrit comme étudiant et j'y vais aussi pour des cours du soir. À quoi voulez-vous en venir ?

— Simple question de routine. Nous cherchons des témoins pour certains jours. Dans la semaine, quand êtes-vous à l'université, en général ?

— Presque tous les matins, et j'y suis le soir trois fois par semaine : le lundi, le mardi et le vendredi. J'étudie le management. Je prévois de reprendre le magasin quand mon grand-père partira en retraite. En général, je dîne à la cafétéria pour discuter avec des amis. Les cours se terminent vers 20 h 30.

Lowe tambourinait nerveusement de ses doigts sur la table. Les horaires collaient, mais cet homme avait un peu trop volontiers fourni ces renseignements.

— Vous partez toujours vers 20 h 30 ?

— Non. Il y a des filles sympas dans certains cours ; il m'arrive de rester plus tard pour bavarder autour d'un café.

— Je vois, acquiesça Kane. Êtes-vous allé à la piscine ou à la salle de gym cette semaine ?

Lowe tourna les yeux vers Jenna, puis les ramena vers Kane.

— Non. Je passe mes journées à soulever des trucs lourds, donc le soir j'en ai ma claque, en général.

Kane remarqua la musculature de Lowe. C'était le troisième suspect qu'ils interrogeaient et qui aurait été parfaitement capable de tuer Jacobs et Devon.

— Connaissez-vous Alex Jacobs ou Pete Devon ?

— Je sais qui ils sont, mais ce ne sont pas des amis à moi. Tous leurs potes sont des gosses de riches.

— Vous les avez vus sur le campus, lundi ou mardi soir ?

— Peut-être. Lundi, certains membres de l'équipe descendaient d'un bus au moment où je m'en allais. Ces deux-là devaient en faire partie, mais je ne le jurerais pas. Et mardi, je ne me rappelle pas les avoir vus.

Kane nota l'agitation que l'homme semblait réprimer. Il lui fallait encore quelques réponses.

— Étiez-vous à proximité de la piscine et de la salle de gym, lundi ou mardi soir ?

Lowe étrécit les yeux.

— Oui. Je longe le bâtiment pour regagner le parking. Mais pourquoi toutes ces questions ?

Avec les suspects, le *bluff* fonctionnait parfois à merveille. Kane s'éclaircit la gorge.

— Nous essayons d'identifier les personnes qu'on voit sur les vidéos de surveillance, le soir de la mort accidentelle d'Alex Jacobs, car nous avons besoin de déterminer l'heure du décès. Nous parlons à tous ceux qui auraient pu le voir arriver.

Lowe haussa les épaules.

— Je comprends. Je ne me rappelle pas avoir vu un de ces joueurs de foot. Ni personne en particulier.

— Vous rappelez-vous le nom des filles avec lesquelles vous avez bu un café ces soirs-là ? Elles se souviendront peut-être de l'heure à laquelle vous avez repris votre véhicule.

— Oui, je me souviens de Stella. Je vais vous donner son numéro et vous pourrez l'appeler.

Lowe sortit son portable, énonça le numéro, après quoi Jenna sortit passer un coup de fil. Kane avait besoin d'encore une information.

— Savez-vous qui était l'homme avec qui Chrissie avait rendez-vous le soir où elle est morte ?

Lowe fit la grimace.

— Ouais. Seth Lyons, le quarterback inoxydable. Si c'est lui qui l'a violée, bonne chance. Avec le fric de son père, il évitera tous les ennuis, comme tous ces salauds qui habitent avec lui dans Pine Road.

Kane se leva.

— Personne n'est au-dessus des lois. Si Lyons est responsable du viol de Chrissie, il sera inculpé.

— Je vous souhaite bien du courage. On a fini ? Il faut que je me remette au boulot.

— Oui, pour le moment. Si vous vous rappelez quoi que ce soit qui pourrait nous aider à dénicher celui qui a fait du mal à Chrissie, téléphonez-moi, dit Kane en lui tendant sa carte.

— D'accord.

Kane sortit et retrouva Jenna à côté de son SUV.

— Tu as appelé Stella ?

— Oui, elle dit que Lowe est parti vers 21 heures, 21 h 30, ce qui signifie qu'il était à proximité des deux scènes de crime, vers l'heure où les caméras de surveillance sont tombées en panne. Trois suspects et pas la moindre preuve concrète pour leur attribuer un meurtre ! soupira-t-elle.

Kane ouvrit la portière.

— Alors on va devoir chercher mieux.

— Je pense qu'on devrait à la fois élargir nos critères et enquêter plus près de nous. Peut-être en commençant par les colocataires de Lyons. On ne sait pas ce qui se passe dans cette maison. Même là-bas, il doit bien y avoir des règles, et quand on les enfreint, il y a des conséquences. Nous savons qu'il les incite au viol, donc il utilise peut-être aussi le meurtre en guise de punition.

35

Alors qu'il sortait de son véhicule et montait en hâte les marches du perron de la maison de Lyons, un mélange d'odeur de bière et d'herbe surgit par la porte comme une entité vivante, avant d'être dissipé par la brise. Le froid glacial lui dressa les poils sur les bras, comme si les spectres de Jacobs et de Devon étaient passés à travers lui. Il haussa la voix pour que Dylan Court l'entende par-dessus la musique bruyante.

— Ne t'en va pas, j'ai un truc à te montrer.

— D'accord, je ne vais nulle part, mais je devrai aller à la cave tout à l'heure, ricana Court.

— OK.

Il haussa les épaules.

Il observa les environs immédiats, autour de la grande carcasse de Court. À l'intérieur, la lumière était tamisée et les garçons parlaient par groupes de deux ou trois. Une douzaine d'entre eux semblaient être venus.

— Tu attendais quelqu'un ?

Court eut une moue désappointée.

— Oui. La fille de première année que j'ai invitée nous a

posé un lapin, apparemment. Merde, on a besoin d'un truc pour nous distraire, après ce qui s'est passé.

— Je pourrai peut-être atténuer un peu ta souffrance quand je te montrerai ce que j'ai. Cette maison n'est pas le centre du monde.

Il désigna un coin tranquille et ils s'éloignèrent. Regardant par-dessus l'épaule de Court, il vit Webber en grande conversation avec Josh Stevens. Il ouvrit une main pour révéler deux seringues remplies.

— Il faut que je les cache.

Il remit la drogue dans la poche de sa veste, puis sortit son téléphone et l'agita devant les yeux de Court en se léchant les lèvres.

— Elle est trop bonne, la meuf. La semaine dernière, avec Alex, on l'a emmenée dans une vieille grange et on l'a ligotée, mais si c'est trop pour toi...

Jusque-là inquiet, Court eut soudain l'air intéressé.

— Vous l'avez ligotée ? Allez, fais-moi voir.

Baissant la voix et s'approchant, il ouvrit le fichier.

— Cette vidéo, elle est incroyable, mais elle est bruyante. Je ne la montre pas à tout le monde, du moins pas encore. Je reviens tout à l'heure.

— Ça marche.

36

Face à la porte, adossé au mur à côté de la cheminée, Webber écoutait Josh Stevens parler de son pick-up. À l'instant où Lyons entra dans la pièce, Stevens rejoignit les autres et Lyons prit sa place comme s'ils avaient prévu de le surveiller toute la soirée. Cette idée le troublait ; s'il prenait à Lyons la fantaisie de l'entraîner à la cave pour le tuer, il n'aurait aucune chance. Non sans effort, il conserva un visage neutre tandis que Lyons lui racontait les milliards de matchs qu'il avait disputés et gagnés puisqu'il était génial. Il avait un réel talent en tant que quarterback universitaire, mais tout l'argent de son père ne pourrait faire de lui un grand joueur professionnel. Il se demanda combien d'aspirants quarterbacks étaient restés sur le banc pendant des années avec l'espoir que Seth Lyons se casserait une jambe.

— Pourquoi tu fixes la porte ? demanda Lyons, en suivant le regard de Webber avant de se retourner. T'attends quelqu'un ? Me dis pas que t'as invité Emily ?

Colt renifla.

— Non, mais j'espérais que tu serais à la hauteur de ta réputation et que tu aurais organisé quelque chose. Emily n'a pas voulu venir. Après les cours, elle fait du jogging tous les après-midi et elle rentre chez elle. Apparemment, sa mère est morte il y a un moment et elle doit aider ses sœurs.

— Bon, dommage, mais elle doit bien se reposer, par moments. Je suis pas encore arrivé à lui parler, mais j'y travaille. J'ai l'intention de la croiser quand elle fera son jogging ce vendredi.

L'estomac de Webber se noua à l'idée de Lyons seul dans la forêt avec Emily.

— À mon avis, tu perds ton temps. J'ai essayé de l'approcher, il n'y a pas eu moyen. Elle m'a bien fait comprendre qu'elle n'avait aucune envie de sortir avec quelqu'un avant d'avoir fini la fac.

— Ah, mais elle ne connaît pas encore le charme Lyons. En fait, Dylan avait prévu une distraction pour ce soir, mais la fille qu'il a invitée nous a posé un lapin. Apparemment, elle tenait à venir avec sa bagnole à elle, et c'est encore un mauvais point pour lui. Il aurait dû se méfier, mais j'imagine qu'il n'a pas eu le choix. Les filles, j'aime bien qu'un des mecs les amène ici. Comme ça, on les fait boire en route, et quand elles arrivent, elles sont déjà mûres à point. J'ai pas le temps de leur faire la causette. Elles savent pourquoi je les fais venir.

Webber fronça les sourcils.

— Ah oui ? Tu les invites uniquement pour baiser ?

Lyons sirota sa bière.

— Ouais. Là où mes parents habitent, j'ai une copine, on est fiancés. Quand on se mariera, ce sera la fusion de deux entreprises.

Webber ignorait que ces pratiques aussi archaïques existaient encore.

— C'est un genre de mariage arrangé ?

— Plus ou moins, répondit Lyons avec un haussement d'épaules. Je suis pas amoureux, si c'est ça que tu veux dire, mais sa famille est riche. Elle est pas moche et je pourrai vivre ma vie de mon côté. Quand elle aura pondu deux ou trois héritiers, elle pourra se prendre un amant si elle veut. On en a discuté, elle est partante.

— Sympa, commenta Colt avec un sourire. Un des avantages de faire partie d'une équipe de foot, c'est les meufs. Du temps où je jouais, je baisais toutes les nuits, et ça me manque vraiment. On savait s'amuser, dans l'équipe, tu vois ?

Une fois encore, Webber parcourut des yeux la pièce, et vit Court faire entrer quelqu'un par une porte au bout du couloir. Lyons pencha la tête comme s'il l'examinait.

— Nous aussi, t'en fais pas. Mais il y a beaucoup de gens qui parlent sans agir. Toi, Colt, tu agis ?

— Tu veux une preuve, c'est ça ?

Webber sortit son téléphone, heureux que Kane lui ait fourni quelques images confisquées dans le cadre d'enquêtes antérieures. Il brandit l'écran sous le nez de Lyons, puis le reprit.

— Tu crois toujours que je parle sans agir ?

— Je me doutais qu'on allait bien s'entendre. Tu es exactement ce qu'il nous faut pour l'équipe, un mec comme je les aime.

Webber continua cette conversation afin de découvrir si Lyons et ses amis pouvaient être les violeurs en série qui avaient attaqué Chrissie Lowe. Formuler ses questions sans éveiller les soupçons ne serait pas facile. Il se jeta à l'eau, en tâchant de ne pas trop pousser sa chance.

— Je ne peux pas croire que j'ai failli partager la fille que tu avais invitée la semaine dernière.

— Y en aura d'autres. Je demanderai aux gars s'ils veulent bien que tu fasses partie de la bande. On doit être prudents. Rien de ce qu'on fait à la maison ne doit sortir d'ici.

— Les meufs sont d'accord, non ?

Un sourire fendit lentement le visage de Lyons.

— Tu les as jamais entendues se plaindre, pas vrai ? Ouais,

elles aiment bien s'amuser avec nous, et elles en redemandent. Celles de première année surtout, elles débarquent tout innocentes, et dès qu'elles ont bu deux verres, ça devient des nymphomanes. Les mecs sont ravis de les satisfaire.

Webber but longuement, puis croisa le regard de Lyons.

— Elles ont aussi tendance à changer d'avis quand elles ont dessaoulé. J'ai du mal à croire qu'aucune n'ait porté plainte.

— C'est parce que je suis assuré.

Lyons ricana et tira son téléphone de sa poche. Webber remarqua que c'était un appareil prépayé, à bon marché, et non celui dont il se servait habituellement.

— Je vais te montrer quelques images, mais on en a toute une collection qui est bien cachée. Personne ne pourrait les trouver, et si quelqu'un allait parler aux flics, j'ai des versions expurgées à leur montrer. Avec le montage, ça prouve que les filles étaient d'accord pour tout ce qu'on leur a fait. Tiens, admire.

Lyons ouvrit un fichier et lui tendit son portable. Webber fut percuté par une vague de dégoût comparable à un tsunami en voyant Chrissie Lowe dans des postures indécentes. Il zooma sur son visage. Ses paupières lourdes ne pouvaient masquer ses immenses pupilles dilatées et son regard inexpressif indiquait qu'elle était à peine consciente. Il garda les yeux baissés comme s'il savourait ces images et tâcha de contrôler sa colère. Il risquait de compromettre sa mission s'il ne dissimulait pas mieux ses sentiments. La réaction qu'il allait afficher serait cruciale pour capturer ce fils de pute. Il prit une inspiration profonde et expira lentement, puis se força à ricaner.

— Waouh, mec, c'est chaud. Tu l'as déjà fait avec deux meufs en même temps ? Ça, ce serait fun.

— Ouais, ouais, et on a des vidéos aussi.

Après cette vantardise, Lyons devint euphorique.

— Bon, visionner les vidéos, c'est bandant, mais ça vaut pas la participation en direct !

Webber risqua le tout pour le tout.

— C'est quand, la prochaine fois ?

— Hmm... Je suis pas sûr, peut-être samedi. Les gars ont besoin de se détendre. Je verrai ce que je peux faire, mais il faut qu'Emily vienne. Les défis, ça me stimule, et je gagne toujours. Si tu veux mériter ta place dans notre groupe, poursuivit-il avec un regard significatif, tu devras te trouver une meuf après le match. Si les mecs savent que tu en as fourni une, ils seront d'accord pour que tu entres dans la bande. Écoute, proposa Lyons en souriant, je vais te simplifier le job. Si on s'y met ensemble, les filles pourront pas résister, et elles croiront qu'y a rien à craindre en venant à plusieurs. T'en fais pas, les gars pourront facilement en gérer trois au lieu d'une.

Ouh là, ça va beaucoup trop vite. Colt plissa le front.

— OK, mais trois, c'est pas un peu risqué ?

— Mais non. T'inquiète, dès que la K se répandra dans leurs veines, elles nous supplieront pour qu'on les baise.

Webber regretta de ne pas l'avoir enregistré. L'aveu que Lyons recourait à une drogue du viol était exactement la preuve dont il avait besoin. *Merde, tout ce qu'il m'a avoué, c'est de l'ouï-dire.* Il avait reconnu le nom courant de la kétamine, une drogue du viol, et il se força à sourire.

— J'en serai.

— On verra ça, gourmand. Attends, discute avec les gars. Faut que j'aille pisser.

Encerclé, Webber eut l'étrange sensation de se noyer. Tous les étudiants réunis arboraient la même expression méfiante et le regardaient sans rien dire, comme s'il était devenu l'ennemi. De toute évidence, Lyons ne lui faisait pas encore pleinement confiance, s'il devait faire approuver sa présence par sa bande. Webber jeta un coup d'œil désinvolte à sa bague intelligente et calcula combien de temps les renforts mettraient à arriver si ces hommes décidaient de le tuer. *Trop longtemps.*

37

Dylan Court ouvrit la porte de la cave. Il jeta un coup d'œil autour de lui, pour être sûr qu'il n'avait pas été suivi.

— Je vais allumer. La clé USB est rangée dans le coffre-fort.

Il entra dans la pièce et appuya sur l'interrupteur. Son ami resta sur le seuil.

— Juste une question. Il y en a d'autres copies stockées ailleurs ?

— Non, tout est dans le coffre.

Court parcourut des yeux la salle. De grands canapés confortables entouraient un gigantesque écran plat, et il avait l'impression de découvrir un luxe supplémentaire chaque fois qu'il descendait ici. Le bar bien approvisionné et la machine à café étaient des acquisitions récentes pour leur local spécial. Il se dirigea vers une photo encadrée de l'équipe, pressa un bouton caché et l'image bascula pour dévoiler un coffre-fort.

— Voilà, je l'enferme bien à l'abri. Je dois simplement ajouter deux ou trois trucs.

— Très bien.

Son ami sortit son portable et proposa à Court quelques secondes d'une vidéo.

— Voilà ce que j'ai. Ça te plaît ?

Court n'avait jamais rien vu d'aussi professionnel filmé avec un téléphone.

— Mec, on croirait du vrai porno. On peut le projeter sur l'écran ?

Il leva les yeux vers son ami, dont le regard devint intense.

— Plus tard. Je veux d'abord voir ce que tu caches sur ta clé USB. Laisse-moi regarder. Et je te téléchargerai une copie de ma vidéo, pour ta collection personnelle.

Incapable de résister à la possibilité de visionner le reste du film, Court glissa une main dans le coffre et trouva sa clé. Il marcha jusqu'à la table placée au fond de la pièce, alluma l'ordinateur, tapa son mot de passe, puis inséra la clé USB.

— Bon, je peux la voir, maintenant, cette putain de vidéo ?

— Merci, je te la transfère tout de suite, répondit son ami en souriant. Ça t'occupera pendant que je regarde tout ça.

Quelques instants après, le téléphone de Court signala la réception d'un message. Il attendit que le fichier soit téléchargé, puis s'affala sur un canapé pour le visionner. Totalement absorbé, il ne remarqua pas son ami avant que celui-ci vienne s'asseoir à côté de lui. Il mit la vidéo en pause, un peu agacé d'être interrompu, et se retrouva nez à nez avec le canon d'un revolver.

— P-putain, c'est quoi, ça ?

Son ami resta de marbre.

— Remonte ta manche, la gauche. Voilà. Maintenant prends le tuyau en caoutchouc et noue-le autour de ton bras. Je veux voir les veines gonfler. Après, utilise la seringue. Tu sais comment faire, non, Dylan ?

Court contempla les deux seringues.

— Qu'est-ce que c'est ?

— Un truc rien que pour toi. Tu vas aimer. Tu devrais me remercier.

Les lèvres de l'homme s'incurvèrent en un sourire sinistre.

Braquant son arme contre la tempe de Court, il l'incita à passer à l'acte.

— Grouille-toi, je n'ai pas beaucoup de temps.

Ses mains tremblaient sous l'effet de la panique mais il prit le tuyau et se le noua serré autour du bras en s'aidant avec ses dents. Puis Court enfonça l'aiguille dans sa veine.

— Tu sais que si on me teste, ça se verra ? Je serai exclu de l'équipe, c'est sûr. C'est ça que tu veux ?

— Oui. Fais-le.

La voix de l'autre n'était plus qu'un grognement. À l'instant où la drogue atteignit sa veine, Court succomba à la somnolence. C'était une sensation agréable, comme s'il flottait à la dérive. Ce ne serait pas la première fois qu'il serait défoncé, il pouvait gérer. Au moins, il ne se rappellerait pas grand-chose de cette épreuve, et il avait été assez malin pour ne s'en injecter qu'une petite quantité dans le bras. Il se réveillerait dans une heure ou deux, et quand il aurait tout raconté à Seth, ils le lui feraient payer, à ce fils de pute. Un instant après, des doigts gantés de cuir se refermèrent sur sa main et un jet de liquide froid jaillit dans son bras. Cette forte dose allait le tuer si personne ne venait à son secours. La terreur le saisit à la gorge. *Je vais mourir.*

Désorienté et tremblant, il s'obligea à ouvrir les paupières et contempla la seringue qui pendait à son bras. Son ami détacha le tuyau en caoutchouc sans l'enlever, fixant sur lui un regard noir et glacé. Il aurait voulu dire quelque chose, le supplier de le laisser en vie, mais il avait la bouche pâteuse et se sentait incapable de parler. Son cœur se mit à battre très vite, puis ralentit, avec un rythme irrégulier, comme s'il luttait pour envoyer le sang dans ses veines. La sueur ruissela dans ses yeux, le picotant, mais pas longtemps. Lorsqu'il glissa dans l'oubli, il entendit l'autre vider le coffre-fort. La pièce plongea dans l'obscurité et le dernier son qu'il discerna fut la porte qui claquait alors que son assassin le laissait mourir seul.

38

VENDREDI

Ç'allait être une sale journée. Jenna le pressentait. Elle s'était précipitée au bureau sans prendre de petit déjeuner, et cela affectait sa réflexion. Elle secoua la tête en contemplant le tableau blanc. Ils n'avaient guère avancé sur aucun des cas, et les rapports qu'elle avait demandés n'étaient pas arrivés. Quand Rowley frappa à la porte, elle lui fit signe d'entrer.

— Avez-vous trouvé quelque chose d'utile ?

Rowley se passa la main dans ses cheveux en désordre et soupira.

— Pas particulièrement, non. Désolé, chef. À croire qu'absolument tout le monde en veut au coach de l'équipe de foot. Un tas d'autres équipes ont porté plainte contre lui, et les joueurs qu'il a mis sur la touche au fil des années veulent tous sa mort.

Déconcertée par cette information, Jenna s'éclaircit la gorge.

— Comment fait-il donc pour conserver son poste ?

— Parce que toutes les équipes qu'il entraîne gagnent, je suppose. C'est une question de réputation, patron. La fac accorde beaucoup d'importance au football. Black Rock Falls est l'un des premiers établissements où les recruteurs viennent chercher des joueurs possibles pour la NFL. C'est pour ça que des jeunes de tout le pays veulent entrer dans l'équipe.

Jenna acquiesça.

— Bien, donc on pourrait avoir un parent mécontent, un ex-joueur ou toute une foule de gens qui souhaitent anéantir l'équipe ? Quelqu'un en particulier ? Ou bien ils ont reçu des menaces récemment ?

Rowley haussa les épaules, comme pour s'excuser.

— Oui, mais hier soir et ce matin j'ai passé plusieurs heures à me renseigner sur tous les intéressés, et aucun n'était dans les parages à l'heure où Jacobs et Devon sont morts. Autre chose : Wolfe a téléphoné pour dire que les moulages des mains ne lui permettaient pas de prouver que les ongles des suspects aient laissé les marques sur les chevilles de Devon. Et j'ai encore une autre mauvaise nouvelle.

Jenna avait une pierre dans l'estomac.

— Allez-y, je vous écoute.

— Walters a étudié le modèle de la bague de Jacobs. Depuis que l'équipe est arrivée en championnat national l'année dernière, tous les membres ont la même. Ce qui veut dire tous les habitants de la maison de Lyons, à l'exception de celui qui est épileptique. C'est le frère de la fiancée de Lyons, donc il vit là-bas aussi.

Stupéfaite, Jenna le dévisagea.

— Lyons a une fiancée ?

— Il semblerait. Plus pour très longtemps, si elle apprend à quoi il s'amuse.

— À moins qu'elle prévoie de lui rendre visite en prison. J'espère que Kane a du neuf, sinon on revient à la case départ.

— J'ai entendu mon nom ?

Kane apparut dans l'encadrement de la porte, les mains sur le chambranle, sa veste déployée comme les ailes d'une chauve-souris. Jenna lui sourit lorsqu'il entra avec Duke.

— Exact. Tu as vérifié l'alibi de Jones ?

— Oui. Juste une seconde, j'ai laissé de quoi manger dans mon véhicule. Vous me donnez un coup de main, Rowley ?

— Bien sûr.

Jenna les regarda sortir. Elle avait deviné que Kane leur aurait acheté un petit déjeuner chez Tante Betty. Une minute plus tard, ils reparurent chargés de sacs en papier et de gobelets de café à emporter.

— Bien, assieds-toi et explique-moi ce que tu as découvert.

— Jones était à la bibliothèque, et puisqu'il y a des caméras de surveillance chez Tante Betty, j'ai pu visionner les vidéos. Il est bel et bien passé prendre un burger à 20 h 30, mais j'ai parlé aux agents de sécurité de la fac, et il était de retour en bibli à 22 heures. Il a eu tout le temps de manger et d'aller ensuite tuer Devon.

Jenna se leva et ajouta cette information sur le tableau blanc.

— Hum... Tous nos suspects ont l'air d'avoir disparu au moment de la mort de Devon. Si Stein est allé se promener, on devrait le voir sur d'autres vidéos de surveillance, non ?

— Peu probable, objecta Rowley. Les caméras sont surtout sur le parking et autour des accès au campus. Vous devriez pouvoir préciser l'heure à laquelle Jones est revenu et celle où Lowe est parti.

— J'ai déjà cherché, répondit Kane en sirotant son café. Quand Jones est arrivé, à 21 heures, il est sorti du parking sans rien dans les mains. J'imagine qu'il avait mangé son burger dans son véhicule. Je ne l'ai pas vu ensuite près de la piscine puisque, comme vous savez, la caméra avait été désactivée. Lowe est parti à 21 h 50, donc il avait le temps aussi.

— OK, donc Jones revient à 21 heures et on ne le revoit pas avant 22 heures à la bibliothèque. D'après les badges, Stein et Jones sont arrivés là-bas à 22 heures. Bizarre. Tu ne crois pas qu'ils sont tous les deux impliqués ?

Kane haussa les épaules et posa son gobelet.

— C'est possible. Ils ont des mobiles différents mais il se pourrait qu'ils collaborent. Un détail me tracasse, à propos de la mort de Jacobs, et on en a déjà parlé. Jones et Stein s'étaient tous deux disputés récemment avec lui ; jamais Jacobs ne se serait fié à l'un ou l'autre pour lui servir de *spotter* alors qu'il soulevait des poids pareils. Devon, peut-être. S'ils ont tous les deux plongé dans le bassin, qu'ils lui ont attrapé chacun une jambe et qu'ils l'ont entraîné sous l'eau... mais avec Jacobs, alors qu'il était aussi vulnérable ? Hors de question.

Rowley relisait le dossier.

— Et Lowe ? Il va à la salle de gym ?

— Non, il a déclaré que son métier lui faisait déjà porter assez de choses lourdes.

Jenna se rassit et se prit la tête entre les mains. Elle releva les yeux vers ses adjoints.

— À qui Jacobs faisait-il confiance plus qu'à tout autre ?

— À Lyons, répondit Kane en se renversant sur sa chaise. Et s'il savait que Jacobs avait laissé des marques identifiables sur Chrissie ? On envisage peut-être le problème dans le mauvais sens. Et si Jacobs était devenu gênant ?

— Et Devon avait des images stockées sur son téléphone prépayé, fit observer Rowley. S'il avait enfreint les règles, Lyons a peut-être décidé de l'éliminer également.

Les yeux de Jenna allaient et venaient entre les deux hommes.

— Nous devrons donc déterminer où Lyons se trouvait au moment des deux décès. S'il est capable de viol, le meurtre doit être pour lui une seconde nature.

Elle en prit note dans son agenda, puis se carra sur sa chaise.

— Il nous faut toujours davantage que des preuves circonstancielles pour établir que Lyons et ses amis sont responsables du viol de Chrissie. Quelqu'un a des nouvelles de Webber ? J'espérais qu'il nous aurait déjà communiqué un rapport.

Kane attrapa un sandwich dans un des sacs.

— Hier soir, il allait chez Lyons. Ils organisaient une veillée pour Jacobs et Devon. Il y a peut-être passé la nuit, et s'il s'entraîne ce matin, il n'aura pas eu le temps de nous contacter. Il ne prendrait pas le risque d'envoyer un texto, au cas où Lyons se méfierait et vérifierait son téléphone. Regardons s'il s'est connecté hier soir.

Après avoir consulté les dossiers et trouvé les éléments ajoutés par Webber aux premières heures de la matinée, Jenna eut le cœur battant. Elle lut le rapport à haute voix.

— Webber est sur le point d'obtenir la preuve qu'il nous faut. Je suis d'accord avec lui : le fait que Lyons détienne les images ne suffit pas à prouver que lui ou l'un des autres soit impliqué dans le viol de Chrissie, donc ça ne sert à rien. Nous ne pouvons pas prouver quand les photos ont été prises, ça ne tiendra pas devant un tribunal. Ce n'est pas un crime d'avoir des images pornographiques d'une femme de plus de 18 ans.

Jenna se tourna vers Kane.

— C'était une bonne idée d'ajouter ces fichiers au téléphone de Webber. Apparemment, il en a eu besoin. Je ne l'envie pas. Il prend des risques insensés.

Kane se frotta le menton. Le nerf de sa joue tressaillit, son agitation était tangible.

— Je voulais juste parer à toute éventualité. Si Lyons est un tueur, il n'hésitera pas à l'éliminer. Et comme il a Emily en ligne de mire, ça va devenir difficile si nous devons la protéger, elle aussi. Webber aura des ennuis si Lyons compte sur lui pour fournir des filles à leur soirée et pour participer.

Jenna secoua la tête, tambourinant de ses doigts sur sa table.

— Il ne se passera rien de tel. On pourrait faire une descente pour confisquer leur drogue. Webber nous alertera sûrement s'il découvre comment Lyons l'administre.

— Nous le savons déjà. Ils mélangent quelque chose aux boissons. Impossible de désigner un responsable, surtout s'ils ont un bol de punch, par exemple.

Rowley fit la grimace.

— Les gens boivent encore du punch ? Il y a dix ans, peut-être, mais plus maintenant.

Jenna se frotta les tempes.

— Je crois que nous devrons assister au match, samedi, et je suggère que nous gardions aussi un œil sur Emily. Elle fait son jogging tous les après-midi vers 16 heures ; nous veillerons à avoir quelqu'un dans les parages si jamais elle a un souci avec Lyons.

Le téléphone du shérif sonna et, avant de décrocher, elle vérifia qui appelait.

— Bonjour, Shane, comment allez-vous ?

Elle écouta, puis mit le portable en mode haut-parleur.

— OK, Kane et Rowley sont là, ils vous entendent.

— *Doris Beachwood, qui fait le ménage chez Lyons, a appelé une ambulance ce matin vers 8 h 30. Elle a trouvé à la cave le corps d'un homme, qui a depuis été identifié comme Dylan Court. Je précise que la cave en question est plutôt un genre de home cinema où ces jeunes gens se rassemblent pour regarder des vidéos sur grand écran. Ils tiennent à leur intimité, apparemment ; j'ai remarqué des DVD pornos à côté du téléviseur. Les ambulanciers m'ont dit que Court était mort à l'arrivée à l'hôpital, possiblement d'une overdose.*

Un frisson de terreur parcourut le dos de Jenna. Kane avait testé tous les habitants de la maison et tous étaient clean ; après l'affaire Owen Jones, le coach avait imposé des tests aléatoires.

— Il ne consommait pas de drogue. Kane les a tous testés le soir où nous avons trouvé Jacobs.

— *Eh bien, il y a aussi deux ou trois détails qui clochent sur les lieux. Vous devriez venir y jeter un coup d'œil avant que je déplace le corps. Ce garçon partageait une chambre avec Pete Devon.*

Wolfe s'éclaircit la gorge.

— *Je ne suis pas convaincu que l'overdose soit accidentelle.*

À part la femme de ménage et les ambulanciers, personne d'autre que moi n'est entré dans la pièce. Seth Lyons va arriver, et j'ai appelé Webber pour que tout semble normal. Je vous expliquerai ce qui me tracasse quand vous serez là ; si j'en parle maintenant, on pourrait m'entendre.

Jenna échangea avec Kane un regard inquiet.

— Nous arrivons.

Elle raccrocha et se leva.

— Rowley, rassemblez toutes les infos que vous pourrez sur Dylan Court. J'ai besoin des coordonnées de ses proches et je veux savoir s'il avait des problèmes de drogue.

— Et Emily ? Wolfe a l'habitude de la faire venir sur les scènes de crime, mais si elle est là, c'est comme si on la livrait à Lyons.

— C'est vrai. Je vais l'appeler pour régler ça.

Jenna s'accorda une fraction de seconde pour réfléchir. Elle devait jongler avec tant de choses à la fois, et avec si peu d'adjoints.

— Ah, et si vous avez des ennuis avec les participants au rodéo en ville, appelez Walters pour tenir la boutique pendant que nous serons tous dehors. J'ai demandé au shérif de Blackwater de nous envoyer plus d'adjoints pour encadrer la foule ces prochains jours, donc ils auront la situation en mains pendant que nous enquêtons.

Elle enfila sa veste et se dirigea vers la porte.

— OK, Kane, tu viens avec moi.

Kane contourna deux gamins en skateboard qui filaient sur le trottoir et suivit Jenna jusqu'à son SUV. La ville grouillait de gens en chapeau de cow-boy et chemise à franges, comme s'ils sortaient le grand jeu au moment du rodéo. Il leva les yeux, aperçut un ballon rouge qui s'envolait au-dessus des arbres, poussé par le vent, la ficelle pendante. Lorsqu'il ouvrit la portière de son véhicule, l'arôme alléchant des hot dogs et des oignons lui parvint depuis un des étals. À ses pieds, Duke dressa le nez et gémit. Il le hissa sur la banquette arrière et l'attacha.

— Je t'en achèterai un au retour.

— Tu m'achèteras quoi ? demanda Jenna en bouclant sa ceinture de sécurité.

Kane se mit au volant et démarra le moteur.

— Un hot dog pour Duke. Je pense qu'il devient accro.

Jenna fronça les sourcils et se tourna vers le chien.

— Ça ne doit pas être bon pour lui. Tu le gâtes trop.

Kane recula et prit la direction de Stanton Road.

— Non, ça va, je ne lui donne que la saucisse.

— Bon, j'imagine que ça te fait une excuse de plus pour manger. Tu es un puits sans fond !

— On ne m'avait encore jamais appelé comme ça. Annie disait que j'étais comme un ours en peluche. Avec mon estomac qui grommelle, et tout le reste.

Kane fut soudain assailli par des souvenirs de sa défunte épouse. Jenna fixa ses yeux droit devant elle.

— Elle est toujours avec toi, pas vrai ? Mes morts à moi m'accompagnent. Je pense à eux tout le temps.

Le visage souriant d'Annie traversa l'esprit de Kane, mais son parfum s'était évanoui, et son rire délicat ne tourmentait plus ses rêves. Il referma sa main sur celle de Jenna et la pressa doucement.

— Elle sera toujours une partie de moi, Jenna. J'essaie de passer à autre chose, mais c'est difficile.

Quand un léger frisson la parcourut, il se tourna vers elle, croisa son regard et vit qu'elle avait les larmes aux yeux. Il s'obligea à se concentrer à nouveau sur la route et lui lâcha la main pour saisir le volant. Elle avait été très patiente avec lui, sans jamais exiger qu'il s'engage d'aucune manière. Pourtant, il devinait qu'elle aspirait à davantage et qu'elle lui laissait le temps de faire son deuil. Quand même, elle était sa meilleure amie et il avait beaucoup d'affection pour elle.

— Jenna, je pense que nous devrions moins parler d'Annie.

— Non, ne crois pas ça, Dave. C'est une bonne chose que tu puisses me confier ton passé. Tu ne te dévoiles pas beaucoup.

Ne sachant comment répondre, il sourit.

— Après ma blessure, tu m'as dit que nous avancerions à petits pas. Je sais que tu as été échaudée, Jenna.

— Tu ne t'y connais pas trop en matière de brûlures. Un feu qui couve tout doucement peut se changer sans prévenir en incendie de forêt.

— Ça, c'est sûr.

Souriant toujours, il prit un virage pour s'engager dans l'allée. Sans tenir compte du panneau d'interdiction, il roula directement jusqu'à la porte d'entrée.

— J'adorerais prolonger cette discussion, mais je pense que nous devrions adopter un visage de circonstances.

— Tout à fait. Cela dit, avec tous ces gens qui n'arrêtent pas de se faire assassiner autour de nous, il faut bien qu'on pense parfois à des choses agréables, pendant quelques minutes, sinon on deviendrait fous, soupira Jenna. On devrait quitter la police et rejoindre tous les autres dingues en liberté.

Kane acquiesça tout en se garant à côté de la camionnette de Wolfe.

— Oui, mais je crois que je supporterais l'isolement complet. Chasse, pêche, nuits à la belle étoile.

— Les nuits à la belle étoile, peut-être pas... Je te laisse dormir à la dure si tu veux, moi je veux une jolie cabane en rondins dans la forêt, avec l'électricité et Internet. Je mettrais des panneaux « Défense d'entrer » et les gens me laisseraient tranquille.

— Euh hum... Ou bien nous pourrions rester ici avec tous nos amis, et reprendre des vacances. À Hawaï, la prochaine fois ?

Quand Wolfe apparut sous le porche et leur fit signe de pénétrer dans la maison, Kane prit sa mine sérieuse, et toute idée de nouvelles vacances avec Jenna se dissipa.

— Il n'a pas l'air ravi, notre ami légiste.

— Espérons que ce n'est pas un homicide.

Jenna sortit du SUV et marcha vers le perron, Kane montant les marches derrière elle, escorté par Duke. À l'intérieur, une femme d'une cinquantaine d'années buvait un verre d'eau, assise sur un des canapés du salon. Seth Lyons et Colt Webber parlaient à Wolfe, qui notait. Jenna se plaça à côté du légiste, son carnet à la main, et Kane s'approcha pour écouter la conversation. Wolfe dévisageait Lyons avec une intensité étrange.

— Quand avez-vous vu Dylan vivant pour la dernière fois ?

— Je suis pas sûr, peut-être vers 20 heures, je sais pas vraiment. J'ai passé presque toute la soirée à bavarder avec Colt, jusque très tard, et je me suis couché vers 1 h 30, je crois.

— Webber m'assistera pour l'autopsie. C'est un de mes stagiaires, ça, vous le savez, non ?

Puis le légiste se détourna de Lyons et s'adressa à Webber.

— À moins que vous ne soyez un des amis de Dylan ?

— Je l'ai vu à l'entraînement mais non, je ne suis pas de ses amis, donc je serai là, monsieur.

Webber regarda Kane, puis à nouveau Wolfe.

— Hier soir, je l'ai vu partir dans le couloir, je ne savais pas encore que c'était le chemin de la cave. Je ne sais pas exactement à quelle heure. Il était avec quelqu'un dont je n'ai pas pu distinguer le visage, parce qu'il portait un sweat-shirt à capuche par-dessus une casquette de base-ball, et je ne l'ai vu que de profil. Il faisait à peu près ma taille. Large d'épaules. C'est tout ce que j'ai remarqué. Ça pouvait être n'importe lequel des membres de l'équipe.

— Il me faudra la liste de tous ceux qui étaient présents hier. Avez-vous invité des gens qui n'étaient encore jamais venus ?

— Non, répondit Lyons. Il n'y avait que Colt, et il a passé la majeure partie de la soirée avec moi. Pourquoi ?

— Je veux cette liste tant que c'est frais dans votre esprit, au cas où on aurait besoin de leur parler plus tard. Dylan consommait régulièrement de la drogue ?

— Putain, non ! On est testés régulièrement et il aurait jamais fait une connerie pareille. C'est pas son genre.

Partageant son attention entre les deux hommes, Kane se comportait comme si Webber était un parfait inconnu.

— Donc, ce type que vous déclarez avoir vu aurait pu être un dealer ? Après avoir perdu son compagnon de chambre, Dylan a peut-être eu besoin de quelque chose pour surmonter le choc. Perdre deux amis la même semaine, beaucoup de gens trouveraient ça éprouvant.

— Je ne connais pas de dealers, monsieur. Et toi ? demanda Webber à Lyons.

— Si j'en connaissais, je serais pas assez débile pour les balancer aux flics. Me faire casser les jambes ou pire, ça serait pas top pour ma carrière.

— Pourquoi n'êtes-vous pas allé voir à la cave quand Dylan a disparu ?

Lyons haussa les épaules comme s'il avait l'habitude de perdre ses amis.

— Avant que M. Wolfe m'appelle, je savais même pas qu'il avait disparu. Eh, les gens meurent, c'est des choses qui arrivent. Pas la peine de se mettre la rate au court-bouillon. On est des adultes. On se fout pas mal de savoir qui sera rentré pour le dîner.

Jenna se tourna vers le légiste.

— Qu'avez-vous d'autre pour moi, Wolfe ?

— J'ai pris la déposition de la femme de ménage qui a découvert le corps. Elle a la clé de la cave ; en général, la porte est fermée, mais ce matin elle l'a trouvée ouverte. Je vous enverrai une copie par e-mail. La pauvre femme est sous le choc, je pense. Son mari viendra bientôt la chercher.

— OK, montrez-moi le corps.

Jenna reçut un message sur son téléphone, et elle s'adressa à Lyons.

— Restez ici et mettez-moi cette liste par écrit. J'aurai peut-être des questions à vous poser tout à l'heure.

Wolfe ouvrit la marche vers la porte de la cave.

— Venez, Webber, je vais vous expliquer la procédure pour ce genre de situation.

Kane les suivit et, une fois dans l'escalier, il referma la porte à clé derrière eux. Il avait besoin de parler à Webber sans que Lyons les surprenne. Derrière lui, Duke émit un gémissement qui fit se dresser les poils de ses bras, et en descendant les marches, il fut assailli par une odeur de décomposition. Il n'y avait pas à s'y tromper. Il ordonna au chien de ne pas bouger, puis sortit son détecteur de radiofréquences, installa les écouteurs et observa toute la pièce au cas où elle serait sur écoute. Il découpa mentalement les lieux et examina chaque espace l'un après l'autre.

— Rien à signaler.

Sur le bord du tapis, un aspirateur avait sans doute été abandonné lorsque Doris Beachwood avait remarqué le visage décoloré et les yeux vides du cadavre. Kane remarqua une photo accrochée de travers. Il enfila des gants en latex et, derrière l'image encadrée, il trouva un coffre-fort déverrouillé et vidé de son contenu. Pour des gens peu soucieux de propreté, cette pièce semblait incongrue, comme la chambre de Lyons, ce qui éveilla ses soupçons. Il chercha les traces d'une bagarre, en vain. Tout était en ordre, le tapis n'avait pas été dérangé. Il se rapprocha de Jenna et désigna le coffre.

— Nous avons un mobile.

— Oui, j'ai vu ça aussi, confirma Wolfe. Il était grand ouvert quand je suis descendu. J'ai pris quelques photos et je l'ai refermé pour passer. Il a été nettoyé. On peut donc supposer que Court est venu ici afin de montrer quelque chose qui se trouvait dans le coffre. L'autre a attendu qu'il se pique, a emporté le contenu et est parti. Si c'était un dealer et qu'il a décidé de le voler, il l'a peut-être tué pour dissimuler son identité.

— Tué ! s'écria Jenna. Qu'est-ce qui vous fait penser que c'est un homicide ?

Avec précaution, Wolfe fit pivoter le crâne de la victime.

— Là, sur la joue, ce pourrait être la marque d'un canon de revolver. Il est possible que quelqu'un lui ait braqué une arme sur la tête et l'ait obligé à se piquer.

Kane se gratta la joue.

— Ou bien c'est la marque de son casque après un match un

peu violent. Je me demande ce qu'il y avait dans le coffre. Il est temps que je recueille les empreintes.

Il laissa tomber son matériel sur le tapis, mais Wolfe désigna une légère trace sur le pouce de Court.

— Pas la peine. Vous voyez ça ? C'est le signe qu'on a exercé une pression sur la peau, et il y a une petite crête, comme la couture sur un gant en cuir.

Webber observa le corps.

— Je pense que nous pouvons situer l'heure du décès entre 22 heures et minuit hier soir. Je l'ai vu se diriger par là avec le type dont j'ai parlé ; l'ennui, c'est que je n'ai pas remarqué qu'il ne revenait pas. J'étais trop intéressé par ce que Lyons me racontait et me montrait. C'est vraiment un malade.

Devant sa mine sombre, Jenna secoua la tête.

— Je l'ai toujours soupçonné d'avoir tout organisé. Nous aurons besoin de son téléphone. Vous a-t-il quitté à un moment de la soirée ?

Webber s'éclaircit la gorge.

— Oui, il est allé aux toilettes. J'y suis allé aussi, donc je ne l'ai pas surveillé tout le temps.

— Combien de temps s'est-il absenté ? Assez longtemps pour tuer Court ?

— J'imagine que oui. Je ne pourrais pas le jurer. Il avait laissé ses gars pour m'avoir à l'œil. J'avais peur que ça dégénère.

Jenna étrécit les yeux.

— OK, je veux tous les détails sur ce que vous vous êtes dit. N'oubliez rien.

Kane se sentit pris de dégoût et de colère lorsque Webber leur relata la conversation qu'il avait eue la veille avec Lyons.

— Si vous n'avez pu reconnaître personne d'autre que Chrissie sur les photos, c'est qu'il est assez malin pour recadrer les images qu'il partage. Il n'a sûrement pas ce portable prépayé sur lui.

Webber se frotta le menton.

— Je ne crois pas qu'il ait retaillé les photos. C'étaient des poses érotiques, peut-être postérieures au viol, mais j'ai vu les yeux de Chrissie. Elle avait les pupilles dilatées alors que la pièce était bien éclairée. Elle avait dû être fortement droguée.

— Autre chose qu'il vous aurait appris ? Ou au sujet des images ?

En réponse à la question de Jenna, Webber jeta un coup d'œil vers le coffre-fort.

— Oui. Il a précisé qu'ils gardaient à l'abri une tonne de photos et de vidéos non expurgées.

Kane échangea un regard entendu avec Wolfe.

— Vous pensez à la même chose que moi ?

— Oui. Cela signifie que les accidents supposés étaient bien davantage.

— Pardon ? s'étonna le shérif.

Les pièces du puzzle semblaient se mettre en place. Kane se tourna vers elle et montra le coffre.

— Du chantage. Comme nous le supposions. Lyons se sert des fichiers pour empêcher les filles qu'il viole de le dénoncer à la police. Il a des images et des vidéos, et je parie que cet ordinateur, là-bas, a un logiciel de montage. Il menace ses victimes pour être sûr qu'elles se tairont. Et naturellement, il fait croire qu'elles étaient consentantes.

— Je vais regarder.

Wolfe alluma l'ordinateur et contourna le mot de passe en quelques secondes. Il contempla l'écran mais parut déçu.

— Oui, il a tout le logiciel nécessaire, mais pas de dossiers d'images. Il doit les effacer après les avoir copiées.

Le légiste éteignit l'appareil et se releva.

— Donc vous pensez que ça pourrait être une des victimes de viol qui cherche à se venger ? s'enquit Webber. Oui, c'est possible, mais je n'ai pas vu de filles hier soir.

— Non, répondit Jenna. Nous savons que c'est un homme

qui est descendu ici avec Court, et Lyons s'est absenté assez longtemps.

— C'est un suspect trop évident, objecta Wolfe, se redressant après l'examen du cadavre. Lyons pourrait également convier des hommes à ses orgies, pour les faire chanter ensuite. Il a déjà invité Webber, ce qui me paraît étrange dans la mesure où il le connaît à peine. Si nous supposons que tous les accidents sont des meurtres, le tueur devait savoir que le coffre contenait certaines des vidéos en version intégrale. Il avait peut-être négocié avec Court pour obtenir celle qui le concerne. Une fois ici, il s'est emparé des images en question, puis il l'a tué. Si c'est une vengeance, il paraît logique qu'il élimine tous ceux qui ont participé au chantage.

— Oui, acquiesça Jenna. La revanche serait un mobile solide et expliquerait les méthodes assez propres qui sont utilisées pour les crimes. Les meurtres haineux, quand une personne a été humiliée, ou a subi des abus physiques, par exemple, sont en général des carnages.

— Ça paraît cohérent, commenta Webber. Le tueur a dû les aborder un par un jusqu'à trouver quelqu'un de coopératif. Ceux qui ont refusé, il les a tués.

Kane laissa cette idée faire son chemin dans son esprit.

— Hmm... Ça se tient. Lyons n'aurait jamais consenti à lui céder les fichiers ; il aime trop être aux commandes. S'il pratique le chantage, il y a une raison. Les hommes qu'il choisit doivent avoir quelque chose qui peut lui servir, ou bien il se sert du chantage pour exercer un contrôle sur eux.

Wolfe fronça les sourcils.

— Cette théorie crée un tas de nouveaux problèmes. Elle ne fonctionne pour aucun de nos suspects, et surtout pas pour Steve Lowe. Les deux autres sont des sportifs issus de familles importantes.

Kane secoua la tête.

— Je n'en suis pas si sûr. Il nous manquait un mobile clair.

Jones fournissait peut-être la drogue à Lyons, et il aura voulu avoir une idée de ce qui se passait.

— Continue, l'incita Jenna.

— Nous savons que Jones était mécontent d'avoir été exclu de l'équipe, mais le faire passer pour coupable n'est pas le genre de leçon que Lyons aurait voulu lui donner, pas plus que la raclée qu'ils lui ont mis près des rapides. Même chose pour Stein. Comment savons-nous que Stein n'avait pas été impliqué dans de précédents viols ? Jones et Stein avaient peut-être envie d'arrêter. Comment Lyons pouvait-il les punir tous les deux ? Il a contraint Stein à démissionner et à ne rien dire lorsqu'il a invité Chrissie à la fête. Lyons a pu violer Chrissie en guise de punition et pour lui montrer de quoi il était capable.

— Tout ça est possible, soupira Webber. Stein n'avait pas l'air de trop s'inquiéter à l'idée que Chrissie aille à cette soirée avec Lyons.

Kane hocha la tête et s'éclaircit la gorge.

— Oui, les choses n'allaient peut-être pas assez vite pour lui, et il s'est dit qu'elle viendrait pleurer sur son épaule après la fête. J'ai l'impression que les menaces doivent proliférer après leurs viols en groupe. Lyons doit avoir tout le monde sous sa coupe.

Jenna avait les yeux fixés sur le coffre-fort.

— À ce train-là, on n'arrêtera jamais personne. On a tous des idées différentes sur les suspects et leurs mobiles. Il s'est écoulé des heures depuis que les fichiers ont été volés, et le coupable a déjà dû les détruire.

— Sauf s'il tente de tuer Lyons en montant un faux accident, suggéra Wolfe. Supprimer le chef de bande, ça ferait un joli bouquet final.

— Alors découvrez ce que Lyons a prévu pour les prochains jours, ordonna le shérif à Webber. Le samedi matin, l'équipe ne s'entraîne pas, je crois ? Apprenez où il sera. Le tueur le saura forcément et lui tombera dessus.

Webber croisa les bras devant sa poitrine.

— J'ai déjà quelques infos. Cet après-midi, il ira faire du jogging sur le chemin des rapides. Il y va régulièrement, et il a annoncé hier, à la cafétéria, qu'il y serait à 16 heures. Hier soir, il m'a confié qu'il prévoit de suivre Emily dans la montagne. S'il y va seul, il pense qu'elle acceptera de venir ici demain soir. Et si ça ne marche pas, il se dit qu'il aura le temps de se trouver deux ou trois filles après le match, mais ça m'étonnerait qu'il ait cette chance. Samedi, il y a le rodéo, et ensuite le bal. C'est un événement, le bal de la foire d'automne, donc la plupart des filles ont déjà dû s'organiser.

Wolfe avait pris une expression féroce.

— Si je vois cet animal près d'Emily... Je le casse en deux.

La perspective qu'Emily soit en ligne de mire irritait Kane, mais il songea tout à coup à un angle sous lequel il n'avait pas encore envisagé le problème.

— Emily sait à quoi s'en tenir, et si Lyons s'en prend à elle, il ne s'attend sûrement pas à rencontrer quelqu'un qui ait un tel niveau en combat rapproché. Expliquez-lui la situation, conseilla-t-il au légiste, et dites-lui de faire son jogging comme à l'ordinaire. Je la suivrai discrètement avec Jenna. Je parie que si le tueur n'est pas Lyons, il saura qu'il a prévu d'aller courir dans cette partie isolée de la montagne où Emily va en général. Il attendra qu'elle soit passée et il se jettera sur Lyons. C'est ce que je ferais à sa place, et ce type a l'air de connaître les faits et gestes de tout le monde, il planifie ses mises à mort. Il a ses victimes à l'œil, donc il est plus près que nous croyons.

— Comment ça, utiliser ma fille comme appât ? Pas question. Mes enfants ont déjà été assez exposés aux tueurs en série.

Face à ce refus de Wolfe, Kane tâcha d'être plus clair.

— Emily ne sera pas un appât pour le tueur. Elle sera un leurre pour attirer Lyons seul dans la montagne. Il n'y a aucune raison que le tueur la vise, elle, si tant est qu'il se montre. C'est gagnant-gagnant. Si Lyons s'attaque à Emily, on le tient ; si le tueur tente de s'en prendre à Lyons, on l'arrête. S'il ne se passe rien de tout ça et que Lyons l'invite simplement à sa soirée, alors elle sera sur les lieux avec Webber en renfort. Elle connaît la musique. À l'instant où Lyons lui proposera à boire, elle n'aura qu'à s'enfuir. On sera juste à l'extérieur, et si son verre contient une drogue du viol, on arrête Lyons pour le viol de Chrissie et tout ce dont on pourra l'accuser d'autre. Ses empreintes seront sur le verre et nous aurons Webber comme témoin.

— Elle voudra le faire, intervint Jenna. Elle fait partie de l'équipe, désormais. Avec nous deux à l'arrière, et Rowley et Walters à proximité, ça ne peut pas tourner mal.

Le visage de Wolfe était comme un ciel avant l'orage.

— C'est bien ce qui m'inquiète. À Black Rock Falls, tout finit toujours par tourner mal.

40

Il avait passé une matinée tranquille, assis sous un arbre, près de la bibliothèque universitaire. Il renversa la tête en arrière et contempla le ciel bleu, sans nuage. Une brise légère soufflait des montagnes, apportant l'odeur unique de la neige. Elle ne tomberait pas tout de suite, pas avant plusieurs semaines. Il fallait que la météo coopère et ne contrarie pas ses projets ; par chance, Mère Nature était encore en proie aux dernières affres de l'été, et l'on ne distinguait que quelques-uns des signes de l'automne. C'était une période spectaculaire : certains y auraient vu se faner l'été, mais à ses yeux, c'était un festin de couleurs. Le spectre changeait comme les parfums uniques d'une ville d'altitude. Les pins seraient toujours là, hauts et majestueux, mais à mesure que le vert s'estompait des sous-bois et que la fumée des feux emplissait l'air, c'était comme si la nature avait changé son décor estival dans la forêt et les prairies.

Ces derniers jours, il avait pris le temps d'observer le comportement humain, et il avait été fasciné. Les étudiants se rendaient d'un cours à l'autre comme des fourmis, chacun suivant sa trajectoire en direction d'un but précis, programmés pour se déplacer, manger et partir au son de la cloche. Ils marchaient en rangs, munis de leurs appareils électroniques et de leurs manuels. Le lavage de cerveau les persuadant d'obéir aux figures d'autorité avait lieu très tôt. Il suffisait de réunir un groupe, de faire retentir des sonneries ou d'émettre quelques ordres, et ils s'exécutaient. L'armée obligeait même les hommes à tuer, et ils le faisaient sans l'ombre d'une hésitation.

Il aimait Black Rock Falls. Loin de décourager les touristes, la sinistre réputation que l'endroit avait acquise semblait en faire *la* ville à visiter. Les rues grouillaient de monde, mais les amateurs de rodéo se tenaient à l'écart de l'université, et la vie ici semblait continuer dans une bulle de normalité.

C'était comme si personne ne s'étonnait vraiment que des membres de l'équipe de foot soient morts tout à coup. Il n'avait vu se manifester aucun chagrin, pas de filles pleurant les unes sur les épaules des autres, pas de veillées à minuit pour les chers disparus. Il soupira. Peut-être leur fallait-il des meurtres plus sanglants pour éveiller leurs émotions. Il sourit au soleil. Peut-être aurait-il dû les écorcher vifs et les suspendre au-dessus d'une fourmilière. Ça aurait attiré plus d'attention.

41

Jusque-là, Jenna avait supposé que la journée ne pourrait empirer, mais lorsqu'elle sortit du SUV de Kane, Rowley vint à sa rencontre, l'air accablé.

— Qu'y a-t-il ?

Rowley émit un grognement dégoûté.

— On vient de recevoir un coup de fil d'un des adjoints de Blackwater que vous avez envoyés surveiller la foule. Les choses ont dégénéré, apparemment, des bagarres ont éclaté ; ils ne savent pas trop, mais certains prétendent que la billetterie a fait l'objet d'une attaque à main armée. Les gens ont pris en chasse les coupables, les taureaux se sont échappés et ont piétiné des véhicules sur le parking. Je partais prêter main-forte. Walters est au bureau.

— OK, allez-y, je suivrai en voiture.

Elle fit signe à Kane d'entrer.

— Rédige le rapport sur Dylan Court et envoie Walters prévenir ses proches. À l'instant où Wolfe appellera, je veux que tu files assister à l'autopsie. J'y serai dès que j'aurai réglé cette affaire-ci.

— Tu es sûre, Jenna ? Ces gars-là peuvent être violents, surtout quand ils ont bu, et Wolfe a Webber avec lui, il n'a pas besoin de moi à la morgue.

Jenna tapota la crosse de son Glock.

— Peut-être, mais j'ai toujours un ami prêt à gérer ce genre de situation, et en plus des adjoints présents sur les lieux, j'aurai Rowley comme renfort. On ne peut pas tolérer ce genre de délits sous prétexte que nous avons une autre enquête à mener ailleurs. Les habitants de cette ville méritent notre protection. *Ma* protection en tant que shérif. Cela ne va pas me retenir longtemps. Au boulot, Kane. Nous devons élucider ces meurtres, et je serai de retour avant que tu remarques mon absence.

— Bien, chef. Appelle-moi en cas de besoin.

Il ouvrit la portière arrière pour laisser Duke descendre sur le trottoir. Jenna lui fit signe et se dirigea vers sa voiture, cherchant la clé dans sa poche. En réalité, elle préférait être passagère dans le véhicule de Kane. Outre sa compagnie, cela lui laissait le temps de réfléchir en route, lorsqu'ils allaient au bureau ou en revenaient. Sa voiture lui parut curieusement propre et elle se rappela que des gosses lavaient les véhicules pour collecter des fonds afin d'acheter des instruments pour la fanfare du collège, et elle leur avait permis d'utiliser le parking du shérif. Maggie avait recueilli les dons généreux auprès des adjoints et toutes les voitures avaient reçu un traitement de faveur. Elle monta à l'intérieur et baissa la vitre puis traversa lentement la ville et prit la direction de la foire. Elle alluma la radio, qui se mit à crépiter au bout de quelques instants. C'était Rowley.

— Allô Rowley, ici Alton. À vous.

— *Bien reçu. Chef, je suis derrière un GMC Canyon rouge, qui a pris l'autoroute vers le nord, à bord duquel se trouve le suspect du hold-up. Les adjoints de Blackwater maîtrisent la situation à la foire. Les ambulanciers sont sur place et soignent les gens qui ont été blessés par les taureaux. À vous.*

Jenna enfonça l'accélérateur, alluma ses phares et sa sirène lorsqu'elle prit la sortie menant au terrain de rodéo. Au loin, elle distinguait les clignotants de Rowley.

— Bien reçu. Je suis tout près. Quels détails avez-vous pour moi ? À vous.

— *Bien reçu. Deux suspects impliqués, qui avaient tous les deux envie d'en découdre. Ils en voulaient à l'organisateur pour une histoire de dette. Celui que je poursuis est parti tout de suite. L'autre a disparu dans la foule, mais les adjoints pourront vous fournir sa description. Ils le recherchent en ce moment. À vous.*

Jenna s'obligea à se concentrer sur la route devant elle. Dépassant les véhicules plus lents, elle ressentit une inhabituelle bouffée d'adrénaline. Elle comprenait maintenant pourquoi Kane aimait rouler vite. C'était presque addictif. Elle appela Maggie pour lui signaler qu'un suspect était en fuite.

— *Bien reçu, shérif, l'adjoint Kane est au courant.*

— Merci, Maggie. Terminé.

Jenna agrippa le volant et appuya encore un peu plus sur le champignon. Lorsqu'elle consulta le compteur, il indiquait plus de 120 km/h. Elle n'avait jamais roulé aussi vite, mais elle accéléra encore.

Devant elle, Rowley semblait s'éloigner davantage. Elle regarda dans le rétroviseur et eut un instant l'impression que Kane était derrière elle. Un véhicule noir aux vitres teintées, semblable au sien, la rejoignait à toute allure. Même au volant de « la bête », Kane n'aurait pu la rattraper en si peu de temps. Elle tendit la main vers la radio mais ne l'atteignit jamais ; le véhicule noir percuta l'arrière de sa voiture, la précipitant en avant à une vitesse incroyable.

Saisie par la peur, Jenna émit un hoquet. Comme elle pilotait très clairement un véhicule de police, celui qui tentait de la tuer devait être sérieux. Elle accéléra, prenant le risque de doubler un dix-huit roues pour creuser la distance entre elle et le fou qui la poursuivait. Elle jeta un coup d'œil dans le rétroviseur et ralentit un peu pour laisser un plus petit écart entre le camion et elle. Elle en profita pour utiliser sa radio et signaler qu'elle était en difficulté. La voix calme de Kane sortit aussitôt du haut-parleur.

— *Bien reçu. Fais ralentir le camion. Oblige-le à s'arrêter si tu peux. Dès qu'il y aura un témoin, le type qui t'en veut ne fera plus rien. Au pire, prends la prochaine sortie et dirige-toi vers la ville la plus proche. À vous.*

Avant qu'elle ait pu répondre, elle entendit le klaxon du dix-huit roues et le véhicule noir était presque à côté d'elle sur une autre voie. Le cœur battant, elle maintint ses deux mains sur le volant, inspira profondément et regarda devant elle. Elle avait fait ce trajet un millier de fois, et elle distinguait le panneau signalant Louan.

Le moteur du véhicule noir rugit comme si le conducteur tentait de l'intimider. Elle s'obligea à rester calme, à ne pas paniquer. La sortie apparut comme une oasis en plein désert. Elle se cramponna au volant et mit les gaz. Sa voiture accéléra et elle prit la sortie à 135 km/h mais, à son horreur, le véhicule noir lui collait aux trousses. Un virage serré la contraignit à freiner brusquement, mais l'autre conducteur connaissait bien la route, lui aussi, et il ralentit. Pourtant, quelques minutes plus tard, il roulait à nouveau à côté d'elle.

La panique la saisit à la gorge et elle avait les paumes moites. Il n'y avait personne sur la route qui menait droit à Louan. Elle pouvait freiner et le laisser passer, mais le bas-côté n'était pas assez large pour risquer cette manœuvre. Si elle parvenait jusqu'à la station-service, environ trois kilomètres plus loin, elle serait plus en sécurité que seule sur l'autoroute.

Elle accéléra mais, un instant après, le véhicule noir frôla l'arrière de sa voiture. À cause de la secousse, elle perdit le contrôle de son véhicule, éblouie par une soudaine marée bleue et verte qui lui donna la nausée et ralentit aussitôt. Jenna se débattit, hurlant de contrariété quand sa voiture dérapa à travers la chaussée.

42

— Shérif, répondez.

Kane regardait les grands yeux ronds et inquiets de Maggie.

Rien.

— Shérif, répondez.

Rien.

— Rowley, répondez.

Kane avait l'estomac noué par l'inquiétude.

— *Bien reçu.*

La voix de Rowley résonna, sonore et claire.

— *Je suis au nord de Louan. Les adjoints locaux ont arrêté l'occupant du 4 x 4 rouge à un barrage routier. Je rentre dès qu'il sera en détention. Pas de nouvelles du shérif. Sa description du véhicule qui la poursuit correspond à celui de l'autre suspect. Je ne vois pas pourquoi le conducteur viserait le shérif. Ça n'a pas de sens. À vous.*

Kane déglutit péniblement. Que pouvait-il s'être passé ?

— Bien reçu. Elle cherchait à sortir de l'autoroute. Elle est peut-être arrivée à la station-service de Louan ? Allez-y.

— *Vous y serez avant moi. À vous.*

— Bien reçu. C'est parti. Terminé.

Kane lança le micro à Maggie et prit son téléphone pour appeler Jenna. Comme elle ne décrochait pas, il sortit du bâtiment, laissant Duke aboyer derrière les portes vitrées.

Quelques instants après, il fonçait hors de la ville, phares allumés et sirène hurlant. Les maisons devinrent un flou rouge et brun alors qu'il roulait à toute allure. Dès qu'il fut sorti de Black Rock Falls, il atteignit l'orée du bois ; les ombres s'étalaient sur la chaussée comme des rayures qu'il avait à peine le temps de voir. Il prit la bretelle d'accès à l'autoroute, impressionné par la facilité avec laquelle son SUV prit le virage serré. Un rapide coup d'œil lui indiqua qu'il n'y avait personne derrière lui. Il appuya sur l'accélérateur.

— Allez, ma grande, montre-nous de quoi tu es capable.

Le moteur de la bête rugit en réponse alors qu'il la poussait au maximum et l'avant du véhicule se souleva pour relever le défi. Sous ses pieds, la puissance brute vibrait, le véhicule dévorant les kilomètres d'asphalte. Il ne voyait devant lui qu'un serpent noir qui sinuait, divisé en son centre par une ligne de pointillés jaunes.

Son esprit se concentrait sur une seule chose : trouver Jenna. Alors qu'il dépassait un dix-huit roues puis en contournait un autre, il ne ralentit pas dans la courbe. Quand la route se redressa, il eut une vue dégagée. Au loin, il distingua un nuage noir qui tourbillonnait dans le ciel. Il serra les dents, reconnaissant la fumée sinistre d'un véhicule en feu. Le visage d'Annie, sa femme, lui traversa l'esprit, un souvenir du jour où sa voiture avait explosé et l'avait tuée. L'idée de découvrir Jenna morte au milieu du métal broyé lui tordait les entrailles.

— Seigneur, ayez pitié.

Il prit la sortie vers Louan et entra dans la ville. Le malaise s'insinua en lui alors qu'il ralentissait pour contempler l'épave noire encastrée autour d'un poteau. Les flammes léchaient la carrosserie calcinée, dansant très haut dans l'air, et une explosion brisa soudain le silence, projetant des éclats métalliques dans toutes les directions. Il prit sa radio et appela Maggie pour qu'elle envoie les pompiers. Il eut du mal à avaler sa salive.

— J'irai voir, mais j'ai l'impression qu'il n'y a aucun survivant. À vous.

— *Bien reçu. Oh, mon Dieu*, sanglota Maggie. *Je vais contacter Wolfe. Terminé.*

Une terrible solitude s'abattit sur Kane alors qu'il continuait son chemin sur l'autoroute déserte, roulant lentement à travers l'épaisse fumée noire. Pas d'autres épaves en vue. Seules de rares personnes empruntaient cet itinéraire pour aller à Louan ; en général, ils restaient sur l'autoroute et prenaient la sortie suivante pour gagner du temps. Kane scruta la chaussée, évitant de son mieux les débris, malade à la pensée de retrouver Jenna, ou certains de ses membres éparpillés sur l'asphalte. Il freina brusquement à la vue de la voiture du shérif sur le bord de la route. Incapable d'avancer davantage au milieu des fragments de métal, il ouvrit la portière et courut dans l'herbe le long du talus, sautant par-dessus les fragments du véhicule endommagé pour la rejoindre.

Soulagé de trouver Jenna en vie, il eut des picotements dans les yeux. Il resta un instant pétrifié, la regardant s'attaquer aux airbags avec un couteau et jurant assez fort pour faire rougir un prêtre. Kane se sentit inondé par une émotion si intense que ses genoux se dérobèrent. Il aurait voulu pousser un cri de joie, mais il prit un visage sérieux. Jenna n'avait pas l'air d'humeur à se réjouir. Il descendit le fossé, pataugea dans l'eau boueuse, puis s'avança vers la vitre ouverte.

— Puis-je vous porter secours, chère madame ?

— Dave. C'est toi, Dieu merci. Un sale con m'a éjectée hors de la route.

Jenna se tourna vers lui et la colère brilla dans ses yeux.

— Ces conneries de portière se sont verrouillées sous l'impact et je suis coincée dans les airbags.

Réprimant un sourire, Kane l'examina. Son visage

empourpré était furieux, elle était complètement décoiffée, mais sa grimace d'indignation lui apprit qu'elle allait bien.

— Tu as mal quelque part ?

— Seule ma fierté est blessée.

Elle prit une longue et profonde inspiration, puis exhala lentement, comme pour se calmer les nerfs.

— Je suppose que l'explosion, c'était le véhicule qui m'a emboutie ? Il a percuté l'arrière de ma voiture, et ensuite il m'a doublée à toute allure. Un instant après, j'ai entendu un bruit terrible. Je me suis doutée que le véhicule avait pris feu car ça sentait la fumée. Ensuite, une explosion a secoué le sol et je me suis dit qu'être enfermée dans la voiture, au fond d'un fossé, ça n'était pas si mal, après tout. J'espère qu'il n'a renversé personne d'autre. Tu peux me dire si c'est le véhicule noir que j'avais sur mes talons ?

Surpris par son calme, Kane haussa les épaules.

— Difficile de reconnaître la marque ou le modèle, il est en miettes. Le conducteur s'est pris un poteau et sa voiture a pris feu. Je n'ai pas vérifié les occupants, mais ce serait un miracle que quelqu'un survive à un accident pareil.

Il tenta d'ouvrir la portière, mais elle était bien fermée.

— Je vais te libérer, et on ira voir ça de plus près. Où sont tes clés ? Tu les as à portée de main ?

Comme tous les véhicules de police de Black Rock Falls avaient un système d'ouverture sans clé pour favoriser un démarrage plus rapide, le bipeur fonctionnerait sans doute.

— Du dehors, je pourrai t'ouvrir.

— Oui, je crois. Si j'arrive à mettre la main dans ma poche.

Jenna se tortilla, puis lui remit le bipeur.

Il tendit la clé intelligente vers la voiture, qui réagit en clignotant.

— Et voilà, le bipeur l'emporte sur le verrouillage automatique.

Il ouvrit la portière, détacha la ceinture de Jenna et l'aida à sortir. Elle leva les yeux vers lui.

— J'ai cru que j'allais mourir. Je suis bien contente d'avoir été au volant de la nouvelle bagnole. Les airbags se sont très bien déclenchés.

Elle scruta les lieux, retrouvant aussitôt ses réflexes professionnels.

— On ferait mieux d'aller voir si le conducteur a survécu, mais à en juger d'après cette odeur atroce, il doit déjà être croustillant à point.

— Wolfe arrive, et Maggie a appelé les pompiers.

Il suivit Jenna, son calme naturel étant revenu, la vie ayant repris une normalité rassurante. Au loin, il entendait une sirène de police.

— Ça doit être Rowley. Il a arrêté le suspect dans le 4 x 4 rouge et il arrive. Je vais t'aider à grimper, dit-il, en lui prenant la main.

À sa surprise, elle ne discuta pas et il escalada le fossé, la tirant après lui. Il se retourna vers elle.

— Tu es sûre de ne pas vouloir t'asseoir pour te reposer un peu ? Tu es peut-être sous le choc.

— Ça fait environ vingt minutes que je me repose. Je ne suis pas blessée.

Jenna fit tomber la terre de ses chaussures.

— Je suis furieuse de ne pas avoir mieux su gérer la situation, mais après ce que j'ai vécu ces derniers jours, c'était une promenade de santé.

Elle prit son téléphone et l'alluma.

— Mon portable aussi est en pleine forme.

Elle commença à se frayer un chemin à travers les morceaux de métal dont l'asphalte était jonché.

— Oh, tu sens comme ça pue ? J'ai raison. Il y a forcément un cadavre dans l'épave.

Kane pressa le pas. L'odeur amère du caoutchouc brûlé et

de la chair carbonisée, il la connaissait depuis toujours. Il rejoignit Jenna et ils s'approchèrent de l'épave. À dix mètres, ils voyaient clairement le corps noirci du conducteur, recroquevillé sur le volant. Il prit Jenna par le bras.

— Allons fouiller les environs au cas où il n'aurait pas été seul, et après nous laisserons Wolfe opérer.

— Fais ça, et je verrai si les adjoints de Louan peuvent bloquer l'accès à cette zone tant que la scène de l'accident n'aura pas été examinée.

Jenna paraissait subjuguée par l'épave fumante.

— Pourquoi m'a-t-il projetée hors de la route ? Je ne le poursuivais pas. Ça n'a aucun sens.

Kane scruta le fossé, puis haussa les épaules.

— J'imagine que c'est le second suspect du hold-up à la foire, et quand il s'est enfui, il a cru que tu pourchassais son complice. Il ne savait pas que Rowley t'avait devancée. Je pense qu'il a décidé de t'éjecter de la route pour que l'autre puisse se sauver. Il croyait sans doute qu'ils seraient libres dès qu'il t'aurait éliminée.

— Hum... Peut-être, mais il a eu recours à la TIP classique, celle qu'on emploie pour arrêter un véhicule qui roule vite. Il faut un certain entraînement pour maîtriser la Technique d'immobilisation provoquée. Je pense que c'est un flic.

Kane fronça les sourcils.

— Non, il a peut-être essayé, mais très peu de flics finissent en barbecue autour d'un poteau après avoir exécuté cette manœuvre.

Jenna contemplait toujours l'épave.

— Si ce n'est pas un flic, alors ce type est beaucoup plus intéressant que nous ne pensions.

43

Jenna se demandait si elle pourrait jamais se débarrasser de la puanteur rance qui adhérait à ses vêtements et à ses cheveux. La fumée grasse avait tout enveloppé autour d'elle, couvrant l'herbe brunie d'une étrange couche de suie, comme si toute la prairie avait brûlé. Quand Rowley arriva avec son prisonnier, elle s'installa dans le SUV de Kane pour écouter le rapport de Rowley.

— Donc, vous avez le suspect en détention et vous avez récupéré l'argent du hold-up. Avait-il sur lui l'arme qu'il a utilisée ?

— Oui, une fois au barrage routier, quand il a eu quatre fusils braqués sur lui, il a jeté son revolver par la vitre, tellement il était pressé de se rendre. Il s'est mis à parler si vite que j'ai dû le faire taire pour lui réciter ses droits. Il s'appelle Joey Turner.

Du menton, Rowley désigna l'épave.

— J'ai aussi le nom de celui qui vous a envoyée dans le fossé. C'est son grand frère, Jimmy. Il m'a fait un récit minute par minute. Apparemment, son frère lui parlait au téléphone pendant la course-poursuite. Il voulait vous ralentir pour qu'ils s'en tirent tous les deux. Il avait des antécédents, et ce n'est pas un ancien flic.

— Kane l'avait plus ou moins deviné. Bravo Rowley. Emmenez le prisonnier et inscrivez-le dans le registre. Contactez le procureur, il le fera incarcérer à la prison du comté en attendant une audience. On sera de retour dès qu'on aura terminé ici.

Derrière Rowley, Jenna avait vu s'avancer Wolfe, qui retira ses gants chirurgicaux maculés de suie pour les rouler en boule. Il s'adossa au SUV de Kane.

— Qu'avez-vous à m'annoncer ? lui demanda-t-elle.

— Ça s'est passé comme vous disiez. Il roulait trop vite tout en téléphonant. Il a perdu le contrôle du véhicule qui a percuté le panneau routier. Combien de gens encore découvrirai-je morts au volant, leur portable à la main ? Ils n'ont pas l'air de comprendre qu'envoyer des textos ou recevoir des appels alors que l'on conduit, c'est pire que la roulette russe. Ils détachent les yeux de la route pendant quelques secondes et ils finissent contre un poteau ou, pire, ils tuent des conducteurs innocents dans une collision. J'ai prélevé comme j'ai pu des échantillons sanguins, mais il y a déjà des témoins à la foire qui ont signalé qu'il buvait du whisky au bar. J'envoie directement le corps aux pompes funèbres. Pas besoin d'autopsie.

Jenna soupira et regarda Wolfe avec une tension inhabituelle.

— Walters préviendra les proches. Cet accident vous a accaparé trop longtemps. Les secours sont arrivés ; pourquoi ne rentrez-vous pas en ville ? Je sais que vous êtes pressé de pratiquer l'autopsie de Court.

Wolfe parut réfléchir à quelque chose d'important.

— C'est déjà fait. Pour le moment, cela ressemble à un homicide, si je peux prouver qu'il a des marques de revolver sur le visage et la tempe, et identifier les traces de gant sur son pouce. Ce n'était pas un drogué, je n'ai trouvé aucun indice : ni piqûres d'aiguille, ni les dégâts qu'on devrait constater chez un accro ou même chez un consommateur occasionnel. J'ai aussi appelé l'université pour discuter des tests qu'ils font subir à leurs sportifs : ils prélèvent des échantillons d'urine de manière aléatoire et le laboratoire a confirmé que ceux de Court avaient toujours donné un résultat négatif. Le dernier a eu lieu il y a seulement une semaine. Je sais qu'il avait rendez-vous avec la psy de la fac parce qu'il était perturbé par la mort de ses amis.

Rien de tout cela ne semblait logique. Jenna se mordillait la lèvre inférieure.

— Alors de quoi est-il mort ?

Wolfe posa une main sur la portière et se pencha pour lui parler.

— J'ai analysé son sang pour voir s'il avait pris un *speedball*. J'attends confirmation, mais j'ai eu un résultat positif pour la morphine. La drogue paraît trop pure pour être un mélange ordinaire. Il y a quelque chose d'anormal.

— Comment ça ?

— J'en saurai plus très bientôt. J'ai envoyé les échantillons sanguins à un labo spécial. Si j'ai raison, quelqu'un a utilisé une dose massive de morphine pour tuer Court. Comment un étudiant pourrait-il se procurer de la morphine à Black Rock Falls ?

— Oui, ce n'est pas courant. Sauf si son père est docteur ou travaille dans une pharmacie ?

— Peut-être, mais les médecins et les pharmaciens ne laissent pas traîner leurs médicaments, et ils suivent leur stock, ils peuvent se rendre compte qu'un produit disparaît.

Wolfe consulta sa montre puis se passa nerveusement la main dans les cheveux.

— Je vous tiendrai informée.

Jenna connaissait le légiste depuis assez longtemps pour savoir qu'il était rongé par un souci. Il était toujours efficace, mais quelque chose n'allait pas.

— Oublions l'enquête un moment, et dites-moi ce qui vous tracasse.

— Rien. Tout va bien.

— Oh, ce n'est quand même pas à cause du poney que Kane a prévu d'acheter pour l'anniversaire d'Anna ? On vous a un peu forcé la main, j'avoue.

Le shérif ouvrit la portière et sortit du véhicule. Wolfe la regarda en lui pressant le bras.

— Non, Jenna, ce n'est pas ça du tout. Votre affection pour mes filles me donne l'impression d'avoir une vraie famille. Julie et Anna n'ont à la bouche que leur « Oncle Dave » ou leur « Tante Jenna ». Ça compte beaucoup pour moi, de voir mes filles sourire à nouveau, et Emily vous considère comme une grande sœur.

Jenna avait les larmes aux yeux. Pour elle aussi, Wolfe et ses filles, Kane et Rowley, tous formaient la famille qu'elle avait perdue. Elle lui tapota la main.

— C'est pareil pour nous, Shane. Nous avons tous vécu tellement d'horreurs depuis notre arrivée à Black Rock Falls, c'est bon d'avoir un peu de normalité dans nos vies.

— C'est pour ça que je ne veux pas mettre Emily en danger. Bien sûr, il y a une chance assez faible que le tueur profite de l'occasion pour s'attaquer à Lyons et qu'elle ne soit pas mêlée à ça, mais ce dont nous sommes certains, c'est que si Emily fait son jogging cet après-midi dans la montagne, Lyons tentera de la séduire d'une manière ou d'une autre. Nous ignorons s'il prévoit de la violer. On ne peut pas exclure qu'il puisse être le tueur qui a assassiné trois de ses amis et possiblement Chrissie. C'est assez isolé, là-haut, surtout en fin d'après-midi, et vous savez qu'il y a un risque pour que ça tourne mal, Jenna.

Wolfe lui lâcha le bras.

— Il est 13 heures passées et vous n'êtes pas en état de courir. Je vais dire à Emily de renoncer et de rentrer à la maison aussitôt après ses cours. Je ne peux pas croire qu'elle ait accepté d'être associée à votre plan. C'est complètement insensé. Je devais avoir perdu la tête quand je l'ai autorisée à y penser.

Jenna comprenait à présent l'agitation de Wolfe. Elle plaça une main sur son arme et adopta une posture détendue.

— Je vais bien. Vous m'avez examinée de la tête aux pieds et vous savez que je n'ai pas une égratignure. Si vous vous inquiétez pour moi, il n'y a pas de quoi. Je suis en parfait état. Vous croyez sérieusement que je mettrais Emily en danger ?

— Eh bien, non, mais mes enfants sont tout ce que j'ai, Jenna. Si elle était votre fille, l'autoriseriez-vous à faire ça ?

Le légiste étrécit les yeux et le shérif soutint son regard.

— Elle pourrait croiser Lyons n'importe quel jour en faisant son jogging ; en fait, elle peut le croiser à tout moment, à la fac ou chez Tante Betty. Cet après-midi, ce sera dans un environnement contrôlé : je serai tout près, et Kane aussi. D'ailleurs, pourquoi ne viendriez-vous pas également ?

Wolfe se frotta le menton.

— Votre présence et celle de Kane suffiront à faire fuir la plupart des gens. Si je m'en mêle, le tueur et Lyons sauront qu'il se mijote quelque chose. Je pourrais attendre dans ma camionnette, sur le parking qui est au pied de la montagne. Si j'enlève la plaque « médecin légiste » sur les côtés, personne ne me remarquera.

— Bonne idée, approuva Jenna en remontant dans le SUV de Kane. Si vous avez terminé avec l'épave, je demanderai aux adjoints de Louan de l'emporter. Je vais appeler une dépanneuse pour récupérer ma voiture et on sera en ville à 14 heures au plus tard. Ça nous laissera tout le temps de nous laver et de nous changer.

— OK, mais pour que ça marche, il faut que tout soit prévu à la seconde près. Vous devrez être en mesure de la protéger. Je m'abstiens d'appeler Emily pour le moment, mais faites-moi signe quand vous arriverez en ville, pour qu'on se mette bien d'accord.

— J'ai prévu plusieurs scénarios, ne vous inquiétez pas. Rowley sera avec vous, et comme Webber suivra Lyons, tous les angles seront couverts.

Wolfe ne parut guère rassuré.

— Promettez-moi de veiller sur elle, Jenna.

— Vous avez ma parole.

44

Un vent puissant arrachait les premières feuilles d'automne, puis les faisait danser en spirale sur le trottoir lorsque Kane et Jenna parcoururent les deux cents mètres les séparant des bureaux du shérif. Il avait pris son sac de voyage et son matériel à l'arrière du SUV lorsqu'ils avaient laissé « la bête » au lave-auto. Il regarda Jenna, qui portait la trousse médicale de terrain.

— Je suis content que ça souffle aussi fort. Déjà que les gens nous regardent en se bouchant le nez. J'espère que ma voiture perdra son odeur au lavage.

— C'est une chance que nous ayons au bureau de quoi nous changer et un endroit où prendre une douche, mais je ne vois pas pourquoi nous ne pouvions pas rentrer directement à la maison.

Elle tourna la tête vers lui lorsqu'ils se séparèrent pour laisser passer une mère et ses trois jeunes enfants.

— De toute façon, nous devrons aller nous mettre en tenue de sport pour être dans la montagne bien avant qu'Emily arrive.

Une femme fronça le nez, dégoûtée, en croisant Kane, et il pressa le pas.

— Crois-moi, si on s'était lavés et qu'on était remontés dans mon SUV, la puanteur ne nous aurait pas lâchés. Il faut nettoyer les sièges, et la carrosserie a l'air d'avoir participé à un barbecue.

Jenna évita deux enfants dont le vent agitait dangereusement la barbe à papa.

— Oh, Kane, quelle chose horrible à dire ! Même si cet homme a essayé de me tuer, il n'avait pas à mourir de cette manière. Tu t'imagines brûlé vif ?

— Non, mais il n'était pas non plus obligé de braquer la billetterie de la foire, ni de te pousser vers le bord de la route.

Incapable de comprendre cette sollicitude pour l'individu qui l'aurait volontiers tuée, Kane la dévisagea.

— Ni de téléphoner tout en conduisant.

— Tu as raison. Je me demande combien d'accidents de la circulation sont causés par les textos.

Kane grommela un soupir, regrettant de ne pas avoir vérifié les chiffres récemment.

— La dernière fois que j'ai vu les statistiques, 1,6 million d'accidents de voiture, soit un sur quatre, étaient causés par les textos. De toute évidence, envoyer ou lire un message est plus important que la vie.

Jenna parut se secouer mentalement.

— Assez parlé de ça, la sécurité d'Emily est ma principale préoccupation pour le moment. Il faut que j'élabore un plan B pour cet après-midi, et peut-être même aussi un plan C. J'y réfléchirai sous la douche.

Il monta les marches, suivi par le shérif. Lorsqu'ils passèrent derrière les gens qui attendaient à l'accueil, l'adjoint Walters leur adressa de grands signes, mais Jenna filait déjà vers la douche. Kane s'approcha de lui.

— Oui ?

— J'ai les chaussures de Chrissie Lowe. Un homme qui promenait son chien les a trouvées dans l'herbe, sur le bord de la route, près de la fac.

Brandissant un sac à pièces à conviction, Walters eut un hochement de tête.

— Je suis parti tout de suite. Personne ne les a touchées, et je les ai mises directement dans le sac. Tous les détails sont dans le rapport.

Kane posa ses sacs à terre et examina les chaussures. Quelqu'un les avait sans doute lancées depuis la voiture après avoir ramené Chrissie à son internat.

— Vous pouvez les envoyer à Wolfe ? Avec un peu de chance, il arrivera à y relever quelques empreintes. Et pour son téléphone, toujours rien ?

Walters haussa les épaules.

— Non, il a été coupé vers 2 h 45, le matin du jour où sa colocataire l'a retrouvée morte. Quelqu'un l'a peut-être jeté dans les toilettes ?

— Oui, on ne sait jamais. Il faut que je me lave, je sens trop mauvais. On se parle tout à l'heure.

Il ramassa ses sacs et se dirigea vers le vestiaire.

Quand Kane sortit du vestiaire, il trouva Duke endormi sous sa table, sur laquelle avaient été déposés des sacs de Chez Tante Betty. À en juger d'après le merveilleux arôme du café fraîchement moulu, Maggie avait commandé le déjeuner, sachant qu'ils étaient tous les deux en service depuis le matin. Il s'assit et attendit Jenna, un œil sur l'horloge ; il avait terminé son repas lorsqu'elle sortit de la douche, les cheveux brillants et sentant le chèvrefeuille.

— Maggie a prévu ton déjeuner.

— Super, je le mangerai en rentrant à la maison.

Elle prit les sacs et repartit vers la porte, puis s'interrompit et le regarda par-dessus son épaule.

— Tu viens ?

Il se saisit de son gobelet de café et la suivit, Duke sur ses talons.

— Je ne crois pas qu'on ait jamais enquêté sur un meurtre avec trois suspects possibles et pas la moindre preuve contre eux. Des soupçons, peut-être, mais le fait de ne pas pouvoir affirmer que l'un d'eux était sur les lieux du crime, ça nous complique l'existence.

Jenna but une gorgée de café.

— Nous n'avons peut-être encore rien, mais ça ne va pas durer. Personne n'est chanceux à ce point. Ils étaient tous à proximité des lieux. Je sais qu'Emily demande à tout le monde s'ils auraient été vus, et Webber aussi. Et on ne peut même pas publier de communiqué de presse, on aurait des procès à dos. Sauf si le tueur passe à l'acte cet après-midi, nous continuerons à chercher désespérément des preuves et des suspects, mais Lyons a tout l'air d'avoir été le meneur lors du viol collectif de Chrissie Lowe. Je serais déjà heureuse d'avoir résolu au moins une affaire cette semaine.

Kane prit la route du lave-auto.

— Rowley tient le voleur, donc ce n'est pas comme si nous étions restés bredouilles, mais s'il ne se passe rien cet après-midi, ce sera retour à la case départ pour les autres affaires. Je suppose qu'on doit se contenter de lancer le filet pour voir qui d'autre on capturera, car aussi sûr que mon SUV est noir, s'il s'agit de meurtres, le tueur n'en a pas encore fini.

Après s'être changé, Kane glissa quelques objets utiles dans les poches de sa veste et attendit dans son véhicule que Jenna sorte de son ranch. Il avait choisi des vêtements vert foncé, pour être moins visible dans le sous-bois, puis avait ajouté une casquette et des lunettes noires. Jenna s'était bien déguisée, tenue décontractée, casquette de base-ball et lunettes de soleil.

Elle se fondrait dans la masse des joggeurs. Pour lui, le problème était insoluble : il aurait beau faire, il ne passerait pas inaperçu. Mesurer une tête de plus que la plupart des gens était un avantage qu'il n'aurait pas voulu échanger, mais disparaître dans une foule était quelque chose dont il n'avait jamais été capable. Il enfonça sa casquette sur ses yeux et regarda Jenna lorsqu'elle s'assit côté passager.

— Il faudra qu'on se sépare. Si quelqu'un nous voit ensemble, on nous reconnaîtra forcément.

Il fit démarrer le moteur et s'engagea dans l'allée jonchée de feuilles, puis vers l'autoroute.

— Oui, c'est ce que j'avais déjà décidé, et j'ai échafaudé trois scénarios possibles, mais j'hésite à emmener Duke avec nous, répondit Jenna, en se mordant la lèvre. Il pourrait t'avertir si quelqu'un rôde dans la forêt.

Kane haussa les épaules.

— Peut-être, mais les gens savent qu'il est toujours avec moi. Au cas où ils ne m'auraient pas encore identifié, ils le feront dès qu'ils verront Duke.

Une fois sorti de la ville, il avait décidé d'éviter l'encombrement des voies principales pour atteindre Stanton Road, de sorte qu'ils seraient sur le parking situé au début de la piste avec une bonne demi-heure d'avance sur le moment où Emily devait arriver. Il avait sa propre idée de la meilleure façon de surveiller la jeune fille, mais il se tourna vers le shérif, puis redirigea son attention vers la circulation.

— Comment envisages-tu les choses, Jenna ?

Elle consulta sa montre.

— Nous y serons assez tôt pour nous séparer et nous placer en haut des rapides, pour attendre de part et d'autre de la piste. Comme Webber suivra Lyons, et comme nous serons tous les deux devant Emily, tout devrait bien se passer. Wolfe passe au bureau prendre Rowley et ils seront au pied de la montagne, en renfort. Nous avons un talkie-walkie, y compris Emily.

— OK.

Kane restait les yeux face à la route. Elle le regarda.

— Si Lyons attaque, nous le laissons faire. Nous pourrons entendre ce qu'il dit à Emily. S'il l'invite simplement à une soirée, nous garderons nos distances pour laisser se dérouler le plan A. J'ai expliqué à Emily qu'elle devait accepter, mais insister pour aller à la fête par ses propres moyens.

Jenna ajusta sa casquette et rangea une mèche de cheveux derrière son oreille.

— S'il veut faire du jogging avec elle, je lui ai dit qu'elle devrait exiger qu'il passe devant parce qu'elle voulait être un peu seule.

Kane sourit.

— Donc si le tueur rôde, elle sera hors de danger.

— Exactement, et s'il n'y a pas de tueur prêt à l'action, et que Lyons tente de la droguer lors de la soirée, elle aura Webber comme renfort, on en a déjà parlé, et nous aurons la preuve qu'il nous faut pour arrêter Lyons, au moins pour usage de drogue illégale. Si nous pouvons mettre les mains sur son portable prépayé, nous pourrons même l'accuser du viol de Chrissie.

— C'est une possibilité. Je parie qu'il le garde sur lui.

Kane accéléra dans Stanton Road et l'odeur des pins pénétra par sa vitre baissée.

— Et quel est le plan B ?

— Il me paraît très peu probable qu'il essaie de la violer dans la montagne, mais s'il la touche, celui d'entre nous qui est le plus près interviendra.

Jenna ouvrit sa veste pour dévoiler un étui d'épaule.

— Pour courir, ce n'est pas l'idéal, mais je m'en servirai si je le dois.

— Moi aussi.

— Oh, je sais que tu ne vas nulle part sans ton arme. Je me suis souvent demandé si tu la prenais aussi dans la douche.

Jenna gloussa, et comme il ne répondait pas, elle lui donna un coup de coude.

— Non, tu le fais vraiment ?

— Je la laisse à portée de main. C'est une habitude.

Il quitta Stanton Road et s'enfonça entre les rangées de pins, en direction du parking du bas de la piste.

— C'est quoi, ton plan C ?

— Si tout se passe selon le plan A, on observe simplement. Si le tueur s'attaque à Lyons, ce sera avant qu'il arrive dans la piste plus fréquentée, donc quelque part entre le sommet des rapides et le vieux pont. Nous serons sur nos talkies-walkies et nous pourrons l'encercler sans trop de mal.

Kane tressaillit.

— Le tueur est fort et très malin ; il nous repérera si nous nous approchons trop, et il ne faut qu'une seconde pour tuer. Si près des rapides, il n'aurait qu'à jeter Lyons dans le ravin. Le plus sûr pour Emily, plutôt que de continuer jusqu'à l'épingle à cheveux, ce serait de prendre un raccourci ou bien de remonter attendre tout en haut.

Jenna secoua la tête.

— Alors elle s'éloignerait de Webber, qui sera sur les traces de Lyons. Je ne veux l'exposer à aucun risque. Je lui ai dit de laisser Lyons partir en avant, puis de le suivre cinq minutes plus tard. Tenons-nous-en au plan, sinon ce sera la pagaille. Elle pourra toujours rester en arrière ou te rejoindre par le raccourci si ça tourne mal.

Ils entrèrent dans le parking et Kane se gara tout au bout, dans une zone très ombragée. Son SUV noir était presque invisible dans l'obscurité. Il regarda autour de lui. Six autres véhicules étaient à proximité, mais il ne voyait ni la Jeep Cherokee gris métallisé d'Emily ni la camionnette blanche de Wolfe.

— J'ai l'impression qu'on est très en avance.

Il fixa son talkie-walkie à sa ceinture et glissa l'écouteur dans le col de sa chemise, puis attacha son arme dans son dos.

Remarquant que Jenna inspectait les lieux avant de sortir du véhicule, il fit le tour du capot.

— Prête ?

Il lui tendit une bouteille d'eau.

— Ne prends pas de risques.

— Bien reçu.

Jenna entreprit de gravir la piste, côté rapides, et en quelques secondes, elle disparut parmi les arbres.

Kane scruta l'endroit une fois de plus, puis traversa le parking en direction de la piste située plus à l'intérieur de l'épaisse forêt, que préféraient la plupart des gens. Ce chemin permettait trois options. La première était d'emprunter le virage à 180 degrés puis de descendre le long des rapides ; la deuxième consistait à couper à mi-chemin et de prendre le raccourci ; la troisième était de continuer jusqu'au sommet. En majorité, les gens montaient par la forêt, pour éviter les éclaboussures et le vent froid, mais prenaient par l'autre piste au retour, avec le vent frais dans le dos alors qu'ils descendaient sous la lumière pommelée du soleil. Kane courait à un rythme régulier, gardant son attention sur toutes les ombres. Un calme surnaturel régnait, et il ne croisa aucun autre joggeur. La solitude ne le gênait pas. Le silence pourrait être un avantage, et même si le parfum des pins était fort, avec le vent qui lui soufflait au visage, si quelqu'un se cachait, il le détecterait sans doute à l'odeur.

45

Emily fut envahie par un mélange de malaise et d'excitation lorsqu'elle sortit de sa Jeep qu'elle avait garée sur le parking, à l'entrée de la piste de jogging. Elle alluma son talkie-walkie et plaça l'écouteur dans son oreille, puis se mit à agiter la tête comme si elle écoutait une de ses chansons favorites. C'était une idée de son père, et si Lyons l'abordait, elle pourrait prétexter de couper la musique pour activer le micro. Elle ne vit pas le pick-up de Webber arriver, mais il l'avait suivie de loin depuis l'université, en maintenant ses distances. Le rugissement de la Mustang rouge de Lyons qui la talonnait était en revanche très audible. Elle enclencha le micro alors qu'elle se penchait dans la Jeep pour prendre sa gourde.

— C'est parti.

La voix de Jenna lui parvint, claire et sonore.

— *Bien reçu. Kane a pris position sur la piste de la forêt, pars dans cette direction-là. Je suis tout en haut, près des rapides. Je te suivrai. Webber sera derrière Lyons. Tu peux y aller.*

Emily procéda à ses habituels exercices d'étirement, puis déglutit péniblement en apercevant trois véhicules inconnus sur le parking. Elle emplit ses poumons d'air frais et sentant le pin, puis s'engagea dans la piste. Bizarrement, elle se sentait inquiète alors qu'elle parcourait le même trajet presque tous les jours, mais cet après-midi, il manquait la foule habituelle. Elle comprenait bien pourquoi : la plupart des gens avaient dû privilégier la foire. Le vendredi, le rodéo se prolongeait jusque très tard, avec le couronnement de la reine du festival d'automne et d'autres événements. Beaucoup de gens en profiteraient pour sortir. Tandis qu'elle trottinait à sa vitesse ordinaire, elle remarqua un changement dans l'atmosphère ; l'été avait disparu, et la fraîcheur venue des montagnes en automne était arrivée. Une brise porteuse de neige gémissait entre les grands pins, et les feuilles mortes du sous-bois craquaient sous ses pieds.

Dans son écouteur, elle entendait Kane communiquer avec Jenna.

— *Phil Stein est dans la montagne, il avance lentement, à une vingtaine de mètres de l'épingle à cheveux. Je suis caché à dix mètres du virage.*

— *Je ne me presse pas. Je pense être à mi-chemin de l'épingle à cheveux et je continue à monter jusqu'à la cascade,* répondit Jenna d'une voix apaisante. *Quelqu'un te suit, Emily ?*

Elle regarda par-dessus son épaule, puis activa son micro.

— Pas encore, mais Lyons est arrivé sur le parking juste après moi.

— *J'ai les yeux sur lui,* indiqua Webber d'une voix enthousiaste. *Il marche vers Emily. Je ne vois pas Jones, en revanche.*

— *Bien reçu,* dit Jenna, avant de reprendre son souffle. *Continue à te diriger vers Kane, Emily, puis prends la piste vers le haut des rapides. Je serai tout près.*

Emily toucha à nouveau son micro.

— Bien reçu.

Elle avait le cœur battant, et un frisson de peur la saisit, sachant que Lyons arrivait derrière elle. Qu'allait-il faire ? D'instinct, elle accéléra ; se rapprocher de Kane serait son meilleur choix, mais elle serait alors bien visible pour Stein, meurtrier potentiel.

Elle avançait toujours dans le chemin sinueux, sautant par-dessus les racines noueuses. Elle se concentrait sur le fait qu'elle était entourée de gens qui l'aimaient. Kane était devant et bientôt la piste deviendrait plus droite ; s'il était caché là-haut, il aurait une vision dégagée sur quiconque essaierait de l'attaquer. Elle était allée au stand de tir avec lui et l'avait vu tirer. Il était remarquable. Personne ne pourrait lui tenir tête. Elle était bien entourée, et Webber fermait la marche. Il resterait aussi près que possible de Lyons sans être vu. D'un geste inconscient, elle toucha le spray anti-ours qu'elle avait à la ceinture.

Un nuage passa devant le soleil et elle fut plongée dans l'obscurité. La brise fraîche devint une rafale arctique qui lui coupa la respiration. La forêt, si belle, devint sinistre en une fraction de seconde ; la pénombre dissimulait les pièges et elle trébucha sur le sol accidenté. Des branches s'accrochaient à ses vêtements, griffaient ses jambes nues, mais elle persévéra et atteignit bientôt le chemin sans méandres. Quand la piste s'élargit, elle put discerner l'épingle à cheveux et le sentier menant aux rapides.

Le souffle bruyant, elle parvint au bout du chemin en un temps record et s'arrêta pour reprendre haleine. Le vacarme des rapides s'intensifiait et couvrirait bientôt sa voix si elle appelait à l'aide. Elle but une gorgée d'eau et regarda autour d'elle. Si Kane était caché quelque part, il ressemblait à un fantôme. Un fort bruit de pas la fit se retourner et elle aperçut une silhouette qui marchait vers elle. C'était Lyons. *Il vient.*

46

Jusque-là, Jenna estimait ne pas souffrir de son accident de voiture, mais elle avait à présent mal dans le dos et dans les jambes. Oui, elle pourrait se battre si nécessaire, mais courir à flanc de montagne avec un vent glacé en face ne l'aidait guère à se sentir mieux. Alors qu'elle cheminait le long de la rivière qui serpentait à travers le bois de Stanton, ses poumons semblaient douloureux chaque fois qu'ils inspiraient l'air frais de la montagne. Elle comprit qu'elle avançait moins vite que prévu.

Des voix devant elle attirèrent son attention, puis un jeune couple de joggeurs surgit au détour d'un virage, les joues roses, les yeux brillants. Ils lui adressèrent un salut amical et rieur. Elle répondit par le même geste mais garda la tête baissée. Alors qu'elle allait atteindre le sommet des rapides, un autre jeune homme la dépassa. Peu après, son pouls s'accéléra à la vue d'Owen Jones, le suspect numéro deux, assis sur un rocher et contemplant l'eau grondante. Elle alluma son micro.

— Kane. Jones est en haut des rapides. On dirait qu'il attend quelqu'un.

— *Est-ce qu'il t'a vue ?*

Jenna ralentit et se baissa comme pour reprendre haleine.

— Je crois. Mais je ne pense pas qu'il m'ait reconnue.

Elle se raidit quand Jones se leva et se mit à descendre vers l'épingle à cheveux, passant devant elle sans un regard. Lorsqu'elle se tourna pour l'observer, il disparut.

— Il ne m'a pas repérée. Il est parti en courant et a pris le premier virage. Je ne sais pas où il est.

— *Et Stein ? Il devrait être juste au-dessus de toi.*

Jenna laissa l'image d'un autre joggeur filtrer dans son esprit. Stein était-il déjà passé ? Elle ne pouvait en être sûre à cent pour cent, avec la vapeur d'eau qui obscurcissait sa vision. Le jeune homme avait une casquette baissée par-dessus ses cheveux courts et des lunettes de soleil. Ça aurait pu être lui.

— Je n'en suis pas certaine. Un homme m'a doublée il y a quelques minutes, mais j'étais focalisée sur Jones.

— *Bien reçu. Ça devait être Stein. Personne d'autre n'est passé. Emily est tout près et Lyons la suit ; elle sera bientôt ici. Je vois Webber,* ajouta Kane une seconde plus tard. *Nous entourons Emily.*

Jenna redescendit un peu, entra dans la forêt et se posta derrière un rocher couvert de mousse.

— OK, je suis en position.

Alors qu'elle buvait à sa gourde en attendant qu'Emily passe, les meurtres revinrent occuper le devant de son esprit. Les yeux rivés à la piste, elle sentit son estomac se nouer. Pouvait-ce être une coïncidence si elle avait vu deux des suspects exactement au même endroit que Lyons et au même moment ? Dans la cafétéria, devant tout le monde, il avait claironné qu'il allait faire du jogging cet après-midi. Elle appuya sur son micro.

— Kane. J'espère que Jones et Stein ne sont pas tous les deux impliqués dans les meurtres.

— *On le saura très bientôt.*

— OK. Webber, j'ai besoin de vous pour surveiller Jones et Stein. Laissez-nous Lyons. Ne venez pas jusqu'à moi. Prenez le raccourci et attendez qu'ils viennent à vous. Vous devriez être couvert par les arbres. Appelez-nous s'ils font marche arrière.

— *Bien reçu. J'arrive*, répondit Webber, apparemment essoufflé.

Jenna s'accroupit et attendit que la comédie se joue. Dissimulée dans l'ombre entre les pins et le rocher, elle mobilisa tout son calme professionnel pour ne plus faire qu'un avec son environnement. Sous ses pieds, le sol couvert de feuilles était humide et jonché de pommes de pin. Elle inhala. La forêt changeait d'odeur à chaque saison. Le vent mordant perçait ses vêtements mouillés, annonçant que l'automne serait bref cette année, et que l'hiver arriverait sur ses talons.

Par-dessus le rugissement des rapides, elle entendit le cri d'une buse à queue rousse qui s'envola comme une flèche depuis un arbre. Jenna contempla l'oiseau majestueux dont la silhouette passait devant un nuage, jusqu'à ce que la cime des pins lui bouche la vue. Elle s'étonna de la splendeur des oiseaux de Black Rock Falls ; la forêt pouvait être un lieu à la fois terrifiant et magique. Son ami Atohi Blackhawk lui avait dit un jour que, malgré toutes les horreurs qui pourraient se produire dans le bois de Stanton, la beauté persisterait. La pluie nettoierait le sol, les fleurs sauvages et les plantes grimpantes masqueraient les tombes. Quoi qu'il advienne à présent sur la montagne, la vie continuerait.

De son poste d'observation, Jenna voyait parfaitement le haut des rapides. La clairière était une zone de pique-nique appréciée, où elle avait été témoin de la bagarre entre Lyons et les autres. Elle n'oublierait jamais l'instant où Jones avait basculé dans l'eau glacée, ni sa lutte pour survivre alors qu'il dévalait la rivière entre les pierres. Ce souvenir était encore si vif qu'elle sentit un frisson dans sa colonne vertébrale. Lorsqu'elle entendit des pas, elle concentra son attention sur la piste et soupira de soulagement quand Emily apparut. Comme prévu, la jeune fille alla s'asseoir sur le rocher plat. Elle but une longue rasade d'eau puis contempla les rapides. Quelques minutes s'écoulèrent et Seth Lyons arriva. Jenna se tourna vers lui. Il transpirait à peine.

Jenna ne pouvait entendre leur conversation, mais comme si elle lisait dans ses pensées, Emily mit en marche son micro et le dialogue devint audible dans l'écouteur du shérif. Seth Lyons s'était rapproché de la jeune fille.

— *Je t'ai vue à la fac. T'es amie avec Colt non ? Colt Webber ?*

— *Non, pas amie. Il fait un stage au même endroit que moi, c'est tout.*

Emily se leva et Jenna vit qu'elle faisait la moue.

— *Pourquoi, tu veux que je te le présente ?*

Lyons ricana.

— *Non, je le connais. On fait tous les deux partie de l'équipe de foot. Je suis le quarterback.*

— *Ah oui ?*

Emily retira l'élastique de sa queue-de-cheval, laissant ses longs cheveux blonds cascader dans son dos, puis les rassembla et les rattacha.

— *On se disait, Colt et moi, que tu aimerais peut-être venir à une fête demain soir, après le match ?*

Le sourire d'Emily faillit convaincre Jenna qu'elle était intéressée.

— *Bien sûr. Où et à quelle heure ?*

— *À 21 heures chez moi, dans Pine Road, au numéro 6. Je viendrai te chercher.*

— *Pas la peine, je prendrai ma voiture.*

Emily but à nouveau puis se rassit sur le rocher plat.

— *Je suis venue ici pour méditer, donc on se verra demain.*

— *D'accord. J'ai hâte.*

Lyons lui toucha la joue et s'en alla. Lorsqu'il fut passé devant Jenna, elle entra en contact avec Kane.

— Lyons redescend la montagne. Emily est en sécurité. Si le ou les tueurs doivent frapper, ce sera bientôt.

— *Ne révèle pas ta position, ils pourraient être cachés le long de la piste. Suis le plan. Ils savent qu'Emily est ici et qu'elle n'est pas une menace. Elle continue comme prévu, et on s'occupe du reste.*

— Bien reçu.

Jenna attendit cinq bonnes minutes puis ralluma son micro.

— OK, Emily, tu peux partir. Ton père t'attend sur le parking. Dès que tu seras au pont en ruine, prends le chemin qui rejoint la piste de la forêt et va jusqu'en bas. Comme ça, tu éviteras ceux qui guettent possiblement Lyons dans la partie sinueuse du trajet.

— *Je me mets en route.*

Emily s'élança dans la descente. Jenna la regarda, puis se servit à nouveau de son micro.

— Kane. Il ne s'est rien passé, ou nous aurions déjà des nouvelles de Webber. Je laisse Emily prendre un peu d'avance, puis je partirai à mon tour.

— *Lyons devrait atteindre le virage. Si le tueur veut frapper, la partie située face au vieux pont suspendu est la plus isolée, et il pourra s'enfuir par le raccourci. Apparemment, on s'en tient au plan A, mais je vais descendre par la forêt pour m'assurer qu'Emily n'a pas eu d'ennuis, et ensuite je te rattraperai sur la piste des rapides.*

Jenna soupira.

— Merde ! Je croyais qu'un de nos deux suspects serait déjà passé à l'acte.

— *Le tueur agira tôt ou tard. Il nous a peut-être reconnus, auquel cas il est encore plus malin que nous le pensions.*

Kane parlait aussi calmement qu'à son habitude.

— *Webber, quelle est votre position ?*

Rien.

Jenna fronça les sourcils. Même par-dessus le bruit de la cascade, Webber aurait dû entendre l'appel.

— Webber, ici Alton. Vous me recevez ?

Un terrible malaise s'empara du shérif.

— Je pars rejoindre Emily. Emily, tu me reçois ? Fais demi-tour et reviens. On se retrouve sur la piste.

Jenna quitta sa cachette et se précipita dans la descente.

— *Tout va bien. Il n'y a personne et le vieux pont n'est qu'à quelques mètres. Je prendrai le raccourci dans quelques instants.*

Jenna réenclencha son micro.

— Webber ne répond pas, il est peut-être arrivé quelque chose. Reste où tu es et attends que je te recontacte, Em.

47

Il ajusta l'écouteur et fixa à sa ceinture le talkie-walkie dérobé à Webber, puis sourit dans l'ombre. Il avait traversé la forêt comme un spectre, sans émettre le moindre bruit. Bien sûr, il avait reconnu le shérif et son adjoint. Difficile de manquer un homme de la taille de l'adjoint Kane. Partout où allait le shérif, Kane n'était jamais loin. Ils avaient pris des chemins différents, et il avait eu un moment de regret, à l'idée d'avoir gâché leur tentative de capturer le meneur de l'équipe des violeurs, mais il avait ses propres projets pour le quarterback, cet enfant gâté. Il baissa les yeux vers le corps de Webber. Le bruit des rapides avait rendu facile de glisser derrière lui pour lui faire une prise d'étranglement. L'homme était plus fort qu'il ne le prévoyait, mais pas aussi fort que lui : les genoux de Webber s'étaient bientôt dérobés et il avait succombé.

Il traîna le corps de Webber plus au cœur de la forêt, puis dispersa les feuilles par-dessus la double trace que ses talons avaient creusée dans le sol. Il ne l'avait pas soupçonné de travailler pour les flics, et il grimaça. Comment cela avait-il pu lui échapper ? Parvenant au bout du raccourci, il entendit la voix du shérif dans son oreille, ordonnant à Emily de faire demi-tour, mais il la voyait à moins de dix mètres de Lyons, qui était adossé à un pilier du vieux pont de bois, comme s'il l'attendait. Il activa son micro, avec l'espoir que sa voix sonnerait comme celle de Webber.

— Je suis au raccourci. Je n'ai pas pu arriver avant, Lyons était tout près.

— *Bien reçu*, dit le shérif d'une voix soulagée. *Je reste cachée et je guette la suite des événements. Emily, direction le vieux pont, puis le raccourci.*

— *Bien reçu. J'y vais.*

Il se déplaça parmi les arbres et, lorsque Emily passa, il surgit, l'attrapa par le bras et lui couvrit la bouche d'un seul geste rapide. La plaquant contre lui, il s'empara du talkie-walkie qu'elle portait à la taille et le jeta dans les rapides, puis il détacha le revolver qu'il avait dans le dos et colla le canon à sa tempe.

— Ne bouge pas, ou ta cervelle éclaboussera ma chemise.

Il sentait son cœur marteler sa poitrine et elle avait le souffle haletant.

— On peut faire ça dans la douceur ou dans la violence, Emily.

48

Emily commença par éprouver de la colère contre elle-même. Comment avait-elle pu courir ainsi au-devant du danger ? La voie semblait libre. D'où avait-il surgi ? La peur suivit, lorsqu'elle comprit qu'elle ne pouvait pas lutter. La main gantée appuyait si fort sur sa bouche qu'elle en avait mal aux dents. Elle sentait une odeur de cuir et de poudre. À la façon dont l'homme la tenait, avec toute sa force massive derrière elle, elle devinait qu'il lui briserait le cou si elle bougeait. La terreur la percuta quand le canon froid d'un revolver fut appliqué contre sa tempe. Elle se figea et écouta les instructions.

— Je ne suis pas ici pour toi, Emily. Je suis ici pour Seth Lyons.

L'homme pressa plus fort l'acier contre sa peau.

— Je vais te lâcher, mais si tu hurles ou si tu essaies de t'enfuir, je te tue. C'est clair ? J'ai un silencieux sur mon arme, le shérif n'entendra rien, et Webber est hors-jeu. Maintenant, voici ce que tu dois faire. Rejoins Lyons. Laisse tes mains bien visibles. Je serai dans les buissons et je viserai ta tête. Si je tire, je t'abats. Tout ce que je veux, c'est que tu le distraies un moment, pour que je puisse m'approcher, et après tu pourras partir. Sois naturelle. Compris ?

Tremblante, elle hocha légèrement la tête, et la main qui la bâillonnait se détendit un peu. Elle avait perdu son talkie-walkie et, les mains plaquées le long du corps, elle ne pourrait alerter personne avec sa bague intelligente. Elle n'avait d'autre choix que d'obéir, mais son esprit était en surrégime. Webber était mort. L'idée qu'il gisait peut-être à proximité lui donnait la nausée. Elle ferait ce que son père lui avait appris : coopérer d'abord, puis tenter de s'enfuir, dès que l'homme serait occupé ailleurs.

— Oui, j'ai compris.

Les bras un peu écartés, elle avança jusqu'au virage suivant et Lyons surgit des buissons entourant le vieux pont. Le drapeau suspendu à l'entrée, avec le mot « Danger » inscrit en rouge, s'était effiloché et était tombé sur les lattes de bois pourri. De longues bandes de tissu claquaient au vent, frappant le sol. Au-delà, la construction décrépite s'étendait par-dessus les rapides qui déferlaient quinze mètres plus bas. Lorsqu'elle s'approcha de Lyons, le vent poussa les gouttelettes d'eau vers son visage. Elle voulut s'essuyer les yeux, mais si elle remuait les mains, l'homme risquait de lui tirer dessus.

— Salut Emily, dit Lyons avec un lent sourire. J'ai voulu t'attendre pour qu'on puisse faire un peu connaissance.

Mets quelque chose entre la cible et toi. Emily entendit ces mots de son père lui traverser l'esprit. Le cœur palpitant, elle se dirigea vers l'entrée du vieux pont et s'adossa à l'un des nombreux pins qui bordaient la rive. Cela obligea Lyons à se retourner, de sorte qu'il se trouvait maintenant entre le tueur et elle. Les buissons s'agitèrent légèrement et un homme dont le visage était masqué par la visière de sa casquette s'avança vers eux, mais il ne semblait pas armé. Était-ce le tueur ? Elle ravala la panique qui montait dans sa gorge et contempla le visage souriant de Lyons.

— Je t'ai dit qu'on se verrait à la soirée. J'ai besoin d'espace.

— Toi, tu es une allumeuse. Viens, je ne te mordrai pas.

L'adrénaline circulait dans le corps d'Emily, la panique aveugle se dissipa, et tout devint clair. Elle fit un pas sur le côté. Sa seule option était de prendre la fuite.

— Il y a un homme avec un revolver derrière toi.

— Quoi ?

Lyons pivota sur ses talons et foudroya l'homme du regard.

— Mais qu'est-ce que tu veux ?

— Tu viens de commettre ta dernière erreur.

L'autre se rua sur Lyons, le frappant au visage.

Emily appuya sur sa bague puis bondit par-dessus le panneau « Danger ». Elle courut sur le vieux pont branlant. Il vacilla en marque de protestation et, sous ses pieds, les planches pourries craquaient les unes après les autres. Le vent la fouettait, des gouttelettes glacées montaient des rapides, et elle fut trempée en quelques secondes. Elle glissa et commit l'erreur de regarder en contrebas les rochers traîtres et l'eau tourbillonnante. Incapable d'avancer, elle se recroquevilla, accrochée à la balustrade, puis inhala quelques respirations profondes pour calmer ses nerfs ébranlés. Le bruit des rapides emplissait ses oreilles comme le tonnerre et elle douta que son père puisse entendre un message émis grâce à sa bague, mais il fallait tenter. Elle serra les dents.

— Papa, si tu m'entends, je suis bloquée sur le vieux pont suspendu. J'ai perdu mon talkie-walkie. Lyons est en train de se battre avec un autre type, qui doit être armé. J'ai peur, mais je vais essayer d'atteindre l'autre côté et de m'enfuir loin d'eux.

Pétrifiée, elle avançait au ralenti, espérant arriver de l'autre côté du ravin. Il semblait si loin, et tant de lattes du pont étaient depuis longtemps tombées dans la rivière. Elle glissa un bras autour de la balustrade noircie et se releva. Le pont protesta, se balançant de côté. Il fallait qu'elle le traverse, donc elle se mit à progresser pas à pas, testant chaque latte avant de s'y risquer.

Derrière elle, les bruits de la bagarre flottaient par-dessus le vacarme de l'eau, et quand elle regarda derrière elle, elle vit Lyons terrassé par l'inconnu.

Lorsqu'elle se retourna, le pont vacilla dangereusement, ses mains glissèrent sur la mousse détrempée et sur la balustrade visqueuse. Plus elle s'approchait du milieu, plus le vent la malmenait, comme pour la précipiter dans la rivière. Il faisait si froid qu'elle ne sentait plus ses doigts et que ses genoux tremblaient à chaque instant.

Peu après, un son terrible déchira l'air et des éclats de bois furent soudain emportés par le vent. La secousse la fit tomber à genoux et, lâchant prise, elle dérapa en un mouvement incontrôlable vers un trou béant. Elle ne parvenait plus à se rattraper à quoi que ce soit, puis il y eut un nouveau craquement épouvantable. Le pont la poussait tantôt à gauche, tantôt à droite. Lorsqu'elle fut plaquée contre la balustrade, elle réussit à glisser un bras autour du métal froid et, l'épaule meurtrie, elle s'arrêta à quelques centimètres du trou et d'une mort certaine.

Sanglotant de terreur, elle regarda en arrière et découvrit la cause du problème. L'homme était bel et bien armé. Un couteau brilla au soleil lorsqu'il força Lyons à monter sur le pont. Du sang coulait du nez de Lyons et il fonçait à toute allure, comme pour une mission suicidaire. Elle haussa la voix au maximum.

— Arrête de courir ! Le pont va s'effondrer.

Lyons lâcha un gémissement de terreur mais ne tint pas compte de cet avertissement. Sautant par-dessus les lattes manquantes, il se dirigeait vers elle. Emily s'agrippait au pont tremblant. Sous ses pieds, le bois se soulevait et craquait. Cet idiot allait les tuer. Elle regarda Lyons à travers les nuages de brume. L'homme avait disparu. Elle cria dans l'espoir d'être entendue de Lyons.

— Tout va bien. Personne ne te poursuit.

Indifférent à ce qu'elle lui disait, il continuait à venir vers elle, l'air désemparé. Le sang qui ruisselait de son visage trempé se vaporisait autour de lui en une épouvantable brume écarlate. Les lattes pourries tombaient, flottant comme des confettis avant de s'abîmer dans le courant. Emily leva une main.

— Stop !

Le pont couina et elle resta bouche bée quand le câble rouillé retenant un côté du pont parut s'étirer. Les fils métalliques hurlèrent et se cassèrent alors que le câble s'effilochait sous ses yeux. Elle était fascinée, glacée de terreur, mais l'instinct de survie eut le dessus. Elle noua ses deux jambes autour d'un poteau de bois et resserra son emprise sur la balustrade glissante alors qu'un claquement retentit par-dessus le tumulte des rapides, comme une gigantesque corde de guitare qui se casse. Emily baissa la tête juste à temps quand le câble éclata et passa dans l'air comme un fouet, moins de trente centimètres au-dessus de sa tête.

Un bruit semblable à celui d'un grand arbre qu'on abat parcourut tout le pont, dont un pan entier s'écroula. Un cri se fit entendre malgré le vent et, frissonnante, elle baissa les yeux. Seth Lyons se retenait d'une main au côté brisé du pont et tentait désespérément de se hisser. Les bras et les jambes souffrant le martyre, Emily appuya sa tête contre sa bague intelligente.

— Au secours !

49

Quand la voix de Wolfe parvint dans l'écouteur de Jenna, elle lança autour d'elle des regards désespérés, craignant que quelqu'un ne s'approche.

— Bien reçu. Wolfe, qu'est-ce qui s'est passé ?

— *Emily a un problème. Elle est sur le vieux pont suspendu et le dernier message que j'ai reçu d'elle était « Au secours ». Elle a perdu son talkie-walkie et j'ai du mal à l'entendre par-dessus le bruit des rapides. Je me dirige vers la montagne et j'apporte une corde. Rowley est encore en position.*

Jenna sortit de sa cachette et descendit la montagne en courant.

— J'y vais.

— *Moi aussi. Je suis presque au raccourci.*

Kane courait, la respiration bruyante.

— Bien reçu, répondit-elle. Webber, dirigez-vous vers la position d'Emily.

Aucune réaction. Que pouvait-il bien lui être arrivé ? Elle courut dans le chemin droit, enjambant les racines noueuses et évitant les pierres. Lorsqu'elle prit le virage, elle aperçut un homme debout à l'entrée du vieux pont. Elle ralentit, plaça une main sur l'arme de son étui d'épaule et se dirigea vers lui. Il avait une vingtaine d'années, les cheveux blonds très courts ; ce pouvait être un étudiant, mais aucun de ceux sur qui ils avaient enquêté.

— Que faites-vous là ?

— Je cherche un moyen de les sauver.

Il désigna Emily et Lyons qui s'accrochaient au pont brisé.

— J'aurais bien appelé le 911, mais j'ai laissé mon téléphone dans mon pick-up.

— Reculez, je suis le shérif. Des renforts arrivent.

Jenna s'avança plus près du bord pour évaluer la situation.

— Le garçon a laissé tomber tout ça.

Il remit à Jenna un tas de clés USB. Elle les enfonça dans la poche de sa veste.

— Merci, maintenant écartez-vous.

— Bien sûr.

L'homme se détourna et se mit à descendre la piste.

Un instant après, Kane arriva à toute allure par le raccourci et s'arrêta brusquement.

— J'ai trouvé Webber qui rampait dans la forêt. Quelqu'un l'a assommé, mais il s'en sortira. Je lui ai dit de se reposer avant de venir par ici. Où est Emily ?

Il marcha jusqu'au bord du ravin et plissa les yeux.

— Mon Dieu.

— Il faut convaincre Emily de revenir en arrière, déclara Jenna, mais je ne suis pas sûre qu'on puisse aider Lyons tant que Wolfe ne sera pas ici avec une corde. Je vais appeler les pompiers.

Elle passa le coup de fil, puis se plaça au bord du ravin, les mains en porte-voix.

— On arrive, tiens bon.

Il n'y avait pas de temps à perdre et, sans l'ombre d'une hésitation, Jenna ôta sa veste, puis son étui d'épaule, qu'elle confia à Kane.

— Donne-moi ta ceinture. Je vais la faire revenir. J'attacherai Emily à moi et elle aura moins peur.

— Tu as perdu la tête ?

Kane lui tendit sa ceinture en faisant la moue. Il prit une petite paire de jumelles et inspecta les environs.

— Attends quelques minutes. Elle a réussi à bien se cramponner, et Wolfe sera bientôt ici.

Puis il tourna son attention vers Lyons.

— On ne pourra pas les sauver tous les deux en même temps.

Le fracas du pont qui craquait suffit à décider Jenna.

— J'ai promis à Wolfe de veiller sur elle et je tiens toujours parole.

Elle inspira profondément et s'avança par-dessus l'abîme.

— Alors promets-moi d'y aller lentement. Sauve Emily, et on verra ce qu'on peut faire pour Lyons. Promets-le-moi, Jenna.

Le visage de Kane n'exprimait plus que l'angoisse.

— OK, OK, tu as ma parole.

S'agrippant à la balustrade glissante, elle traîna les pieds le long de la barre métallique attachée aux lattes du pont. La barre rouillée, noircie et humide n'atténuait en rien sa sensation de vertige, mais elle s'était entraînée dans des conditions pires encore. Elle étouffa cette inquiétude et avança, à pas précis et mesurés. Le vent tirait sur ses vêtements comme pour la faire tomber, et les rafales glacées la transperçaient. Elle gardait les yeux fixés sur Emily, mais la jeune fille n'avait pas bougé et contemplait l'eau, comme paralysée par la crainte.

— Emily, j'arrive.

Elle lui cria de se lever et de venir à sa rencontre, mais le vent dispersa ses mots. Le pont grognait et frémissait à chaque pas dangereux, et Jenna devait combattre ses propres vagues de panique croissante. Le souvenir récent de la chute d'Owen Jones dans les rapides s'empara d'elle à l'improviste. Elle avait ressenti une horreur si poignante en le voyant tomber dans l'eau glaciale, se heurter aux rochers, et lutter pour survivre. Elle hoqueta, son cerveau lui affirmant qu'elle allait mourir. Ses genoux flageolèrent, sa main faillit lâcher la balustrade. Dans son écouteur, la voix de Kane vint à bout de l'hallucination.

— *Jenna. Jenna, écoute ma voix. Accroche-toi. Ouvre les yeux. Tu y es presque. Regarde, Emily t'a vue. Ne me réponds pas, continue simplement, un pas à la fois. Allez, Jenna, tu peux le faire.*

Elle tourna la tête vers lui, rassembla ses esprits, puis acquiesça. Les mains engourdies par les constantes rafales de vent glacé, elle avança. Avec les encouragements de Kane dans l'oreille, elle pouvait affronter la peur et se concentrer avec une clarté totale. À un tiers du chemin, elle entendit un gémissement et baissa les yeux. Lyons était suspendu dans le vide, la terreur dans le regard. Il était trempé par les rapides qui se précipitaient en contrebas, son visage était ensanglanté, et il était hors d'atteinte. Elle n'avait aucun moyen de le secourir pour le moment, et sa vie dépendait de sa capacité à s'accrocher au bois pourri. Elle ne pouvait que l'encourager.

— Tenez bon. Les secours arrivent.

Jenna trouva un rythme – un pas, une glissade, un pas – alors qu'elle parvenait au milieu du pont. Devant, Emily avait enfin entendu ses hurlements et la regardait. Elle voyait le visage blême de la jeune fille, ses grands yeux bleus et ses cheveux blonds mouillés. L'enfant de Wolfe aurait besoin de beaucoup d'encouragements pour se lever et bouger. Lorsque Jenna parvint au centre des rapides, la bourrasque devint féroce, comme si elle pénétrait dans une soufflerie. Ses battements de cœur acquirent une rapidité stupéfiante. Le balancement du pont était terrible en soi, et le spectacle des lattes arrachées qui s'engouffraient dans le courant l'épouvantait. Elle regarda Emily et, repensant au souci qui s'était peint sur le visage de Wolfe, elle consolida sa résolution. Il faisait partie de la famille et elle refusait de le laisser perdre encore un être cher.

Dix pas de plus, et elle fut au côté d'Emily.

— Accroche lentement un bras à la balustrade et mets-toi debout.

Elle lui montra l'exemple, puis lui attrapa l'autre bras.

— Je te tiens.

Jenna poussa un soupir de soulagement quand Emily obéit sans un mot.

— OK, maintenant je vais attacher la ceinture de Kane à la tienne, pour qu'on soit liées ensemble.

L'idée avait un caractère réconfortant, mais si l'une d'elles tombait, la ceinture ne suffirait pas à la retenir.

— Allez, on repart, maintenant. Ton père t'attend. Garde tes mains et tes pieds toujours en contact avec le pont. Tu avances une main, tu fais glisser un pied, puis l'autre main, et ainsi de suite.

Emily avait les lèvres bleues de froid.

— Ça bouge. Une secousse toutes les deux minutes. Ça a fait pareil avant que ça craque.

Jenna avait l'estomac noué par l'angoisse, mais elle tenta de prendre la situation à la légère.

— J'imagine que c'est le bois pourri qui se détache, mais ce côté-ci du pont est en bon état.

Elle fit les premiers pas, heureuse de constater qu'Emily l'imitait.

— On va en être vite sorties.

Kane s'éclaircit la gorge.

— *Wolfe est ici, et Webber aussi. Les pompiers devraient être là d'ici une dizaine de minutes. Vu d'ici, vous avancez bien. Continuez sans vous presser. Ne prenez pas le risque d'allumer votre micro pour communiquer. Grâce à la bague intelligente, Wolfe entend Emily sur son téléphone.*

Jenna tourna la tête vers Emily.

— Kane me parle dans mon talkie-walkie, et ton père t'entend grâce à ta bague. Kane me dit que le pont est entier de l'autre côté. Tu peux aller un peu plus vite ?

— Je vais essayer.

Emily avait une mine déterminée.

Le pont frémissait à chaque pas, et le vent hurlant tentait d'arracher leurs vêtements. Sachant qu'elles risquaient à tout instant d'être précipitées dans les rapides, Jenna bavardait avec Emily, dont la présence lui rendait courage. Elles passèrent à côté de Lyons. Il avait cessé de gémir et s'accrochait d'un bras à une entretoise métallique. Il n'y avait au-dessus de lui qu'un trou et un morceau de métal tordu ; il n'avait nulle part où aller et restait suspendu dans le vide. Elle jeta un coup d'œil vers l'entrée du pont et son sang se glaça. Wolfe était là, une corde à la main, mais il estimait visiblement que le pont ne supporterait pas le poids d'une autre personne.

Plus que vingt mètres à parcourir, et elle voyait nettement tous les visages. Kane et Wolfe au bord du pont, pieds écartés, prêts à les attraper à l'instant où elles arriveraient. Jenna poussa un soupir.

— On y est presque, Em, continue.

Un instant après, un cri déchirant s'envola par-dessus le grondement de la cascade, le pont s'ébroua, et un bruit résonna dans la montagne comme si le diable jaillissait de l'enfer.

— Tiens-toi, Em.

Jenna enveloppa ses bras autour de la balustrade et ses jambes autour de la barre métallique de soutien. Quand elle se retourna, Emily copiait ses gestes.

En un prodigieux grondement de métal, le deuxième câble se rompit, les projetant comme une fronde vers le bord de la cascade. Derrière elle, Jenna entendit Emily crier alors qu'elles s'envolaient dans les airs. Elle s'accrocha fermement à la jeune fille, et elles tombèrent brutalement dans l'épais sous-bois tapissant le ravin. La douleur parcourut le bras de Jenna lorsqu'elles roulèrent ensemble par-dessus les rochers, vers les rapides. Le sol et le ciel n'étaient plus qu'un amas de couleurs floues. Ses poumons se vidèrent, puis le monde devint noir.

50

Kane vit avec horreur le pont dégringoler avec un cri de métal fracassé. Jenna et Emily n'étaient plus nulle part, mais Lyons avait été projeté sur la rive. Il était à portée de main. Quand Wolfe courut vers lui, Kane grimaça.

— Je peux l'atteindre. Je descends, lancez-moi la corde et vous le hisserez.

— En oubliant Emily et Jenna ? Hors de question.

Wolfe contemplait les rapides. Kane lui donna une claque dans le dos.

— Nous ne pouvons pas le laisser là, et j'imagine qu'elles ont été précipitées plus loin en aval. Je ne les ai pas vues tomber dans l'eau, et Emily était attachée à Jenna : elles doivent être ensemble.

— Jenna, vous me recevez ? cria Wolfe d'une voix désespérée.

Rien.

— Vous feriez mieux de vous dépêcher. Ce fils de pute ne vaut pas la peine qu'on le sauve.

Kane était plutôt d'accord avec le légiste, mais son devoir lui imposait cette tentative. Il commença à descendre la paroi rocheuse. Quelques instants plus tard, il trouva Lyons mal en point mais tentant de remonter malgré tout. Il se plaça derrière lui et le poussa. Une fois au sommet, il le fit s'asseoir sur un rocher. Le rôle de Webber devait rester secret.

— Reposez-vous un peu, et ensuite vous nous suivrez avec Webber. Pas de bêtise, ou je vous arrête tous les deux. Compris ?

Il prit les hochements de tête de Lyons pour une réponse affirmative et se tourna vers Wolfe.

— Apportez la corde. Webber, appelez le 911, dites à l'ambulance de se grouiller. Après, vous attendrez et vous indiquerez aux ambulanciers notre position quand ils arriveront. Je vous fais confiance, tous les deux. Des vies sont en danger ; je peux compter sur vous ?

Webber sortit son téléphone.

— Oui, monsieur. On fera ce que vous demandez.

— Moi, je ne bougerai pas, répondit Lyons.

Kane ramassa la veste et l'arme de Jenna, puis partit à toute allure, suivi par le légiste. Ils descendirent la piste, courant à travers les buissons. Par endroits, la paroi du ravin était couverte de pins et de genévriers qui poussaient entre les rochers. La végétation humide et les pierres moussues rendaient les déplacements malaisés. Kane ralentit, cherchant Jenna et Emily de tous les côtés.

— Là ! Vous les voyez ?

Wolfe désigna un énorme rocher, suspendu en équilibre instable au bord des rapides.

Kane distinguait à peine le bras posé sur un buisson de genévrier. Il appuya sur son micro.

— Jenna. Jenna, tu me reçois ?

Rien.

— Emily ! Jenna ! cria Wolfe, les mains en porte-voix. Répondez !

Seul le bruit de la cascade montait vers lui. Kane lâcha les affaires de Jenna puis chercha des yeux un arbre adéquat. Il prit la corde de Wolfe, la noua solidement, puis la fit descendre dans le ravin.

— Je pars le premier. Voulez-vous que j'emporte la trousse de secours ?

Wolfe le dévisagea avec une sévérité qui aurait pu immobiliser la cascade.

— Impossible. Vous perdez du temps.

Kane tira des gants de la poche de sa veste et les enfila, puis empoigna la corde et entama la descente vers le fond du ravin.

— OK. J'espère que vous avez des gants.

— Je ne sors jamais sans. Je vous suis.

Kane fut bientôt envahi par la peur. Ni cris de souffrance ni appels à l'aide ne montaient vers lui, rien que le rugissement de l'eau. Aucun son ne se faisait entendre dans son écouteur. Oui, dans sa chute, Jenna pouvait avoir perdu son talkie-walkie, mais elle était solide et elle les aurait hélés si elle les avait vus. Cette semaine, elle était trop souvent passée près de la mort ; résolu à ne pas l'abandonner, il se posa sur un rebord rocheux et rampa pour jeter un œil en contrebas.

— Oh, merde.

Les entrailles de Kane furent saisies par l'angoisse à la vue de Jenna et Emily coincées entre la paroi et un énorme rocher suspendu au-dessus du courant. De chaque côté, le sol avait été emporté par l'érosion, ne laissant guère de soutien. Il évalua la situation et se tourna vers Wolfe qui s'approchait.

— Je sais que vous avez envie d'aller vite, mais nous ne pouvons pas courir le risque de déloger ce rocher ; il ne tient qu'à un fil. Nous devrons nous séparer et progresser lentement.

Il scruta les environs, notant chaque point d'appui possible.

— Nous nous dirigerons vers le rocher plat. Cette zone-là paraît stable, et si je peux les rejoindre, je devrais être capable de les dégager avant que le rocher ne bascule dans les rapides.

Si vous partez à droite en vous accrochant aux jeunes sapins, je descendrai sur la gauche, c'est plus rapide.

— C'est presque à pic, observa Wolfe. OK, j'imagine que si l'un de nous peut descendre la paroi et survivre, c'est vous.

Wolfe enfila son sac à dos et se mit aussitôt en route.

Kane entreprit la descente de la paroi et, trouvant des points d'appui pour ses pieds, il avançait régulièrement. Il serait le premier à rejoindre les deux femmes, et il avala péniblement sa salive à la pensée de les trouver toutes les deux mortes. Son cœur accéléra, la sueur perla sur son front, mais la peur n'avait pas sa place dans une mission de sauvetage. Il inhala profondément, puis se laissa tomber, repoussant ses émotions dans les recoins de son esprit pour se concentrer exclusivement sur la tâche en cours. À sa droite, il entendait Wolfe appeler Jenna et Emily toutes les deux ou trois minutes. D'au-dessus provenaient d'autres voix : les pompiers étaient arrivés et un regard vers le ciel lui confirma qu'ils s'organisaient pour descendre des civières.

Heureux que les secours soient proches, il continua, indifférent aux gouttes d'eau froide qui le frappaient constamment. Les pierres auxquelles il s'accrochait remuaient sous ses doigts et ses chaussures dérapaient sur la paroi moussue. Il baissa les yeux et, s'agrippant au pied d'un genévrier, il se laissa glisser sur le dernier tronçon, jusqu'au plateau situé à cinq mètres de Jenna et Emily. Conserver son sang-froid et son professionnalisme lui permettrait peut-être de sauver la vie de ses amies. Il examina l'endroit puis s'avança à pas prudents. À chaque pas, il délogeait des cailloux qui pleuvaient comme de la mitraille sur le dos de Jenna. Elle agita un bras, puis la tête.

— Jenna, tu m'entends ? Ne bouge pas.

— Oh merde, s'exclama Jenna, j'ai l'impression que mon bras est cassé. Qu'est-ce qui s'est passé ?

— J'étouffe, dit Emily qu'elle écrasait.

Viscéralement soulagé d'entendre leur voix, Kane se rapprocha et cria.

— Ne bougez pas ! Vous êtes suspendues juste au-dessus des rapides. Attendez-moi et je vous dégagerai.

Wolfe arriva alors sur la droite, à quatre pattes.

— Attendez ! Ne les déplacez pas, elles souffrent peut-être de lésions de la moelle épinière.

— J'ai mal partout, mais mon dos et mon cou ont l'air entiers. Et toi, Em ?

Jenna se tourna vers Kane, visiblement soucieuse.

— Elle a été blessée au crâne. Elle saigne énormément.

— Je peux remuer les doigts et les orteils. J'ai une cheville douloureuse, et du sang a coulé dans mes yeux. Mal dans le bas du dos, mais tout le reste a l'air en bon état, papa.

Emily parlait d'une voix étonnamment calme. Kane s'avança et regarda Wolfe. Son prochain mouvement risquait de précipiter les deux femmes vers une mort certaine. Devant lui, la paroi rocheuse se creusait légèrement, mais avec un rebord assez large pour qu'il s'y tienne debout. Il lui faudrait les traîner toutes les deux vers lui, puis revenir sur le rocher plat avec elles à sa suite. Il n'avait pas le temps de fournir d'explication, et la mine de Wolfe lui indiquait qu'il était pleinement conscient du danger.

— Jenna, êtes-vous encore attachées ensemble par les ceintures ?

— Je ne sais pas. Je suis collée à Em.

— OK.

Kane vit avec effroi les petits cailloux tomber sur Jenna alors que le support du rocher se désagrégeait.

— Emily, peux-tu bouger très lentement et te tenir à deux bras à la taille de Jenna ? Jenna, ne lâche pas Emily. Je vais devoir vous tirer toutes les deux. Ça va être brutal.

Le cœur battant à tout rompre, il attendit le signal de Jenna.

— OK, on y va. Accrochez-vous.

Pilonné par le vent et l'eau glacée, Kane s'avança sur l'étroit rebord, écarta les pieds et plia les genoux. Il saisit d'une main la ceinture de Jenna, et glissa l'autre autour de sa cuisse. Le rocher vacilla, dérapant de quelques centimètres encore vers les rapides. C'était maintenant ou jamais. Il inspira profondément et, mobilisant toutes ses forces, il tira les femmes de la crevasse. Un pas, deux, puis trois à reculons leur permirent de retomber sur le plateau en un pêle-mêle de corps. Il fit rouler Jenna vers lui et empoigna le bras d'Emily pour l'empêcher de glisser. Il tressaillit en voyant battre des paupières son jeune visage maculé de sang. Wolfe plongea à leur secours et ils restèrent tous assis sur le plateau, la respiration lourde. Un raclement déchira l'air comme le bruit d'une tronçonneuse, et l'énorme rocher bougea, puis roula dans le ravin comme une boule de bowling. Le vacarme fit vibrer la montagne et envoya vers eux une pluie de poussière et de cailloux. Kane baissa les yeux vers Jenna et secoua la tête.

— C'était moins une.

— Vous êtes déjà en bas ? demanda une voix au-dessus de Kane. On arrive.

Il vit les visages des pompiers et leur fit signe.

— Les secours sont là, dit-il à Jenna.

Tandis que Wolfe s'occupait de sa fille, Kane aida Jenna à s'asseoir et détacha la ceinture qui la liait à Emily. Comme le shérif frissonnait, il enleva sa veste et l'en enveloppa délicatement. Elle avait des égratignures, des bleus, des brindilles et de l'herbe dans les cheveux, mais elle avait survécu.

— Je commence à me demander combien de vies tu as. C'est la deuxième fois que tu frôles la mort cette semaine.

— Dit l'homme qui vient de descendre une paroi rocheuse sans corde, ironisa le légiste. Et vous, Dave ? Vous devez bien en être à une centaine de vies ?

Wolfe lui sourit alors qu'il enlevait à son tour sa veste pour réchauffer Emily. Kane haussa les épaules.

— Je n'y pense même pas.

— Moi non plus, ajouta Jenna. Je ne ferais pas un très bon shérif si j'avais peur de me faire mal. C'est le métier qui veut ça. Je ne serai pas capable de remonter sans antalgiques. À part ça, je ne ressens ni vertiges ni maux de tête.

— C'est si grave que ça ? demanda Wolfe tout en bandant le crâne de sa fille. Dave, il y a de la morphine dans ma trousse. Vérifiez ses yeux ; si ça a l'air d'aller, vous pourrez lui faire une piqûre.

Kane obligea Jenna à regarder le soleil plusieurs fois. Elle était gelée mais lucide, et ses pupilles réagissaient normalement.

— Ça me paraît bien.

Il tira de la trousse du légiste une boîte en plastique portant l'étiquette « Morphine » et prit une seringue toute prête. Cela lui rappela des souvenirs. Il avait jadis été équipé du même matériel. Sans préambule, il remonta une jambe du short de Jenna et lui enfonça l'aiguille dans la cuisse. Lorsqu'elle émit un cri de protestation, il distingua un éclair de colère dans ses yeux.

— Bon, quel est le bras qui te fait mal ?

— Le gauche. J'ai dû le tendre pour amortir la chute.

Jenna tremblait contre lui. Soutenant son poignet avec l'autre main, elle grimaça.

— Je crois que je me le suis cassé.

— Hmm... Ça doit être douloureux. Je vais te l'envelopper, mais les ambulanciers sont en chemin. Ils seront là quand les pompiers t'auront ramenée là-haut. Ils t'emmènent à l'hôpital, donc ne te plains pas, d'accord ?

Comme de petits cailloux leur tombaient dessus, il leva les yeux.

— Ça y est, les pompiers descendent. Tu vas avoir le droit de remonter en civière.

Jenna désigna tout le métal tordu qui pendait au-dessus du ravin.

— Tout ça m'horrifie. Lyons a survécu ?

— Oui, il attend en haut avec Webber.

— Un type m'a donné des clés USB, en disant que Lyons les avait fait tomber. Ça pourrait être les preuves qu'il nous faut pour l'arrêter. C'est peut-être lui le tueur, après tout.

Il faisait nuit quand Kane redescendit la montagne avec Rowley et Wolfe. Il avait insisté pour que Webber aille à l'hôpital après avoir remarqué les bleus sur son cou. Emily ayant affirmé qu'elle allait bien et qu'elle n'avait pas besoin d'être accompagnée par son père, Wolfe avait consenti à contrecœur à rester sur place. Un petit attroupement s'était formé pour observer les pompiers en action, mais il se dispersa vite une fois que les ambulanciers eurent emmené tout le monde. Kane avait demandé aux badauds qui parmi eux avait remis les clés USB à Jenna, mais en vain.

— Pourquoi ce type est-il si important ? s'enquit Rowley.

— C'est un témoin. Quand Lyons s'est élancé sur le pont après Emily, il a perdu ces clés. Lyons soutient que quelqu'un l'a menacé là-haut et qu'ils se sont battus. Je suis arrivé quelques secondes plus tard et je n'ai vu personne.

Wolfe rattrapa Kane.

— Jenna l'a reconnu ?

— Non. Elle n'a pas vu où il allait parce qu'elle regardait ce qui se passait sur le pont.

— Emily a dû voir la bagarre, mais après sa blessure à la tête, il n'est pas question qu'on l'interroge tant que je ne suis pas sûr qu'elle va bien. On est bien d'accord, Kane ?

— Bien sûr. Je suppose que les médecins ne nous laisseront pas non plus approcher de Lyons. J'aimerais bien savoir s'il a laissé tomber ces clés par accident ou s'il voulait s'en débarrasser dans le ravin.

— Si ce sont bien celles qui ont disparu du coffre-fort de

leur maison. Comment Lyons pouvait-il les avoir ? À moins qu'il les ait prises.

Kane se tourna vers Rowley.

— Avez-vous regardé tous ceux qui arrivaient en bas de la piste ?

— Oui, et je les ai tous photographiés. Vous en reconnaissez un ?

Rowley sortit son téléphone de sa poche et ouvrit le dossier. Kane cessa de marcher et examina chaque image.

— Non. Selon Jenna, le type qui lui a parlé était grand et musclé, les cheveux ras. Il avait une casquette bleue dans la poche arrière de son jean et il portait un T-shirt noir. Où sont passés nos suspects ?

— Ils ont regagné leurs véhicules et sont partis. Ils étaient descendus à cinq minutes d'intervalle. Ils ne sont pas revenus, je pense qu'ils sont allés chez eux.

Kane se frotta le menton et regarda Rowley alors qu'ils se dirigeaient vers le parking.

— Je rentre me changer. Je nourris Duke, je m'occupe des chevaux et après j'irai à l'hôpital porter des vêtements à Jenna. Nous ne pouvons rien faire de plus aujourd'hui. Je vous laisserai fermer les bureaux. On causera avec Lyons demain matin. Je suppose qu'ils vont le garder toute la nuit à l'hôpital.

— Bien reçu. Vous pouvez me ramener au poste ?

— Oui.

Kane se tourna vers Wolfe, dont les yeux le fusillaient, au milieu de son visage de marbre.

— Qu'est-ce qui se passe ?

— Qu'est-ce qui se passe, me demande-t-il comme s'il n'avait pas risqué la vie d'Emily et de Jenna dans cette montagne ! Entendons-nous bien, c'est la dernière fois que vous mêlez une de mes filles à vos absurdités. Emily aurait pu mourir aujourd'hui. C'est fini, Kane, ou je démissionne. Me suis-je bien fait comprendre ?

— Parfaitement. Nous avions tout prévu, sauf la possibilité que le pont s'effondre. Vous avez écouté nos échanges, Jenna lui a ordonné de courir vers moi. Je suis désolé, mon vieux. Vous devriez savoir que jamais je ne mettrais volontairement vos enfants en danger. Vous êtes comme ma famille, et Jenna aurait ma peau si vous quittiez Black Rock Falls. Elle aime vos filles comme des sœurs.

Pour une fois, Kane ne savait pas trop comment gérer la situation, et il attendit une éternité pendant que Wolfe restait les yeux dans le vide, plein d'une colère tangible. À côté de lui, Rowley semblait incrédule. Kane s'éclaircit la gorge. Il devait trouver les mots qui inciteraient Wolfe à ne pas les lâcher.

— Vous avez ma parole, Shane. Autrefois, ça avait un sens entre nous.

Wolfe eut un petit hochement de tête.

— Bien. Il y a une chose que vous devez faire pour moi avant de filer voir Jenna à l'hôpital.

Kane ouvrit les mains.

— Je vous écoute.

— Regardez les clés USB et appelez-moi. Je ne suis pas sûr de pouvoir attendre jusqu'à demain pour savoir s'il s'agit des preuves dont nous avons besoin dans l'affaire Chrissie Lowe. Si ce sont les clés volées dans le coffre, Lyons s'est bien moqué de nous.

Le personnel de l'hôpital avait été formidable. Dès que Jenna avait eu les résultats de ses radios, ils l'avaient aidée à enlever ses vêtements mouillés, et elle avait pu se doucher, se laver les cheveux. Sa fracture du poignet était douloureuse mais elle s'en tirerait simplement en portant une attelle ; le bleu à la hanche et les égratignures s'ajoutaient simplement à tout ce qu'elle avait déjà reçu au cours de la semaine. Elle admirait les infirmières pour leurs questions discrètes et leurs regards en biais quand Kane était finalement arrivé avec des affaires pour elle. Si elle avait été une femme battue, l'hôpital de Black Rock Falls ne l'aurait pas abandonnée.

Dans le sac qu'il lui remit, elle trouva des produits de beauté, une chemise de nuit, des pantoufles et un peignoir.

— Je ne reste pas. Je suis prête à partir dès que je serai habillée. Ils m'ont même donné des antalgiques.

Kane s'assit sur le bord du lit.

— Oui, je sais, mais ils m'ont dit que tu devrais te reposer allongée, donc on ne discute pas. Je savais que tu n'aurais rien mangé, donc j'ai commandé un repas chinois, que je passerai prendre en rentrant. Je passe la nuit avec toi, au cas où tu aurais besoin de quoi que ce soit.

Jenna lui sourit.

— Je suis certaine que tout ira bien, mais j'aurai probablement mal partout demain matin.

— Je pense aussi.

Kane écarta une mèche de cheveux qui tombait devant un bleu sur le front de Jenna.

— Cette nuit, je vérifierai ton état toutes les deux ou trois heures. Les commotions cérébrales, ça ne prévient pas. Je ne peux pas croire que vous ayez survécu à cette chute, Em et toi. Je m'attendais au pire.

— Ça ne m'étonne pas. Je n'y croyais pas non plus. On a atterri dans les buissons, qui nous ont ralenties, mais je ne pouvais pas nous empêcher de rouler vers l'eau. Quand tu as descendu le ravin, tu avais ton visage de combat. C'est assez intimidant, tu sais. J'ai cru que tu allais tout casser, mais tu nous as tranquillement sauvé la vie.

— Comment va Emily ? Je sais que Wolfe est venu la chercher.

— Elle va bien. Elle est rentrée à la maison il y a plusieurs heures, mais son père a insisté pour que nous remettions les questions à demain matin. Elle a une cheville foulée et ils lui ont fait trois points de suture à la tête. Elle a des bleus partout mais elle ne se plaint pas, et elle espère lancer une nouvelle mode avec son plâtre au pied. Webber est venu aussi, il n'a rien à part le cou endolori. Et il restera enroué pendant un certain temps.

— Bon. Je suis soulagé que vous alliez bien, toutes les deux. Même si Wolfe m'en veut d'avoir mis Emily dans le coup cet après-midi.

— Elle avait prévu de faire son jogging de toute façon, comme presque tous les jours. Lyons aurait fini par l'aborder. Quand notre cher légiste se calmera, il comprendra qu'elle aurait aussi pu être là-haut toute seule.

Jenna examina le visage de Kane : autre chose le tracassait.

— Il n'y a pas que Wolfe, hein ? Tu as des reproches à me faire ?

— Mais non. Je pense aux clés USB que le type t'a données, celles que Lyons a fait tomber.

Kane détourna les yeux, déglutit, puis contempla ses mains.

— Ce sont les versions non expurgées des vidéos des jeunes femmes que Lyons et ses potes ont droguées et violées. Une vingtaine, peut-être davantage, et nous savons maintenant de manière incontestable qui a participé à part Lyons. Les trois victimes d'homicide et Josh Stevens.

Jenna fronça les sourcils.

— Donc on va procéder aux arrestations ce soir ? Tu as vu Lyons depuis qu'il est arrivé ici ?

— Non. Je n'ai pas pu m'approcher. Ils le gardent en observation jusqu'à demain. Apparemment, il délirait quand il est arrivé. C'est peut-être aussi bien, je ne suis pas sûr d'être le mieux placé pour l'interroger dans l'immédiat.

Jenna était bouche bée. Il refusait de la regarder et il avait le dos raide comme s'il était à deux doigts de perdre patience. Elle lui toucha le bras et sa paume rencontra des muscles tendus.

— Tu as l'air prêt à exploser. Qu'est-ce qu'il y a donc sur ces vidéos ?

Kane se frotta le visage.

— Je n'en ai visionné que quelques-unes, et elles sont très dérangeantes. J'ai honte d'être un homme.

Comme il refusait toujours de croiser son regard, elle lui pressa le bras.

— Tu es l'homme le plus respectueux, le plus doux que je connaisse, et grâce à toi je me sens en sécurité. Merde, toute la ville se sent en sécurité grâce à toi.

— Ah oui ?

Il leva les yeux vers elle mais elle n'y vit qu'une profonde tristesse.

— Merci. À cet instant, je regrette d'être adjoint.

— Pourquoi donc ?

Kane s'éclaircit la gorge.

— Je me répète que Lyons aura un excellent avocat et qu'il s'en sortira. Nous ne pouvons pas permettre ça.

— Nous devons appliquer la loi. Dès lors qu'il sera entre les mains de la justice, ce n'est plus notre affaire.

Kane eut un regard meurtrier.

— Oui, mais là, je ne réfléchis pas en flic, Jenna. Je combats un instinct primal qui me pousse à prendre par la peau du cou cette ordure arrogante pour lui apprendre à respecter les femmes... selon la méthode Kane.

51

SAMEDI

Après avoir repensé à tout ce qui s'était déroulé dans la montagne, Jenna ne pouvait exclure l'hypothèse que Lyons ait causé au moins l'un des accidents qui avaient tué ses amis. Ne tenant aucun compte des instructions reçues aux urgences, elle décida d'aller au bureau. Malgré un inconfort aigu, et alors que Kane l'avait réveillée toutes les deux heures pour s'assurer qu'elle n'était pas dans le coma, elle avait déjà rédigé deux mandats d'arrestation. Comme d'habitude, Kane était parti à l'aube s'occuper des chevaux et avait terminé ses exercices physiques avant de préparer le petit déjeuner à 7 heures. Elle ne s'en plaignait pas ; cette attention lui plaisait plutôt.

Elle avait ensuite mis à jour les dossiers, laissant Kane et Rowley traquer Josh Stevens et Seth Lyons. Comme il s'agissait de viol en série, elle avait contacté l'antenne locale du FBI. Ce genre d'affaires relevait des échelons supérieurs, et ils avaient des spécialistes pour traiter les victimes avec les égards nécessaires. Elle leva les yeux lorsque Kane entra, ne montrant aucun signe de fatigue.

— Quoi de neuf ?

— Stevens et Lyons sont en garde à vue.

Il ouvrit un dossier pour faire apparaître la photo d'un jeune homme aux cheveux noirs frisés.

— Stevens est dans la salle d'interrogatoire numéro 1 et il n'a pas demandé d'avocat ; je suppose qu'il veut trouver un accord. On a cueilli Lyons chez lui et il n'est pas très causant. Il est en salle 2, mais je pense qu'il se retranchera derrière son avocat dès qu'on lui montrera les preuves.

— Je parlerai d'abord à Stevens. J'ai eu un échange avec le procureur, il passera dans la journée. Il veut une copie des clés USB, que son service transmettra ensuite au FBI. Il a la certitude qu'un nombre suffisant de femmes témoigneront. Justice doit être faite, mais il y a une autre raison : Lyons et ses complices appartiennent à des familles très riches. Il y aura sans doute beaucoup de procès pour dommages et intérêts.

Jenna écarta les cheveux de son front et leva les yeux vers Kane.

— J'ai examiné les pièces à conviction pour déterminer si Lyons est impliqué dans la mort de Jacobs, mais le procureur estime que les preuves ne sont que circonstancielles et que nous n'avons pas de quoi l'inculper.

— Il y a eu viol et chantage. Si Josh Stevens confirme nos soupçons, ils passeront tous les deux un long moment en prison.

Le passage à la position debout faillit arracher à Jenna un gémissement de souffrance.

— OK, voyons ce qu'il a à raconter.

Elle accompagna Kane jusqu'à la salle d'interrogatoire, attendant qu'il utilise son badge, puis le suivit à l'intérieur. Une fois assise, elle mit en marche l'enregistreur, déclinant son identité et Kane en faisant autant.

— Monsieur Stevens, vos droits vous ont été rappelés et vous avez accepté d'être interrogé, c'est exact ? Veuillez préciser votre nom avant de répondre.

— Josh Stevens, et oui, je n'ai pas souhaité qu'un avocat soit présent cette fois, mais je me réserve le droit d'en appeler un si ça devient nécessaire.

Jenna adressa un regard à Kane puis redirigea son attention vers Stevens.

— Êtes-vous étudiant en droit ?

— Non, mais je regarde la télé, répondit-il en se renfonçant sur sa chaise. Allez-y, posez-moi vos questions.

Jenna ouvrit le bloc-notes numérique.

— Nous avons visionné les vidéos des viols, les versions intégrales que Lyons conservait dans le coffre-fort chez lui. Voilà pourquoi vous êtes en état d'arrestation. Nous vous avons identifié parmi tous les hommes impliqués. Nous savons que des drogues étaient utilisées, de sorte que les femmes qui participaient n'étaient pas aptes à donner leur consentement.

— Comment pouvez-vous prouver qu'on les droguait ? Vous n'avez pas de preuve, riposta Stevens avec un rictus sûr de lui.

Jenna le dévisagea sans battre des paupières.

— Nous avons le rapport d'autopsie de Chrissie Lowe. D'ici la fin de la journée, nous aurons le témoignage d'autres femmes. Voyez-vous, maintenant que vous êtes en garde à vue, Seth Lyons et vous, et que les autres hommes sont morts, les femmes se sentent assez en sécurité pour parler. Le tribunal protégera leur identité. Ce n'est pas pour ça que je suis ici. Je veux savoir si Seth Lyons faisait chanter les victimes pour leur imposer le silence.

Josh se pencha par-dessus la table, les mains jointes.

— Qu'est-ce que j'obtiens si je le dénonce ? Je ne veux pas que mon nom soit dans tous les médias. Si son père l'apprend, je suis foutu.

— Vous êtes déjà foutu, Josh, intervint Kane. Vous pensez que le procureur vous accordera une carte « Vous êtes libéré de prison » ? Vous serez accusé de viol en série, nous avons toutes les preuves qu'il nous faut. Mais comme Lyons était le chef de bande, toutes les informations que vous nous fournirez pourraient jouer en votre faveur. Vous aurez peut-être de la chance, et vous écoperez d'une peine moins lourde.

Jenna rassembla ses esprits.

— Lyons était-il impliqué dans le chantage ?

Stevens se passa la main dans les cheveux.

— Oui, il se servait des photos et des vidéos pour empêcher les filles de porter plainte, mais il les utilisait aussi pour nous faire filer droit. C'est pour ça que j'ai arrêté après les six premières fois. J'ai dit à Seth que j'avais une MST. Grâce aux vidéos, on devait la boucler au sujet de ces soirées, et Alex et Dylan étaient ses hommes de main si une des filles parlait de nous dénoncer.

Un frisson glacé parcourut le dos de Jenna.

— Et lui, que menaçait-il de faire ? Il ne pouvait pas utiliser les images, car il se serait incriminé lui-même.

Stevens la regarda longuement.

— Il disait qu'il nous tuerait. Les filles étaient faciles à convaincre. Il menaçait de poster les vidéos sur tous les réseaux, mais en s'assurant qu'aucun de nos visages ne serait visible. Seth était doué pour manipuler les images.

Jenna prit quelques notes.

— OK. L'avez-vous vu menacer un des garçons qui sont morts récemment ?

— Bien sûr, tout le temps. Ça ne veut pas dire qu'il les a tués.

Jenna insista.

— Où se procurait-il la drogue ?

Stevens haussa les épaules.

— Je ne sais pas trop. Il avait toujours un truc à glisser dans le verre d'une fille. Parfois, il leur injectait une nouvelle dose à mi-chemin, selon le temps pendant lequel on avait besoin d'elles. Il y a une première année qu'il a gardée dans sa chambre pendant trois jours.

Il ricana. Kane abattit son poing sur la table.

— Vous trouvez ça drôle ? Et si Chrissie s'était suicidée plutôt que de devoir affronter la honte de ce que vous lui aviez infligé ?

Stevens leva les deux mains.

— Pas moi. Je ne l'ai pas touchée.

Jenna se mit à parler plus bas. Kane reprit son calme en quelques secondes, mais conserva son air assassin. Elle se pencha, d'un air de conspiratrice.

— Comment cette dernière soirée s'est-elle déroulée ?

— Alex Jacobs et Pete Devon sont partis pour la fac où ils ont emprunté la bagnole du gardien. Ils sont allés chercher Chrissie. Seth ne s'en chargeait jamais lui-même, il envoyait toujours un de ses acolytes. Quand elle est arrivée, il lui a fait boire quelques verres, puis il l'a emmenée dans sa chambre. Je n'ai rien fait. Il lui a donné des pilules et puis Jacobs l'a tenue. J'ai juste filmé.

Réprimant l'envie de le gifler, Jenna continua à écrire. Elle n'en avait pas besoin puisque tout l'interrogatoire était enregistré, mais cela l'aidait à se concentrer.

— Et ensuite ?

— D'après ce qu'ils m'ont dit, ils l'ont reconduite à son internat vers 2 heures du matin, ils l'ont déposée dans l'herbe, puis ils ont garé la voiture sur le parking et ils ont remis les clés dans le bureau du gardien. La fille avait laissé ses chaussures dans la bagnole, donc Alex les a balancées par la fenêtre, au retour.

Stevens se rassit au fond de son siège.

— L'ont-ils menacée ou frappée ? demanda Kane.

— Jacobs lui a mis une baffe pour la réveiller, et après, Seth lui a donné un avertissement avant qu'elle parte. Si elle ouvrait la bouche, il s'en prendrait à sa petite sœur le week-end suivant.

— Sa sœur ? Celle qui est au lycée ?

En réponse, Josh sourit à Jenna.

— J'imagine. Seth les choisissait soigneusement ; il disait

toujours qu'il prenait des filles qui avaient quelque chose ou quelqu'un à perdre. Elles étaient plus faciles à contrôler.

Kane tambourina sur la table avec ses doigts.

— A-t-il mentionné le téléphone de Chrissie ?

— Non, juste ses chaussures.

Jenna se leva.

— Bien, j'aurai une déposition imprimée à vous faire signer, puis j'appellerai le procureur. Il vous faudra un avocat. Voulez-vous que j'appelle quelqu'un ?

Stevens n'avait pas du tout l'air inquiet à la perspective d'aller en prison.

— OK, trouvez-moi un avocat, mais je ne veux pas de Sam Cross. Appelez l'avocat de ma famille. Je vais vous donner son numéro.

Jenna acquiesça, conclut l'interrogatoire et éteignit l'enregistreur. Elle sortit avec Kane et s'adossa au mur du couloir.

— Comment a réagi Lyons quand tu l'as amené ici ?

— Il a pété les plombs. On a dû se mettre à deux pour le maîtriser et le menotter. Rowley voulait lui filer un coup de Taser et j'avoue que la même idée m'est venue, mais je ne voulais pas que son avocat pousse les hauts cris.

— Tu devrais peut-être zapper le prochain interrogatoire, le temps de te calmer. Je sais que tu es en colère, mais ce n'est pas le Kane que je connais. Tu veux bien essayer ? C'est ton côté professionnel dont j'ai besoin ici.

Kane émit un long soupir.

— D'accord. Je suis content qu'on ait Lyons en garde à vue. Je ne compromettrai pas notre dossier, Jenna. Tu as ma parole.

— OK. Tu le crois capable de tuer ?

— Oui. Tous ceux qui peuvent infliger ce genre de violences sont aussi en mesure de tuer. Jacobs a peut-être voulu arrêter après la mort de Chrissie. Ils ont peut-être tous eu envie de lâcher, et ça n'a pas plu à Lyons. Il aime être aux commandes ; contrôler les gens et dominer les femmes, c'est son truc. Il considère que ses amis lui doivent fidélité. Oui, il a pu s'énerver et tuer Jacobs. Je pense que Lyons est la seule personne qu'il aurait admis comme *spotter*.

— C'est vrai. Et le fait que Lyons ait eu les clés USB ne signifie rien. Rétrospectivement, il aurait pu les sortir du coffre avant l'overdose de Court. Mais il ne l'avouera pas. On ne saura jamais s'il était présent sur les scènes de meurtre, ses amis le couvriront. La seule chose qui me tracasse dans la mort de Jacobs, c'est le mobile. Lyons avait besoin de lui dans l'équipe pour être classé en NFL. C'était une chose que l'argent de son père ne pouvait pas lui acheter.

— Peut-être pas, il y a beaucoup d'excellents joueurs sur le banc. Tant qu'il brillait comme joueur star, les autres étaient quantité négligeable. Il doit y avoir autre chose. Pour le moment, nous ne pouvons l'accuser que de chantage et de viol en série.

Jenna rangea une mèche de cheveux derrière son oreille.

— J'ai besoin de savoir avec qui il s'est battu près du vieux pont. Qui pouvait-ce bien être ?

— On demandera à Emily de regarder les photos que Rowley a prises. Elle pourra peut-être l'identifier.

Jenna se dirigea vers l'autre salle d'interrogatoire et regarda Kane par-dessus son épaule.

— Wolfe sera bientôt ici avec les derniers résultats des autopsies. J'espère qu'il a trouvé des preuves contre Seth Lyons ou Steve Lowe. Je ne peux pas me défaire de l'idée que l'un d'eux est un tueur très intelligent.

52

Si Jenna avait dû décrire la difficulté qu'il y avait à rester professionnelle alors qu'elle allait interroger un homme qu'elle méprisait, elle n'en aurait pas été capable. Face à un individu qui avait détruit autant de vies, sa peau se hérissait. Seth Lyons était un monstre, mais elle arborait son masque de shérif pour se montrer à lui, et elle espérait pouvoir empêcher Kane de sauter par-dessus la table pour le réduire en bouillie. Elle fit signe à Rowley, qui se tenait devant la pièce, et elle regarda le miroir sans tain pour voir l'homme qui se trouvait dans la salle d'interrogatoire numéro 2. Les poignets menottés à un anneau fixé à la table, Lyons baissait la tête et haletait comme un animal acculé.

Redressant la tête, Jenna entra, Kane sur ses talons. Sans préambule, elle alluma l'enregistreur et la caméra.

— Monsieur Lyons, il vous a été fait lecture de vos droits et vous les comprenez ?

— Oui, shérif. Votre adjoint m'a expliqué et j'ai accepté de vous parler, OK ? Je n'ai pas besoin d'avocat. Je n'ai rien fait de mal. Je suis la victime.

Il tourna lentement la tête vers elle, les yeux chargés de mépris.

— Vous me faites perdre mon temps. Commencez.

Avant que Jenna ait pu démarrer l'interrogatoire, son portable sonna.

— Excusez-moi.

Reconnaissant le numéro du procureur, elle mit l'enregistreur en pause.

— Shérif Alton à l'appareil.

— *Un agent du FBI a appelé. Les quatre premières femmes qu'ils ont contactées ont accepté de parler et de témoigner contre Lyons et ses amis. Je vous donnerai leur nom. Ce n'est que le début, shérif ; d'ici la fin de la journée, je pense qu'elles seront beaucoup plus nombreuses.*

Nous le tenons. Jenna tenta en vain de juguler l'enthousiasme qu'elle ressentait. Elle se tourna vers Kane et autorisa sa bouche à esquisser un sourire.

— Merci.

Elle prit des notes, puis feuilleta le dossier et choisit plusieurs photographies. Elle les plaça sur la table, verso apparent, et redémarra l'interrogatoire.

Après avoir indiqué l'heure et le nom des personnes présentes, et s'être à nouveau assurée que Lyons était conscient de ses droits, elle croisa son regard morose.

— J'aimerais avoir quelques précisions sur la bagarre à laquelle vous avez été mêlé, sur la piste voisine du vieux pont.

Lyons contempla ses mains.

— Ce n'était rien.

Jenna se pencha vers lui.

— Ce n'est pas l'impression qu'Emily Wolfe a eue ; elle dit que vous craigniez pour votre vie. Connaissiez-vous cet homme et vous a-t-il menacé avec une arme ?

— Laissez tomber, OK ? Il ne s'est rien passé. Je suis allé sur le pont pour aider Emily, c'est tout.

Jenna consulta ses notes. Il lui fallait une description ou un nom.

— Allons, vous devez le connaître. Pourquoi vous a-t-il attaqué ? Qui est-ce ? Nous l'arrêterons pour agression.

Lyons eut un sourire narquois.

— C'est moi qui l'ai attaqué. Il voulait faire le héros et sauver Emily. Comme il n'en démordait pas, je l'ai frappé. Fin de l'histoire. Je peux partir, maintenant ?

— L'interrogatoire n'est pas encore terminé, Monsieur Lyons. Il m'a été signalé que vous avez l'habitude d'inviter des jeunes femmes chez vous, hors du campus, dans l'intention de les violer.

Lyons ne détacha pas son regard des yeux de Jenna.

— Moi ? Il y a erreur sur la personne.

— Vraiment ?

Jenna retourna les images compromettantes tirées des vidéos non expurgées.

— Il s'agit bien là de vous et de vos amis, en train de violer des femmes, me semble-t-il.

— Faites ce que vous voulez avec ces photos, moi je sais la vérité, riposta Lyons avec un rictus sadique. Elles venaient toutes volontairement et aucune ne s'est plainte. Certaines femmes aiment le sexe en groupe, à moins que vous ne soyez trop frigide pour admettre qu'on puisse prendre du bon temps, shérif ?

Jenna entendit un grognement émis par Kane et elle échangea avec lui un regard significatif avant de se consacrer à nouveau à Lyons.

— Ces quatre femmes sont actuellement en train de faire une déposition pour le FBI.

Elle vit la fureur brute dans ses yeux.

— En fait, toutes ces victimes témoigneront que vous et vos amis, vous les avez droguées et violées lors d'une fête chez vous, puis que vous avez recouru au chantage pour qu'elles se taisent. Votre ami Josh vous a également dénoncé pour l'affaire Chrissie Lowe. Nous avons tous les détails sur la soirée où elle est morte, et les preuves étayant sa déclaration. En fait, nous avons toutes les clés USB et assez de témoins pour vous maintenir sous les verrous jusqu'à la fin de vos jours et au-delà.

— Voudriez-vous nous raconter votre version de l'histoire ? suggéra Kane. C'est le moment.

Lyons le dévisagea avec rage.

— Il n'y a pas d'histoire. Je n'ai pas besoin de violer des femmes, elles viennent à moi spontanément. Je suis le quarter-back, elles sont toutes folles de moi.

Kane croisa les bras.

— Mouais. C'est pour ça que Chrissie Lowe s'est suicidée après être allée chez vous.

Jenna attendait encore beaucoup de Lyons.

— Pouvons-nous passer au soir où Alex Jacobs est mort ? Lui avez-vous servi de *spotter* lorsqu'il soulevait des poids ?

Lyons tira sur les menottes, qu'il fit tinter contre l'anneau fixé à la table.

— Non. Si vous voulez m'accuser aussi de l'avoir tué, je veux un avocat.

Jenna haussa les épaules.

— Très bien.

Elle nota les détails et mit fin à l'interrogatoire. En se levant, elle lui adressa un sourire.

— Qu'est-ce qu'on ressent, quand on est dans l'équipe perdante ?

53

Wolfe gratta la barbe de deux jours sur son menton et écarquilla les yeux face aux résultats des analyses réalisées sur les échantillons sanguins de Chrissie Lowe et de Dylan Court. Rien ne collait ; toutes les données semblaient se contredire. Il avait formulé ses conclusions, que Jenna n'approuverait sans doute pas. Il avait refait plusieurs fois ses calculs, et les résultats étaient toujours les mêmes. Sceptique, il s'était rendu à l'université pour rencontrer l'entraîneur et des enseignants qui avaient accompagné l'équipe le week-end dernier. Tous avaient confirmé que Pete Devon avait remporté toute une série de succès dans les jours qui avaient précédé sa mort. Ils avaient aussi déclaré que Dylan Court avait été très affecté par la mort de ses amis, au point de rechercher une aide professionnelle. Il signa les certificats de décès, lâcha un long soupir, puis tourna son attention vers les résultats des tests réalisés sur Lyons à l'hôpital.

Même si Lyons était fou furieux à son arrivée, les analyses n'avaient révélé ni alcool ni drogue dans son organisme. La raison pour laquelle il s'était rué comme un forcené sur un pont branlant restait un mystère, et il refusait de coopérer. Ce jeune homme arrogant n'était pas du genre à fuir une bagarre, et d'après les propos de Josh Stevens, que Jenna lui avait transmis par e-mail, Lyons contrôlait tout et tout le monde dans sa maison.

Après avoir réuni ses résultats dans une chemise cartonnée, le légiste sortit de son bureau. À l'accueil, Emily bavardait avec Webber. Il ne lui avait posé aucune question sur l'épreuve qu'elle avait vécue, préférant la laisser dormir, et il estimait qu'une expérience de mort imminente avec chacune des personnes présentes suffirait.

— On peut y aller ?

— Vous voulez que j'assure l'accueil en votre absence ?

Webber se leva et aida Emily à se mettre debout. Wolfe fit non de la tête.

— Je vais fermer les portes. Venez avec nous, on aura besoin de vous pour y comprendre quelque chose.

Emily l'observa d'un air inquiet.

— Papa, tu m'en veux ?

— Tu es une adulte et je respecte tes décisions, mais je ne peux pas te laisser risquer ta vie après tout ce qui nous est déjà arrivé.

Il poussa un long soupir. Élever ses filles seul s'avérait plus difficile d'une année à l'autre. Jadis, il n'avait qu'à faire les gros yeux pour qu'elles filent dans leur chambre, mais depuis qu'elles étaient devenues de jeunes femmes, Emily et Julie en particulier exigeaient davantage qu'un froncement de sourcils : il fallait désormais user de tact et de diplomatie.

— Kane n'aurait pas dû te mêler à ça. C'était indigne d'un professionnel et je le lui ai dit.

Emily blêmit.

— Tu sais que Dave se ferait tuer pour nous. Tu as entendu ses ordres dans le talkie-walkie. Jenna lui a dit de descendre par l'autre piste et il a pris le raccourci pour me rejoindre. Il a obéi car il pensait que Webber me couvrait. Je ne peux pas croire que tu l'aies accusé, papa. Il est comme ton frère. Il est de la famille, au fond.

Elle se mordilla la lèvre, les yeux baignés de larmes.

— Jenna a risqué sa vie pour me sauver. Elle aurait pu attendre les pompiers, mais non, elle est venue sur le pont pour m'aider, comme Dave. Il n'a pas hésité à descendre la paroi pour nous sauver. C'est ce qui se fait quand on est une famille, papa. Avant, tu étais comme ça, toi aussi.

Wolfe lui prit le menton dans sa main.

— Je sais que je ne prends plus autant de risques parce que je suis tout ce que vous avez. J'ai promis à ta mère d'être toujours là pour vous. Essuie tes yeux, sinon nous serons en retard. Et au cas où tu t'inquiéterais, j'ai tout arrangé avec Kane. Tout va bien.

Il se dirigea vers sa camionnette. *Oh mon Dieu, mes filles savent vraiment me mener par le bout du nez.*

L'arôme du café et des petits pains à la cannelle les accueillit lorsqu'ils pénétrèrent dans le bureau de Jenna. Comme tout le monde se pressait autour de la table et parlait en même temps, ils eurent l'impression d'entrer dans une cage pleine de dindons. Wolfe déposa ses dossiers sur la table, au milieu des tasses, des cafetières et des assiettes de petits pains, puis aida Emily à s'asseoir. Il se tourna ensuite vers Jenna.

— Bonjour, shérif. Comment va votre bras ?

— On fait aller.

Jenna semblait fatiguée, épuisée. Elle se leva et s'approcha du tableau blanc.

— Bien, il s'est passé tellement de choses hier que nous devons établir une chronologie qui intègre les différents récits. Y a-t-il des résultats dont nous devrions tenir compte avant de commencer ? demanda-t-elle au légiste.

Wolfe tapota la chemise cartonnée.

— J'ai formulé certaines conclusions. Ce ne sont pas celles que je prévoyais, et le raisonnement est à chaque fois assez complexe. Je propose d'aborder chaque cas séparément, et je vous indiquerai la cause du décès au fur et à mesure. Il serait plus logique de commencer par le viol de Chrissie Lowe. J'affirme que sa mort est le résultat d'un suicide, je détaillerai plus tard.

— OK, acquiesça Jenna. Ce matin, nous avons interrogé Josh Stevens et Seth Lyons ; vous avez tous reçu la copie de leurs déclarations. Stevens a confirmé les faits et gestes de Chrissie le soir de sa mort. Comme vous le voyez sur cette chronologie, elle a quitté l'internat à 21 heures. Nous savons qu'elle s'est fait emmener à la fête par Jacobs et Devon, qu'elle a été droguée et violée, puis ramenée chez elle vers 2 heures du matin. C'est alors qu'elle a écrit un texto à un numéro que nous ne pouvons identifier. Rien de neuf de ce côté-là ?

Wolfe secoua la tête.

— Elle a peut-être tenté de contacter son frère, mais il n'a pas répondu. J'ai tout essayé, mais d'après ce que j'ai pu apprendre, l'unité de son frère a été attaquée en territoire ennemi. Si l'un d'eux a survécu, ce ne sera pas pour longtemps. Cette information est secret défense et ne doit pas sortir de cette pièce, stipula-t-il en dévisageant Webber et Rowley.

Jenna ajouta des notes sur le tableau.

— Je fais confiance à mes adjoints. Passons à la suite. Lyons discute avec son avocat mais il ne s'en sortira pas aussi facilement. Nous avons la preuve vidéo qu'il a participé au viol de Chrissie et à beaucoup d'autres. J'ai livré des copies de tout ça au bureau du procureur. Le FBI a rencontré plusieurs victimes qui figurent sur les films et certaines sont prêtes à témoigner. Le procureur a refusé tout accord avec Josh Stevens et il se rend en ce moment à la prison du comté pour une audience. Je pense que, du fait des témoignages contre lui, il va plaider coupable de viol, mais il témoignera contre Lyons dans l'espoir de bénéficier d'une certaine indulgence. Shane, avons-nous des preuves solides pour corroborer la déclaration de Stevens ?

Wolfe ouvrit la chemise et fouilla parmi les documents. En matière de rapports, il était de la vieille école et il aimait avoir des papiers en mains.

— Oui, j'ai trouvé sur les chaussures de Chrissie Lowe des empreintes correspondant à celles d'Alex Jacobs. Les cheveux découverts dans le véhicule appartiennent à Jacobs et à Devon. Les chaussures ont été retrouvées là où Stevens a déclaré qu'elles avaient été jetées. La K, drogue du viol mentionnée par Lyons selon le témoignage de Webber, est celle qui a été utilisée pour Chrissie Lowe, donc tout se tient. Il ne fait aucun doute que Lyons a employé la même méthode avec chacune de ses victimes. Maintenant que la menace a été neutralisée, je suis certain que le FBI encouragera d'autres femmes encore à témoigner et à réclamer des dommages et intérêts.

— OK, approuva Jenna, donc nous pouvons faire savoir aux parents de Chrissie qu'à part Lyons et Stevens, tous les coupables sont décédés. J'irai leur parler dès que nous aurons inculpé Lyons. Passons aux autres cas. Jusqu'ici, nous avions trois suspects possibles, mais je pense que Lyons pourrait aussi être concerné.

Kane prit alors la parole.

— Nous devrions rassembler toutes les preuves recueillies hier. Même si Lyons tente de minimiser la bagarre sur la piste, nous devons découvrir contre qui il s'est battu et pourquoi Lyons a eu assez peur pour se jeter sur un pont dangereux.

— Je sais pourquoi, répondit Emily.

54

Inquiète en voyant pâlir le visage de la jeune fille, Jenna s'assit à son bureau.

— Prends ton temps, Em. Que s'est-il passé quand tu as pris le chemin du vieux pont ?

Emily déglutit avec peine.

— Un homme m'a saisie par-derrière et a plaqué une arme contre ma tête. Il a dit qu'il allait me tuer, mais qu'il me libérerait si je lui obéissais : il voulait seulement que je détourne l'attention de Seth.

Wolfe parut accablé.

— Oh, Emily, pourquoi ne m'as-tu pas raconté ça hier soir ? Es-tu sûre de vouloir faire ça maintenant ?

— Oui, papa. Tout ira bien.

— L'as-tu reconnu ? demanda Kane. À quoi ressemblait-il ?

— Je ne l'ai pas vu, il était derrière moi. Je n'ai rien pu faire, il était fort et il m'avait plaqué les bras sur les côtés.

Son père lui prit la main.

— Je comprends. Tu as survécu, c'est tout ce qui compte à présent.

Jenna adressa à la jeune fille un signe d'encouragement.

— Allons-y doucement, Em. Plus personne n'est en danger. Nous voulons simplement comprendre ce qui s'est passé.

— J'ai rejoint Seth. Il m'attendait près du pont. Je l'ai obligé à se retourner de manière à ce que je puisse voir l'autre type, mais je n'ai pas aperçu d'arme. Il était grand et musclé, il portait une casquette bleue, un T-shirt noir et un jean. La casquette était rabattue sur ses yeux et son visage était dans l'ombre, je n'ai pas pu le distinguer. Avant que vous me posiez la question, ça aurait pu être Stein ou Jones : ils ont la même carrure, et il n'était pas tout près.

Kane lui tendit une photographie de Steve Lowe.

— Et cet homme-là ? Ça pourrait être lui ?

— Peut-être. Ils sont tous un peu pareils.

Emily se tourna vers Jenna, qui lui sourit.

— D'accord. Continue, qu'est-il arrivé ensuite ?

— Je pensais uniquement à ce que papa m'avait enseigné : distrais-le, et enfuis-toi. Donc j'ai dit à Seth qu'il y avait derrière lui un homme armé d'un revolver, et j'ai couru vers le pont. Je pensais qu'il ne prendrait pas le risque de me suivre.

Emily émit un long soupir.

— J'ai entendu Seth engueuler le type, mais je ne me suis pas retournée. Après, le pont s'est mis à trembler et à se balancer. J'ai vu Seth venir vers moi, le visage en sang. L'homme n'était plus là, je le lui ai dit, mais il a continué à courir très vite. Puis le pont s'est cassé, et Seth était suspendu dans le vide. Un peu plus tard, j'ai vu Jenna et Dave. Et vous connaissez la suite.

— Penses-tu que le type qui t'a donné les clés USB au pont pourrait être celui-là ? demanda Kane à Jenna.

— Peut-être, mais il n'avait pas l'air de quelqu'un qui vient de se battre, et vu l'état dans lequel était Lyons, il avait dû lui asséner quelques coups sérieux. Je n'ai pas non plus remarqué d'arme. Et vous Webber, avez-vous pu voir qui vous a attaqué ?

— Non, répondit l'adjoint en frottant son cou meurtri. Il m'a assommé en quelques secondes. Je n'ai même pas entendu une brindille craquer.

— L'homme qui m'a remis les clés USB avait peut-être été témoin de la bagarre, soupira Jenna. Il ne devrait pas être trop difficile de lui mettre la main dessus s'il est étudiant. Un type plutôt grand, les cheveux très courts. Un membre de l'équipe de foot ?

— Il y a parmi les joueurs quatre ou cinq grands gaillards au crâne rasé, précisa Webber. Maintenant que j'y repense, le type que Court a conduit à la cave était grand. Je n'ai pas vu son visage, mais il portait une casquette bleue sous sa capuche. Je me rappelle avoir aperçu la visière bleu clair.

Kane regarda Jenna.

— Il avait peut-être enlevé sa casquette et pris un air détendu pour te berner. Il ne voulait pas donner l'impression d'être en fuite, dont il s'est attardé quelques instants pour te donner les clés USB. Rowley a photographié tous ceux qui descendaient la piste, et tu as dit qu'il ne figurait pas parmi eux.

Les poils se hérissèrent dans la nuque du shérif.

— Alors où est-il allé ?

— Il s'est peut-être trouvé un poste d'observation d'où il a assisté au sauvetage. Peu de gens restent pour aider les flics, commenta Wolfe. Jenna, vous dites que vous n'avez pas vu d'arme ?

— Non. J'étais un peu préoccupée, je n'ai pas remarqué où il allait.

Webber se servit une tasse de café.

— Il n'est pas passé devant moi. S'il n'a pas descendu la piste, il a dû remonter. Il a peut-être regardé depuis l'endroit d'où partent les kayaks, et il est descendu bien plus tard.

Jenna secoua la tête.

— Dans le noir ? Le temps que tout le monde ait quitté les lieux, il faisait nuit. Seul un dingue descendrait la piste de la cascade dans l'obscurité, et il faisait froid hier soir. Il doit nous avoir échappé.

Rowley eut l'air offensé.

— Il n'est descendu par aucune des deux pistes. Je les ai couvertes toutes les deux jusqu'à ce que Kane et Wolfe apparaissent.

— OK, mais il y a mille façons de sortir du bois de Stanton. Rowley, procurez-vous une liste de tous les étudiants âgés de 20 à 28 ans, avec leur photo, et nous regarderons.

Jenna soupira, se leva et désigna le tableau blanc.

— Nous n'avons aucune preuve solide indiquant que Stein ou Jones ait été impliqué dans les homicides possibles. Bien sûr, ils avaient des raisons de vouloir se battre avec Lyons dans la montagne, mais d'après les photos prises par Rowley ce jour-là, ni l'un ni l'autre n'était en jean, ce qui les exclut, et aucun d'entre nous n'a vu Lowe dans la montagne.

Elle regarda tour à tour les différents membres de son auditoire.

— Quelqu'un peut-il m'indiquer une raison valable pour laquelle un de ces hommes serait le coupable ? Nous n'avons au mieux que des preuves circonstancielles.

— Les soupçons ne suffisent pas pour établir un mandat d'arrêt, soupira Kane. Ce qui nous ramène à Lyons.

Emily se frotta la hanche en grimaçant.

— Il ne faisait pas le fier, sans ses amis autour de lui. Il courait pour sauver sa peau.

Le téléphone du shérif sonna, et elle regagna son bureau pour prendre l'appel.

— Oui ? OK, j'arrive tout de suite.

Elle leva une main pour interrompre le bourdonnement des conversations.

— Livi Johnson, la colocataire de Chrissie, est ici. Je sors lui parler.

À l'accueil, Jenna sourit à la jeune femme.

— Oui, que puis-je pour vous, Livi ?

— Voilà ce que je viens de trouver en nettoyant le panneau d'affichage dans mon internat.

Livi lui tendit une coupure de journal incluant une image de l'équipe de football.

— Vous voyez, quelqu'un a tracé un cercle autour du visage de certains joueurs. Ça m'a paru un peu sinistre, puisque trois d'entre eux sont morts. Et regardez, en bas de la page. C'est Chrissie qui a écrit ça. Elle ajoutait toujours un émoji et ses initiales à ses messages. Je suppose que ce sont les salauds qui l'ont violée.

Jenna avala péniblement sa salive en voyant l'émoji triste et les initiales CL. Depuis sa tombe, Chrissie Lowe révélait au monde qui l'avait violée. Comment la police avait-elle pu passer à côté d'un élément aussi crucial ?

— C'était sur le panneau d'affichage ? Où est-il par rapport à votre chambre ?

— Elle est passée devant en rentrant. Il est dans le couloir. Mais l'article était dissimulé par une liste d'inscription à signer, qui a été fixée le jour où j'ai découvert Chrissie. Quelqu'un a dû l'ajouter vraiment très tôt. La coupure de journal était en dessous.

Jenna pressa l'épaule de Livi.

— Ça a dû vous faire un choc, de trouver ça.

— C'est bizarre que tous les trois soient morts d'un accident, non ? Comme si Chrissie avait un ange pour la venger.

Dévisagée par Livi, Jenna réfléchit un instant. Bien sûr, Wolfe n'avait pas divulgué la cause des décès à la presse, mais les rumeurs se propageaient très vite à travers un campus universitaire. Il ne voulait rien publier tant qu'il n'aurait pas pris de décision concernant chaque cas.

— C'est bizarre, oui, dit-elle en raccompagnant Livi à la porte. Merci de m'avoir apporté ce nouvel élément.

Attristée par l'émoji, Jenna contempla la coupure de journal puis se passa la main dans les cheveux. Elle reprit son sang-froid, repartit vers son bureau et confia le document à Kane.

— Un message d'outre-tombe. Ce papier était sur le panneau d'affichage dans l'internat de Chrissie. Comment avez-vous pu ne pas le voir ?

Wolfe fronça les sourcils.

— Je cherchais un document manuscrit. J'ai jeté un coup d'œil rapide au panneau d'affichage, mais il était couvert d'informations. Honnêtement, je n'ai pas vu de coupure de journal. Elle devait être masquée par autre chose. Voici une photo du panneau tel qu'il était ce matin-là, poursuivit-il en ouvrant son téléphone et en cherchant parmi les images. Vous voyez, pas de coupure de journal.

— Moi aussi, j'ai regardé le panneau, déclara Rowley. J'ai trouvé dans sa chambre le journal de la fac, avec un article sur Seth Lyons dedans. Il est dans un sachet pour pièces à conviction, mais elle n'avait rien écrit dessus.

Jenna prit le téléphone de Wolfe et zooma sur le panneau d'affichage. Elle trouva la liste d'inscription, d'où dépassait le bord de l'article découpé.

— Livi dit qu'elle l'a trouvé sous une liste à signer, que voici.

Elle se laissa tomber sur sa chaise, soudain consciente de tous les bleus de son corps meurtri.

— Pour le moment, nous n'avons pas d'autre choix que de chercher l'homme-mystère de la montagne. Je veux savoir pourquoi il s'est battu avec Lyons et pourquoi Lyons avait tellement peur de lui. Trouvez-moi un nom, Rowley.

Son téléphone sonna à nouveau.

— OK, Maggie, envoyez-nous le procureur.

La porte s'ouvrit, le procureur entra et parcourut la pièce du regard. Jenna lui sourit.

— Nous passons en revue les preuves que nous avons.

Le procureur semblait content de lui.

— J'ai parlé à l'avocat qui représente Seth Lyons et il est au courant des preuves dont nous disposons contre son client. Grâce à la déposition de Josh Stevens et aux témoignages qui s'accumulent contre lui, l'avocat va inciter Lyons à plaider coupable.

— Bonne nouvelle.

— Avez-vous quoi que ce soit pour l'associer aux décès ? demanda le procureur avec espoir.

— Jusqu'ici, nous n'avons que des preuves circonstancielles contre tous nos suspects possibles. Tout semble indiquer que Lyons est impliqué, mais nous n'avons rien de solide.

— J'ai demandé à son avocat si Lyons était prêt à dévoiler le nom de l'homme-mystère et il a refusé, en affirmant qu'il s'agissait d'une dispute personnelle, sans rapport avec le reste. Si Lyons est responsable des décès, il sera impossible de le prouver. Il avait un mobile et les moyens de tuer sans laisser de trace. Il pouvait aussi s'approcher des victimes sans éveiller les soupçons. Nous ne prouverons peut-être jamais qu'il les a tuées, mais avec vingt-cinq accusations de viol contre lui, et de chantage, je pourrai invoquer un précédent récent, à Billings, de vingt condamnations à perpétuité prononcées contre un violeur en série. Je doute qu'il soit un jour libéré de prison.

Jenna se leva et lui serra la main.

— Formidable ! Kane et moi irons parler aux parents de Chrissie cet après-midi. Je suis sûr que cela les aidera à faire leur deuil. Merci d'être venu.

— Tout le plaisir est pour moi. Bonne journée, shérif, et à vous tous.

Le procureur sortit, et Jenna observa tous les visages tournés vers elle.

— Je regrette que nous n'ayons pas plus de preuves.

Wolfe la regarda avec un haussement d'épaules.

— Je sais que vous voudriez des réponses, Jenna, mais il n'y a pas toujours assez de preuves pour conclure à l'homicide.

— Oui. Nous avons résolu le viol de Chrissie Lowe et

accusé deux suspects de viol en série et de chantage. Nous avons arrêté le responsable de l'attaque à main armée à la foire et nous avons restitué l'argent. C'est une bonne semaine, mais nous avons encore quatre morts non résolues.

— Disons plutôt une mort de cause inconnue, un accident et deux suicides. Comme je l'ai dit, j'ai formulé mes conclusions sur chaque cas en fonction des preuves, répéta Wolfe en feuilletant ses notes. Chrissie Lowe s'est suicidée. Je n'en étais pas convaincu avant d'avoir examiné au microscope les entailles de ses poignets, et l'angle suggère qu'elle s'est mutilée elle-même.

Jenna soupira.

— C'était prévisible. Continuez.

— J'ai des raisons de croire que les marques sur les chevilles de Devon pourraient avoir une autre cause ; il venait de participer à une soirée de sexe en groupe, et après avoir visionné les vidéos, je n'exclus pas la possibilité qu'il ait reçu les marques à ce moment-là. Par ailleurs, selon des témoins, sa blessure à la tête pourrait avoir été causée durant l'entraînement de football. Il peut avoir subi une commotion cérébrale avant d'entrer dans la piscine, puis il aura glissé et sera tombé. Le seul décès sur lequel je ne me prononce pas, c'est celui de Jacobs. Je ne peux pas prouver qu'il se soit lâché les haltères sur le cou, ou que son *spotter* les ait laissés tomber sur lui par accident, mais comme je n'ai absolument aucune preuve dans un sens ou dans l'autre, je ne peux parvenir à aucune conclusion.

Jenna ne pouvait en croire ses oreilles.

— Et Court ?

— Je n'ai aucune preuve que Court n'ait pas subi ses blessures au visage lors de la bagarre dans la montagne ou sur le terrain de football. J'en sais davantage sur son état d'esprit le soir où il est mort. Deux de ses amis venaient de mourir et il avait recherché une aide professionnelle. Il était seul avec une aiguille encore plantée dans le bras, les preuves pointent donc vers le suicide. L'homme qu'il a mené à la cave était peut-être un dealer. Je n'ai aucune preuve fiable concernant ce qui s'est passé.

Soudain à court de mots, Jenna le dévisagea.

— Quoi ? Vous voulez dire qu'après tout ce temps, vous avez changé d'avis sur chacun des cas ?

— Non, jusque-là, je n'avais avancé que des hypothèses, comme nous tous. Mon travail consiste à prouver la cause du décès, et je ne parviens jamais à une conclusion sans avoir examiné toutes les preuves. J'ai besoin d'une preuve absolue avant de témoigner au tribunal et de faire condamner un suspect pour homicide. Cela fait seulement une semaine et je suis venu aujourd'hui vous livrer mes conclusions finales. Si vous trouvez de nouvelles preuves, je rouvrirai les dossiers.

La mine lugubre, Wolfe réunit ses documents et haussa un sourcil.

— Parfois, les morts ne parlent pas.

55

Les conclusions de Wolfe tournaient dans l'esprit de Jenna alors qu'ils se rendaient chez les Lowe. Elle se tourna vers Kane.

— Il a raison.

— Hein ?

Kane lui jeta un regard amusé puis se concentra à nouveau sur la route.

— À quel sujet ?

— Wolfe a dit qu'il ne pouvait pas faire condamner un homme sans preuves. J'étais si sûre qu'il s'agissait d'homicides.

— Moi aussi, mais en fin de compte, il n'y avait pas assez de preuves pour inculper un de nos suspects. Je suis sûr que rien ne nous a échappé.

Un nerf tressaillit dans la joue de Kane, et Jenna se mordit la lèvre.

— Shane avait l'air épuisé aujourd'hui. Je sais qu'il a travaillé tard pour chercher la moindre preuve permettant d'aboutir à une conclusion.

— Il fait des journées de dix-huit heures et il nous aide pour les surveillances ; pas étonnant qu'il soit crevé.

Kane se gara devant chez les Lowe.

— En plus, il est à deux doigts de quitter la ville, Jenna. Il ne faut plus que ses filles soient mêlées à nos enquêtes.

— Je sais. Nous sommes devenus si proches qu'Emily me semble faire partie de notre équipe, dit Jenna en ajustant son bras en écharpe.

— Oublie ça pendant que nous parlerons aux Lowe. Tu as l'air agacée, alors qu'ils ont besoin de compassion. Perdre un enfant est déjà assez terrible, mais ne pas savoir ce que subit leur fils, ni s'il est vivant ou mort, ça doit être l'enfer.

Jenna acquiesça. Kane s'était trouvé dans un hélicoptère militaire abattu derrière les lignes ennemies.

— Tu as vécu des situations similaires ?

— Oui, répondit-il, les yeux dans le vague. S'ils ont été capturés, ils seront torturés. Wolfe m'a confié que le gouvernement espère négocier, mais que les chances sont très faibles. Il y a très peu de communication entre les groupes radicaux, donc s'ils capturent un de nos soldats, pour eux c'est la fin d'une très mauvaise passe.

Jenna eut du mal à détacher sa ceinture de sécurité.

— OK, allons parler aux Lowe. En leur apprenant que les hommes qui ont fait du mal à leur fille sont morts ou bons pour la prison, j'espère les aider à faire leur deuil.

— Ces blessures-là ne se referment jamais tout à fait, Jenna. La colère met très longtemps à se dissiper.

Kane se pencha vers elle et ouvrit la portière.

— Ça ira ? Tu es blanche comme un linge.

Elle s'obligea à sourire.

— Je me débrouillerai. Je prendrai des antalgiques quand nous aurons terminé.

Le chemin jusqu'à la porte des Lowe offrit à Jenna une minute pour mettre de l'ordre dans ses pensées. Il n'y avait rien de pire que de rencontrer une famille qui avait perdu un enfant. Elle devrait leur annoncer la triste nouvelle que la mort de

Chrissie était officiellement un suicide. Elle leur présenterait un résumé concis et clair, en relatant ce qui devait s'être passé. Wolfe avait envoyé toutes les informations au coroner de l'État, qui déciderait si une enquête s'imposait. Dans ce cas, le coroner révélerait les détails atroces des souffrances de leur fille. Elle espérait donc amortir le choc. Ayant remarqué deux véhicules garés dans l'allée, elle pensait que le père et la mère de Chrissie seraient à la maison. Si elle avait négligé de les prévenir de sa visite, ce n'était pas un oubli. Elle préférait avoir ce genre d'entretien en face à face, et les coups de téléphone menaient en général à en dire trop.

Kane appuya sur la sonnette d'une maison de brique rouge, à l'ancienne. Elle entendit le tintement à l'intérieur. La porte s'ouvrit, laissant apparaître un grand homme maigre, en jean et pull.

— Monsieur Lowe ?

— C'est moi. Vous avez des nouvelles de mon fils ? demanda-t-il d'un air de profonde inquiétude.

— Non, monsieur. S'il y avait du neuf, un membre de son unité viendrait vous en parler.

Jenna s'éclaircit la gorge.

— Votre épouse est-elle là ? Nous avons des informations dont nous aimerions vous faire part à tous les deux.

— Oui, entrez.

M. Lowe leur tint la porte pour les laisser passer. Lorsqu'une adolescente apparut dans le couloir, les yeux écarquillés, il s'adressa à elle.

— Va chercher ta mère, puis remonte dans ta chambre. Nous avons des choses à discuter avec le shérif.

La jeune fille fit demi-tour, tandis que Jenna suivait M. Lowe dans le salon, Kane marchant derrière elle. Elle attendit Mme Lowe, et quand une femme squelettique et blême les rejoignit, tous s'assirent face à face sur des canapés. Jenna voulait se montrer aussi compatissante que possible.

— Nous sommes venus vous signaler que nous avons procédé à une arrestation concernant le cas de Chrissie.

Le visage de M. Lowe s'empourpra.

— Une seule ? Le légiste m'a dit qu'elle avait été violée par plusieurs hommes. Comment s'appelle-t-il ?

— Nous avons des raisons de croire que quatre hommes étaient responsables ; l'un d'eux va plaider coupable et les trois autres sont morts.

Jenna baissa la voix pour tâcher de calmer son interlocuteur.

— Un autre homme, actuellement en garde à vue, a reconnu avoir pris les photographies. Ces images nous ont permis d'inculper les autres. Il est actuellement à la prison du comté en attendant l'audience. Il plaidera coupable et passera de nombreuses années derrière les barreaux.

Mme Lowe leva ses yeux pleins de tristesse.

— Mon Dieu. Ma pauvre petite fille, si innocente. Seth Lyons est dans le coup ? Livi, la colocataire de Chrissie, est venue nous dire qu'elle avait rendez-vous avec lui le soir où elle est morte.

— En effet, confirma Jenna. Il est d'abord passé entre les mailles du filet, mais Seth Lyons restera en prison jusqu'à la fin de ses jours. Les autres hommes sont morts dans différents accidents, et l'un d'eux aurait succombé à une overdose.

— Je lui aurais bien dit deux mots, à ce fils de pute, mais je ne sors plus beaucoup, ces temps-ci. Emphysème.

M. Lowe se toucha la poitrine et émit une toux sifflante.

Ne sachant que dire, Jenna déglutit.

— Je suis au regret de vous apprendre que le légiste a conclu que la mort de Chrissie était un suicide.

— C'est ce que nous avions compris après la visite de Livi, dit Mme Lowe. Elle aurait dû nous en parler.

Kane se leva et s'approcha de la cheminée.

— Est-ce votre fils ? Un Navy SEAL, vous devez être très fier de lui.

M. Lowe se mit debout et reprit sa respiration.

— Oui, c'est Jack. La photo a été prise la semaine où il est parti. Il avait eu quelques jours de permission, puis il a reçu sa convocation et il a dû s'en aller. Il adore cette vie et il ne vit que pour son unité. J'espère qu'il reviendra. Je ne perdrai jamais espoir.

Kane acquiesça.

— C'est une noble attitude. Quand il reviendra, nous viendrons le remercier pour les services qu'il rend au pays.

Heureuse de ce répit, Jenna examina la photographie. Elle ouvrit de grands yeux et eut le souffle coupé. Le visage souriant lui revint en mémoire et son esprit fut pris dans un tourbillon. Le cœur battant, cherchant ses mots, elle ne pouvait en détacher ses yeux.

— C'est un... ah... un bien beau jeune homme.

Elle rendit la photo à M. Lowe. Il était urgent de prendre congé.

— Nous devons vous laisser. Si vous avez besoin de quoi que ce soit, n'hésitez pas à appeler.

Elle confia sa carte à M. Lowe, qui lui prit le bras.

— Merci. D'avoir fait justice pour Chrissie.

Incapable de répondre, Jenna hocha la tête et sortit. Elle marcha très vite vers la route, sans dire un mot. Elle monta dans le SUV de Kane, pressée qu'il se mette au volant.

— J'ai reconnu l'homme de la photo.

— Ah oui ? s'étonna Kane. Je ne savais pas que tu fréquentais des Navy SEALs.

Le cœur palpitant, elle le dévisagea.

— C'est l'homme-mystère, ou alors j'ai vu un fantôme.

— Il est porté disparu au combat, Jenna. Tu dois te tromper.

Une soudaine euphorie percuta Jenna comme un raz-de-marée. Tout cela était parfaitement logique.

— Réfléchis, Dave. Et si Jack Lowe était en vie ? Après avoir subi un viol affreux, Chrissie lui a envoyé un texto nommant ceux qui lui avaient fait du mal et lui avouant ses intentions. Elle a détruit son téléphone. Elle a pu le jeter dans les toilettes, nous n'en savons rien, et s'il a reçu le message, il n'a pas pu la contacter. Aux dernières nouvelles, il était porté disparu, et au bout de près d'une semaine, elle avait perdu espoir, c'était un message qu'elle envoyait à un mort. Elle croyait peut-être qu'il l'attendait dans l'au-delà. Elle ne pouvait pas supporter que Lyons la fasse chanter et elle s'est donné la mort.

Jenna regarda un instant devant elle.

— J'imagine que Jack est revenu et a assassiné la plupart des hommes impliqués dans cette affaire. Puis il nous a mis entre les mains les preuves de leur culpabilité. Autrement, comment aurait-il pu se procurer les clés USB s'il n'était pas l'assassin de Court ? Je ne crois pas une minute que Lyons aurait transporté sur lui des preuves aussi accablantes alors que le meurtrier était encore en liberté. Jack a couru le risque d'être reconnu pour me remettre les preuves contre Lyons.

Kane lui lança un regard incrédule.

— Tu ne peux pas prouver que Jack Lowe soit en vie, Jenna. Je me fie aux conclusions de Wolfe. Il n'a pas trouvé assez de preuves indiquant que les hommes ont été assassinés. Personne n'a essayé non plus de tuer Lyons, ou bien il en aurait parlé à qui voulait l'entendre. En tout cas, effrayer un type n'est pas la même chose que le tuer ; et crois-moi, pour un homme qui a les capacités de Jack Lowe, tuer Lyons aurait été de la rigolade. S'il avait vu les vidéos sur ces clés USB, il aurait eu un excellent mobile.

Jenna s'efforça de maîtriser sa voix.

— Il a trouvé un moyen de venger sa sœur. J'en ai l'intime conviction.

— Si tu penses avoir vu Jack Lowe, je te crois, mais nous n'avons pas de preuves, Jenna. Rien, néant, et le légiste a exclu l'homicide. S'il était dans la montagne, nous n'avons rien pour l'accuser. Si Wolfe affirme que Jack Lowe est à l'autre bout du monde, en train de risquer sa vie pour notre pays, il ne ment pas. Pour le moment, disparu au combat signifie qu'il est mort ou qu'il est torturé dans une prison abominable. Les militaires se ressemblent tous, en uniforme, mais nous allons passer voir Wolfe. Il te trouvera une meilleure photo de lui dans ses dossiers.

56

Quand Kane et Jenna arrivèrent chez Wolfe, ils en profitèrent pour annoncer aux filles que la fête d'anniversaire d'Anna aurait lieu au ranch du shérif, puis Kane expliqua brièvement au légiste pourquoi ils venaient le déranger lors d'une soirée en famille. Tous trois se réunirent dans le bureau de Wolfe. Comme dans une chambre forte, la porte en acier, épaisse de quinze centimètres, protégeait tous les secrets. C'était la première fois que Kane était convié dans ce saint des saints, et il observa les différents ordinateurs et téléphones militaires, ainsi qu'un mur tapissé de livres de code. Il émit un sifflement admiratif.

— Waouh, pas étonnant qu'il vous ait fallu une aussi grande maison, avec logement séparé pour la gouvernante. Quand avez-vous réussi à faire construire tout ça ?

— Quand Jenna a formulé la demande, une équipe est venue et tout était prêt quand j'ai emménagé. Ils ont même installé les livres et le matériel électronique que j'avais à ma précédente adresse. Ils voulaient que vous soyez en sécurité, et ils le veulent toujours. J'envoie mes rapports chaque semaine.

Ça, c'est une ligne directe avec le Pentagone, dit Wolfe en tapotant un téléphone blanc.

Il se rassit dans un fauteuil et les regarda, haussant un sourcil.

— Alors, qu'y a-t-il de si top secret que vous ayez besoin d'utiliser mon cône de silence ?

Kane répondit, et Wolfe se mit au travail quelques instants après. Un portrait de Jack Lowe apparut aussitôt à l'écran. Jenna se pencha et contempla l'image.

— Ça lui ressemble beaucoup, c'est sûr. Ce pourrait être l'homme de la montagne. Il correspond à la description de la personne qu'Emily a vue et de celle que Webber a vue descendre à la cave avec Court. Si j'ai réellement vu Jack Lowe, il a un mobile évident.

Elle se rassit et croisa les bras devant sa poitrine.

— Vous vouliez de nouvelles preuves : en voilà une. Il y a doute raisonnable, non ?

— Ouï-dire dans le meilleur des cas. Personne d'autre ne l'a identifié. Maintenant que vous avez vu une meilleure photo de lui, êtes-vous sûre à cent pour cent ?

— Je me focalisais sur Emily et je n'ai fait que l'apercevoir, mais d'après mes souvenirs, l'inconnu ressemblait à Jack Lowe. N'est-ce pas assez pour rouvrir le dossier ?

— Non, il m'en faudrait plus, et pour le procureur aussi. Je m'en tiendrai à mes conclusions, Jenna. Même si vous l'avez effectivement vu dans la montagne, ça ne prouve rien. Vous ne pourriez pas témoigner devant un tribunal qu'il constitue une menace pour quiconque, et d'après la déclaration de Lyons, il jurerait la même chose. Vous m'avez dit que l'homme n'était pas armé et ne montrait aucun signe de s'être battu. J'ai conclu que les décès étaient accidentels ou relevaient du suicide, ce qui signifie que l'enquête est close.

Wolfe tapota sur son clavier, puis tourna l'écran vers elle.

— Voyez vous-même : Jack Lowe est toujours porté disparu

au combat, et je ne trouve aucune trace de sa présence dans le pays depuis qu'il a été convoqué. Autant que je sache, aucun membre de son unité n'a été vu depuis que leur hélico a été abattu. Nous supposons désormais qu'ils sont tous morts.

— Donc, selon vous, j'ai vu un fantôme ?

Jenna pointa le menton vers Kane, qui haussa les épaules.

— Je ne crois pas aux fantômes, mais je crois que tu as croisé sur la piste quelqu'un qui ressemblait à Jack Lowe. Le communiqué de presse que tu as demandé à Rowley de publier mentionnait une récompense pour le type qui t'a donné les clés USB. Il viendra peut-être la réclamer, ça te tranquillisera.

— Je l'espère, dit Jenna en secouant la tête. Mais si j'ai raison, il ne viendra certainement jamais.

57

Les éclairs crépitaient et le tonnerre roulait autour de l'hélicoptère. Jack Lowe contempla les nuages noirs. C'était comme si le ciel criait de rage contre la cruauté du sort de sa sœur. Alors que le vent violent bousculait l'appareil, Jack ignorait la tempête et n'avait d'yeux que pour le message apparu sur son téléphone. Il en serait hanté jusqu'à la fin de ses jours.

Jack, je sais que tu ne liras jamais ça, mais il faut que j'en parle à quelqu'un. Ce soir, quatre membres de l'équipe de foot de Black Rock Falls m'ont droguée et violée. Tu les connais, Jack. Lyons, Court, Devon et Jacobs. Seth Lyons a menacé d'en faire autant à notre petite sœur si je le dénonce au shérif. Ils ont des photos et une vidéo de moi, Jack. Papa et maman seraient si honteux si ces images étaient diffusées sur les réseaux sociaux. Ces types sont comme des terroristes pour les femmes du campus, et Lyons m'a dit que je ne suis pas la seule à qui ils aient fait ça. Ma colocataire avait essayé de me mettre en garde. J'ai été si bête, Jack, et il vaut

*mieux en finir tout de suite. Comme toi, je n'ai pas peur
de mourir. On se reverra de l'autre côté, grand
frère. XXX.*

Le cœur douloureux, Jack serra si fort le téléphone qu'il lui entra dans la paume. Le message de Chrissie était resté sans réponse pendant dix minutes avant qu'il retourne à la base, ayant accompli une terrible mission. Son hélico avait été abattu, mais la plupart des membres de son unité s'en étaient sortis sans une égratignure. Il n'avait plus aucun contact avec la base depuis quelques jours, mais après avoir accompli sa mission avec une équipe réduite, il était rentré. Lors du débriefing, Jack avait découvert qu'il était considéré comme disparu au combat, et qu'il le resterait jusqu'à ce que son unité ait récupéré tous ses membres.

Il avait allumé son portable pour écrire à sa sœur, mais elle n'avait pas répondu à son message. Dévasté, il sentit qu'il avait manqué de moins d'un quart d'heure la fenêtre d'opportunité pendant laquelle il aurait pu la sauver. Combien d'autres jeunes femmes ces hommes allaient-ils détruire ? Il entendit dans son esprit le credo selon lequel il vivait : *Je sers humblement en tant que gardien de mes compatriotes américains, toujours prêt à défendre ceux qui sont incapables de se défendre eux-mêmes.*

Grâce à quelques renvois d'ascenseur, il avait obtenu un faux passeport en moins d'une heure et il était reparti vers les États-Unis. À son arrivée, il était allé directement à l'internat de Chrissie et toutes les rumeurs entourant son suicide avaient failli l'anéantir. Il s'était transféré dans une zone différente, s'était entouré d'un bouclier protecteur pour atténuer la souffrance, puis s'était mis à réunir des informations avec l'aide de son drone. Les gens ignoraient combien il était facile de les espionner et de découvrir leurs secrets les mieux gardés. Infiltrer l'afflux de nouveaux étudiants pour le semestre d'automne avait été facile, après être devenu ami avec l'équipe de foot au cours du semestre précédent. Par pur hasard, durant ses jours de congé, un ami lui avait demandé de le remplacer pendant quelques semaines en tant qu'infirmier de l'équipe de la fac, et au semestre suivant, personne ne lui avait posé de question. Son entraînement médical s'était révélé payant. Il avait aussi utilisé ses compétences pour désactiver les caméras de surveillance de l'université, pour hacker l'ordinateur central et, comme un fantôme, pour traquer les cibles. Il ne lui avait fallu que quelques jours pour faire le ménage.

Tuer Jacobs, Devon ou Court ne lui avait procuré aucune satisfaction, et il ne serait jamais hanté par leur visage, mais il se rappellerait Seth Lyons. Cette ordure s'était pissé dessus lorsqu'il lui avait appris qu'il était le frère de Chrissie et pour quelle raison il était à Black Rock Falls. Il lui avait montré les clés USB en souriant. Après avoir amoché sa jolie petite gueule, il avait menacé de l'étriper et de le suspendre par ses entrailles à l'arbre le plus proche s'il dévoilait son nom aux flics. Il avait espéré que Lyons trouverait la mort en se jetant dans le ravin, mais ce lâche avait choisi son propre châtiment en optant pour le pont.

Oui, il avait pris un risque en s'attardant pour s'assurer que le shérif disposerait de toutes les preuves nécessaires afin que Lyons pourrisse en prison pendant tout le reste de sa lamentable vie, mais cela en valait la peine. Quelques instants après, il s'était volatilisé, puis avait appelé son unité pour qu'on l'évacue. Plus tard, quand il avait été question d'une récompense pour l'homme qui avait remis les clés USB, il avait fait en sorte qu'un de ses camarades passe au bureau du shérif. Comme il avait la même carrure et des traits semblables, on les prenait souvent l'un pour l'autre, à la base. Son ami avait offert la récompense à une œuvre de bienfaisance pour les femmes battues. Comme cet ami avait un alibi en béton, étant arrivé à Black Rock Falls le matin de l'effondrement du pont, cette ruse avait fonctionné.

Une dernière fois, Jack se laissa entraîner par ses sentiments et relut le message de Chrissie. Il chassa de ses yeux la brûlure des larmes et, son masque fermement remis en place, il appuya sur la touche « Effacer ». Sa mission était terminée, il était temps de retourner à la base. *Repose en paix, petite sœur. J'en ai terminé ici.*

ÉPILOGUE
UNE SEMAINE PLUS TARD

Jenna ressentit un frisson d'excitation en sortant sous le porche pour contempler son ranch. C'était une journée d'une beauté incroyable. Le soleil brillait et pas un nuage ne gâchait le ciel bleu. Les parfums de l'automne lui parvenaient, portés par une brise étonnamment chaude, comme si la nature avait voulu rendre bien particulier ce jour où l'on célébrait l'anniversaire d'une petite fille. La benjamine de Wolfe, Anna, avait une place spéciale dans son cœur, mais elle aimait passer du temps avec les trois sœurs. Emily et Julie étaient devenues des amies intimes, et il était formidable d'avoir quelqu'un avec qui faire du shopping et ne plus être le shérif pendant quelques heures. Mieux encore, cette année, elle avait convaincu Wolfe de les laisser, Kane et elle, organiser le goûter d'anniversaire d'Anna. Curieusement, Anna n'avait invité que trois amies de son école, mais avait tenu à ce que Rowley, Webber et Atohi soient aussi de la fête. La petite fille lui avait demandé timidement si elle pouvait avoir un barbecue et faire du cheval comme une grande personne. Comment refuser ?

La semaine avait été très occupée, à rédiger des rapports et à régler d'ultimes détails. Le FBI avait agi vite et contacté d'autres jeunes femmes violées par Lyons et ses amis. Quinze d'entre elles s'étaient fait connaître, et comme la preuve des crimes était incontestable, Samuel Cross, l'avocat, s'était trouvé inondé de demandes de compensation. Comme la majorité des criminels étaient riches, il avait accepté de les représenter tous dans une série de recours collectifs. Lyons avait plaidé coupable lors de son audience et il attendait sa sentence, mais comme Stevens, il passerait le restant de ses jours en prison.

Le jour où un homme au crâne tondu était entré dans les bureaux du shérif pour réclamer la récompense avait été la cerise sur le gâteau. Enfin, elle avait pu boucler le dossier en répondant à toutes les inconnues qui persistaient jusque-là. Il avait affirmé être rentré en permission et être sorti se promener lorsqu'il avait croisé Lyons et Jenna, mais n'avait assisté à aucune bagarre. Il était arrivé alors que Lyons venait de s'élancer vers le pont et avait trouvé les clés USB au bord du ravin. Kane lui avait serré la main en le remerciant, et Jenna avait longuement regardé l'homme avant de vérifier ses dires. Navy SEAL comme Jack Lowe, il présentait une ressemblance troublante avec lui. Lorsqu'il était parti, elle s'était tournée vers Kane.

— Je suis ravie qu'il soit venu. Reconnais qu'il ressemble à Jack Lowe.

— Je n'ai jamais douté de toi, Jenna. J'aurais eu la même réaction.

La foule de touristes attirés par le rodéo s'en était allée, et après le bal du samedi soir, la ville était heureusement revenue à la normale. Les froids de l'hiver arriveraient bientôt et Kane avait proposé d'emmener Jenna passer un week-end dans la toute nouvelle station de ski de Black Rock Falls – simplement en amis, bien sûr. Ce serait un luxe. Chocolat chaud, ski, soirées devant un feu de bois... Le bonheur.

Jenna se sentait entourée de la présence réconfortante de ses amis. Kane venait de passer un bon moment à accrocher des ballons dans l'allée et il regagnait le porche en bavardant avec Atohi, Rowley et sa petite amie Sandy. Elle leur sourit.

— Excellent travail !

Kane frappa dans le dos des deux hommes.

— Les poneys sont très gentils. Merci de les avoir amenés : tous les enfants pourront faire un tour dessus, et Anna va adorer son cadeau.

Jenna ouvrit la porte et rentra.

— Son poney est si joli. Merci beaucoup, Atohi.

— La jument est douce et j'ai travaillé avec elle cette semaine pour m'assurer qu'elle n'avait pas de défauts. Elle sera parfaite. Elle s'appelle Raweno et elle s'occupera bien de la petite.

Jenna examina les cadeaux accumulés sur la table basse, puis les guida vers la cuisine. Elle avait préparé le gâteau d'anniversaire, et même s'il penchait un peu, et que Kane l'avait aidée pour le glaçage, elle était très contente du résultat puisqu'elle n'avait qu'un bras valide. Alors que Kane remplissait des bols de friandises, Jenna distribua à Rowley, Sandy et Atohi des boissons tirées du réfrigérateur.

— Alors, qui prévoit de faire la cuisine ?

Ils se regardèrent et un sourire s'étala sur le visage de Rowley.

— Shane.

— C'est le maître du gril, plaisanta Kane. Wolfe a de nombreux talents.

Il inclina la tête et tendit l'oreille.

— J'entends des véhicules.

Emily et Wolfe amenaient tous leurs invités et, après avoir jeté un rapide coup d'œil dans les pièces, Jenna se dirigea vers la porte principale. Tandis que les enfants sortaient de la voiture, elle descendit les marches pour les accueillir.

— Joyeux anniversaire, Anna !

Elle se baissa pour embrasser la petite fille.

— J'ai hâte de monter à cheval. J'ai vu des poneys dans le corral. C'est pour nous ?

Anna regarda Kane et devint radieuse lorsqu'il hocha la tête.

— On peut y aller tout de suite, Oncle Dave ? Papa pourra aider pour le barbecue.

— Tu ne veux pas d'abord ouvrir tes cadeaux ? demanda Kane, accroupi pour être à sa hauteur. Jenna a fait un gâteau.

— Je ne suis pas sûr qu'elles puissent patienter, commenta Wolfe, hilare. Elles ne parlent plus que des chevaux.

Julie fit la grimace.

— Oui, elles me rendent dingue. Les chevaux, les chevaux, les chevaux.

Jenna éclata de rire.

— Le gâteau peut attendre. Elles auront besoin de sucre quand elles auront dépensé toute leur énergie.

Elle fit un clin d'œil à Atohi et il partit vers l'écurie.

— Génial ! s'exclama Emily. Je vais aider Jenna. Julie s'occupera des filles.

— Bon, très bien.

Julie fit signe aux amies d'Anna de la suivre en direction du corral. Quand Jenna suivit, tenant la main d'Anna, la petite fille leva vers elle ses grands yeux bleus.

— Je pourrais monter avec Oncle Dave ? Mes amies savent toutes faire du cheval, elles seront très bien sur les poneys.

— Pas cette fois, répondit Kane en lui prenant l'autre main, tu resteras dans le corral avec tes amies. Mais je marcherai à côté de toi si tu veux.

— Je peux monter toute seule sur mon cheval ?

Les yeux d'Anna s'arrondirent.

— Pas la peine, regarde.

Il pointa du doigt l'écurie alors qu'Atohi en faisait sortir un magnifique poney pie.

— Joyeux anniversaire, Anna.

Une telle joie se peignit sur le visage de l'enfant que Jenna en eut les larmes aux yeux. Wolfe la rejoignit et elle observa sa réaction.

— Je pense que son cadeau lui plaît.

— Ça fait longtemps que je ne l'ai pas vue aussi heureuse. Merci. J'apprécie ce geste plus que vous ne pensez. Je vais aller allumer le feu pour le barbecue, déclara-t-il, en se frottant les mains.

Escorté par Julie, Atohi, Rowley et Sandy, le cortège fit le tour du corral. Jenna se plaça à côté de Kane et sourit en voyant Duke s'adosser à sa jambe, les yeux clos. Les enfants avaient déjà épuisé le chien. Alors qu'ils observaient les fillettes, elle imita la posture de Kane, un pied sur le bas de la balustrade.

— Je savais en me réveillant ce matin que ce serait une journée spéciale. C'est comme si j'avais une vraie famille.

— Oui, c'est vrai.

Kane lui glissa un bras autour de la taille.

— Les gens disent qu'on ne choisit pas sa famille, mais je trouve la nôtre très bien.

UNE LETTRE DE D.K. HOOD

Chers lecteurs,

Je suis ravie que vous ayez choisi mon roman et que vous m'ayez suivie une fois de plus dans une nouvelle aventure palpitante de Jenna Alton et de Dave Kane pour *Pas un souffle*.

Si vous voulez figurer sur une liste pour recevoir des alertes concernant mes livres, veuillez vous inscrire ici. Vous pourrez vous désinscrire à tout moment, et votre adresse électronique restera confidentielle.

france.bookouture.com/subscribe/

Si vous avez apprécié ce récit, je vous serais très reconnaissante de laisser un commentaire et de recommander mon livre à vos amis et à votre famille.

J'aimerais vous lire, donc n'hésitez pas à me contacter *via* ma page Facebook, sur Twitter et sur mon site Internet.

Merci infiniment pour votre soutien.

D.K. Hood

www.dkhood.com
dkhood-author.blogspot.com.au

 facebook.com/dkhoodauthor

REMERCIEMENTS

Un grand merci à tous les merveilleux lecteurs qui ont pris le temps de publier de formidables comptes rendus de mes livres et à ces personnes extraordinaires qui m'ont accueillie sur leurs blogs.